グールが世界を救ったことを私だけが知っている
THE HERO OF CANNIBALISM
01 共喰いの勇者
Only I know the Ghoul saved the world
JN054364

クレア・レッドハート
二代目《救世》の勇者。レオンとラインハルトという、ふたりの優秀な弟子を育て上げた
「ふふ。いい笑顔だよ、レオン」
「やめろ、馬鹿野郎」
「ほらほら！笑えって！スマーイル！」
ラインハルト・クロスライン
クレアの一番弟子にして、彼女の後継者と目されていた美少年。通称『煌めきのラインハルト』

「し……し、師匠う………
むにゃむにゃ」
SLEEPING GIRL
少女の休息

グールが世界を救ったことを私だけが知っている

01. 共喰いの勇者

下等妙人

ファンタジア文庫

3200

口絵・本文イラスト　米白粕

グールが世界を救ったことを私だけが知っている

Only I know the Ghoul saved the world

THE HERO OF CANNIBALISM

01.共喰いの勇者

CONTENTS

【PROLOGUE】

霧の迷宮と、彷徨う屍

Only I know the Ghoul saved the world

──怖《お》じ気《け》が、体を震わせる。

──心細さが、歯を打ち鳴らす。

──その心に宿る勇気の灯火《ともしび》は、あまりにも弱々しく。

──だが、それでも。吹けば飛ぶような、か細い体を揺らめかせ、前へと進む。

──たとえその姿が、どれほど無様であろうとも。

──俺にはもう、そうすることしか、出来なかった。


雲一つなき晴天も、どこか灰色に見える。

世はまさに、暗黒の時代であった。永き宗教戦争の果てに訪れた黄金期はたった一〇〇年で終焉《しゅうえん》を迎え、今や純白の闇が地上世界の全土を支配している。

《混沌《こんとん》の霧》。新星暦の一〇〇年目に突如として発生したそれを、汎者《はんじゃ》は憎み、聖者は嘆き、賢者は畏れるが、しかし……愚者は、眩《くら》んだ目で見つめ続けるのみ。

今、平野を行く馬車の乗客たる彼等《かれら》は、まさしく冒険者という名の愚者であった。

「うっわ、マジか！」

「只者《ただもの》ではないと思ってはいたが、まさかまさか、修学院《アカデミー》の卒業生だったとは」

逆立った茶髪が特徴的な少年ラスカル。その隣に座る、全身を重鎧《じゅうがい》で覆い隠した少年トルキン。彼等の畏敬を身に浴びながら、対面に座る青髪の少女リネアは、良く育った胸を張って、

「ふっふ～ん！　あたし達と組めた幸運を、一生ありがたく思うことね！」

彼女に賛辞の言葉を送りつつ、ラスカルとトルキンは弛緩《しかん》した顔を窓際《まどぎわ》の席へ向けた。

そこには一人、白髪の少女が座り……全身をカタカタと震わせている。

「アリス殿。もはや怯《おび》える必要はない。我等には心強い仲間が居るのだから」

「そ、そそそ、そう、ですよ、ね」

依然として怯え続けているアリスに、ラスカルとトルキンは肩を竦《すく》めるのみだったが、反面、
セシルは柔和な微笑を浮かべながら、彼女へ声をかけた。

「臆病なのは悪いことじゃない。むしろ冒険者にとって重要な才能だと思う。僕達のような登録したての新人にとっては特に、ね」

彼の優しさにアリスが感謝の意を返す……その直前。

「じきに霧へ入る。マスクを着けて準備を整えな、若造共」

御者の声が車内に響くと同時に、和やかな雑談は打ち切りとなった。

霧の只中《ダンジョン》を探索する際、冒険者は誰もがマスクを着用する。

オラージの果汁に漬け込み、乾燥させたそれは、《混沌の霧》がもたらす全ての害悪……特に《魔物》へと至る病、《青眼病》を予防するものと信じられていた。

そして、皆が武具の状態に問題がないことを確認した、その瞬間、馬車が進行を止める。

「死ぬなよ、若造共」と、降り立った少年達に短く告げて、御者は馬車を引き、去って行く。

残されたアリス達は、しばらく動けなかった。

これから足を踏み入れる場所は死地も同然。そんな確信が皆に畏怖を与えている。

特にアリスの心を蝕《むしば》む恐怖は凄《すさ》まじく、無意識のうちに、彼女は祈りを捧《ささ》げていた。

「せ、聖者オーガス、様……ど、どうか、わたし達をお守りください……」

迷宮の入り口を前にして怯えきった様子のアリス。彼女の姿は仲間達にとって、自らを映す鏡のようなものだった。特にラスカルは一瞬でも畏怖に支配された己を恥と思ったらしく。

「ビビってんじゃねぇよ！　お前にゃ仲間が居るだろうが！」

「うむ。我等は独りで危地に立っているのではない。心強い仲間が肩を並べている」

この言葉に心強さを感じる一方で……アリスは己の臆病を恥じた。

いつか彼の隣に立ちたい。そんな願いを叶《かな》えるには勇気が必要だ。

アリスは必死に己を奮い立たせながら、言葉を紡《つむ》ぐ。

「お荷物には、なりません……！　絶対に……！」

彼女の心意気に皆は温かな笑みを返し、そして。

「うっし。そんじゃ、これから始まる伝説の第一歩と行こうぜ」

五人の少年少女が今、死地へと入り込んだ。

濃密な霧が漂う中、大通りを行く。周囲から漂う邪気にあてられたか、ラスカルやトルキン、そしてアリスの頬に冷たい汗が浮かぶ。

——そんなとき。向かい側の角から唐突に、のそのそと何かが這《は》い出てきた。

「融解人《スライム》、か。初戦にはちょうどいいね」

五人の目に映るそれは、ドブのような色をした肉の塊であった。

皮膚と筋肉がドロドロに溶けて、煮凝《にこご》りのように固まったような姿。尺取り虫のように地面を這いずるその肉塊には、中心部に男性の頭が在り、

「ち、ちこ、遅刻、する……」

ブツブツと何やら呟《つぶや》きながら、鈍重な歩みを続けている。

「アリス、ラスカル、トルキン！　とくと見なさい！　あたしの天才ぶりを！」

息巻きながら、リネアは一歩前へ踏み出すと、右の掌《てのひら》を突き出した。

「**我に求めよッ！　然《さ》らば汝《なんじ》の敵を雷火で以《もっ》て撃滅し、安寧と安息を与えんッ！**」

鋭い文言が放たれた次の瞬間、開いた右掌から紫電が迸《ほとばし》り、融解人《スライム》へと直撃。

「お、遅れ、て、しま」

断末魔の直後、融解人《スライム》がさらにドロドロと溶けていき、腐った肉の汁へと変わる。

その中心に、煌《きら》めく宝玉があった。リネアは小走りで近付くと、それを拾い上げて、

「……まさに平凡って感じ。普通のオジサンだったんでしょうね。《魔物》になる前は」

《生証石》。それは命を失い、一時の解放を得た《魔物》が、その場に残すモノ。

冒険者の主たる収入源であった。

「……驚いたぜ、まさか《神秘》の使い手だったなんてな」

「吾輩《わがはい》も《聖源》操作の心得はあるが、《神秘》となると、さすがに……」

《聖源》。それはクトゥル教の信徒にのみ与えられし、主の恩恵である。

体内を駆け巡る不可思議な力の流動。それは旧《ふる》き時代において、時の大賢者・オーガスによってもたらされたものだ。異界に座する神との交信に成功した彼は人類史上初の異能者となり、クトゥル教を興《おこ》した。その信徒達もまた異界に座する神の加護を受け、《聖源》を獲得。彼等の研鑽《けんさん》はやがて《聖源》操作の技法を形成し、その戦力を絶大なものとした。

《神秘》とはそうした業の中でも格別の力であり、それゆえに使い手は希少であるが。

「ちなみに、だけど。僕も一応、《神秘》使いでね。まぁ、リネアほどの腕はないけれど」

「マジかよ！　《神秘》の使い手が二人とか！」

「此度《こたび》の冒険、まっこと幸運であったな」

入り口に立った際の緊迫はどこへやら。ラスカルもトルキンも、完全に緩んでいた。

「今日一日で、どれだけ稼げっかなぁ～！」

「初期配給の武具から、一気に上級武具へと換えることも不可能ではないのでは？」

不安が抜け去り、楽観が心を支配する。そんな矢先のことだった。

「此度の報酬で、吾輩はますますの防御固めを――」

トルキンが言葉を紡ぐ、その最中。


「しぎゃっ」


それはあまりにも唐突で、だからこそ、誰もが瞬時の理解へと至ることが出来なかった。

しかし、やがてゆっくりと、確実に、皆の心は目前の現実を受け入れ、噛《か》み砕いていく。

即《すなわ》ち――凄まじい力で投擲《とうてき》された礫《つぶて》が、兜《かぶと》に覆われたトルキンの頭部を引き千切ったのだと。

「トル、キン……？」

呆《ほう》けたような声が、ラスカルの口から漏れ出た、その直後。

「お、おお、おに、おに、お肉ぅぅぅぅ」

「子、子子、子子子子ぉぉぉぉ」

そのとき、濃密な霧のベールに隠されていた真実が明るみに出た。

東西南北、全方位において、青く煌めく小さな点が確認出来る。

その光景を創り出しているのが無数の《魔物》達であると、皆は同時に判断し――

「逃げろぉッッ！」

セシルの怒号が、惨劇の始まりを告げる砲声となった。

──勇気。それはヒトが有する最大の武器であり、恐怖という名の宿敵に対する最後の切札。迷宮の中に在って、冒険者が恃《たの》みとすべきは常にそれだ。

知識と技術は二の次。所詮は心に隷属する道具でしかない。その序列を履き違えていたがために、セシルとリネア、二人の天才は逃げ惑うことしか出来なかった。

彼等の心は今や、乱れに乱れ切っている。《神秘》の発動など、望むべくもない。

《聖源》を操るには精神状態を平静に保つ必要がある。詠唱とはそのために行う気分転換の技法の一つでしかなく、それが為《な》されぬ以上、独り言を呟いているも同然。

彼等を羽ばたかせるはずだった知識と技術は、もはや両翼としての機能を失い──

それゆえに今、二人だけでなく、仲間の全てが、凄惨な結末を迎えつつあった。

「もうすぐ出口ですッ！　皆《みんな》、頑張ってくださいッ！」

窮地の中に在って、およそ誰よりも恐怖に支配されているであろうアリスは、それでもなお、併走する仲間達へと叫んだ。

「後ろは見ちゃいけませんよッ！　一生懸命、走ることだけ考えてくださいッ！」

反応はない。言われずとも皆、前だけを見て走っている。現実から、目を背けるように。

だが、彼等の意思がどうであれ……おぞましきそれらは確実に、間近まで迫っていた。

「子、子、子、お子、子子子ぉぉぉぉ」

「に、肉、肉、肉が、たま、たまには、肉、肉、食いて、ててぇぇ」

犬人《コボルト》。霧の魔力に犯され、成れ果てた姿は、まさにそれだった。

涎《よだれ》を垂らしながら獰猛《どうもう》に駆ける。その圧力を背中越しに感じたからか。

リネアが荒れた地面の窪《くぼ》みに足を取られ——転倒。

「ひぃあっ⁉」

甲高い悲鳴が、蒼白《そうはく》の顔から放たれる。

「リネアッッ！」「リネアさんッ！」

セシルとアリス。二人は立ち止まり、救助の意思を見せたが、一方で。

「ひっ、ひっ、ひっ、ひっ……」

ラスカルは仲間を見捨てて疾走し、その末に。

「きょ、今日の、ご飯、なぁぁにぃいいいい？」

路地裏から飛び出てきた犬人《コボルト》に引き倒され、「ひゃっ」と小さな悲鳴を上げる。

それが彼の断末魔であった。

グチャグチャと響く咀嚼音《そしゃくおん》。おぞましい調べの中に、少女の苦悶《くもん》が溶け合う。

「た、たすっ、たす、けてぇっ！　セシルぅっ！」

あまりの恐怖に瞳を涙で濡《ぬ》らし、金髪の少年へ向けて、縋《すが》り付くように手を伸ばすリネア。

けれど、しかし。二人が手を取り合う瞬間は、終《つい》ぞ訪れることはなく。

犬人《コボルト》の群れが濁流の如《ごと》く押し寄せ、三人の若き冒険者達を取り囲んでいく。

「こ、のぉッ……！」

セシルは長剣を振るい、敵方を斬り捨てんとするが……叶わなかった。

アリスもまた引き倒され、身動きが取れなくなる。そんな二人の前で。

「……えっ」

リネアの下腹部に、硬いモノが当たっていた。それは犬人《コボルト》の、屹立《きつりつ》した男性器だった。

「い、いやっ……いやぁあああああああああっ！」

滅茶苦茶《めちゃくちゃ》に暴れたところで、人外の腕力には敵《かな》わない。犬人《コボルト》はさして気にした風もなく、リネアの下半身へと手を回し、彼女が穿《は》いていた紺色のズボンを、純白の下着ごと引き裂くと。

「あがぁっ⁉」

彼女が味わう喪失の心痛と、破瓜《はか》の身痛など、犬人《コボルト》にとってはなんの興味もない。

一心不乱に腰を振って、貪るように欲を満さんとする。その剛直はさながら鉄の棒であり、それが彼女を穿《うが》つかのように、激しく動作した。

「いぎっ、ぃっ！　あがっ！　あっ！　がっ！　ぎぃっ！」

激しい痛みに白目を剝《む》いて、小さな悲鳴を上げ続けるリネア。

一突きされる度に豊かに育った乳房が揺れ動き、それが犬人《コボルト》の興奮を煽《あお》ったか、腰の動きは秒刻みに激しさを増していく。

そのすぐ近くで、アリスは己の無力を噛み締めながら……

目前にある絶望の光景を、見つめ続けていた。

彼女を押し倒した犬人《コボルト》もまた、臭い息を吐きかけながら、男性器を膨らませている。

「お、おお、おおおおおお」

アリスに覆《おお》い被《かぶ》さっていた犬人《コボルト》が、彼女の下腹部へと爪を向ける。次の瞬間、ビリッと音を立てて布地が破け、露《あら》わとなった秘部に、いきり立ったモノが押し当てられた。

「たすけ、て……」

頭の中に救済者の姿を浮かべ、乞い願う。そんな彼女を嘲笑《あざわら》うかのように。

「ほし、いぃいいいいいいいいいいッ！」

怒張したモノが、アリスを犯す――――直前。

一発の銃声が、周囲に響き渡った。

破裂音に似たそれが、場に居合わせた全ての存在の耳朶《じだ》を叩《たた》いた、そのとき。

アリスを拘束し、犯さんとしていた犬人《コボルト》の獣めいた頭が、吹き飛んだ。

倒れ込んできた遺骸が腐った肉汁へと変わり、アリスの全身を汚す中。
一、二、三、四と。新たな銃声が響き、そのたびに、犬人《コボルト》の頭が弾《はじ》けて消える。
「あれ、は……！」

白き霧の中、ダークコートを纏《まと》う一人の男が、歩いていた。

不自由な左足を引きずりながら。腰に下げた長剣と、白髪交じりの黒髪を揺らめかせ。

その左手に一挺《いっちょう》の短銃《ライフル》を握り締めて、真《ま》っ直《す》ぐに。

「──来るがいい。同族よ」

犬人《コボルト》達が一斉に襲い掛かる。爪を、牙を、闖入者《ちんにゅうしゃ》の肉体へと突き立てるべく。

それを前にしてなお、男は止まらなかった。

絶え間ない銃撃。ほんの一瞬にして、多数の犬人《コボルト》が腐汁へと変わった。

けれども《魔物》は決して怯《ひる》まない。同族の死に、思うことなど何もない。

生き延びた三人が男のもとへ殺到し、その爪を、牙を、彼の肉体へと奔《はし》らせた。

果たして男は────不動。

迫り来るそれらに眉一つ動かすことなく、誘い込むように迎え入れ、そして。

振るわれた爪が、彼の胸と右の脇腹を穿つ。

完全なる致命傷。この時点で死は確定したも同然であったが、それでもなお人外の動作は止まらない。先に仕掛けた二人からやや遅れる形で、最後の一人が顎門《アギト》を開いた。

「た、たた、足りな、ぃいいいいいいいいいいいッッ！」

鋭い犬歯が狙うは、首筋。これを噛み千切り決着……と、なるはずだった。

しかし。致命傷を負い、死を待つだけだったはずの男は、平然とした気配を崩すことなく。

右腕を上げて、牙の一撃を防いだ。

刹那、甲高い音が鳴り響き……犬人《コボルト》の牙が砕け散る。

「**開け、首狩りの翼**」

短い詠唱に呼応する形で、彼の右腕がそのとき、変化を見せた。

見る見る間に膨張し、ダークコートを突き破り——その正体を露わにする。

男の右腕は、鐵《くろがね》で出来ていた。

漆黒の鋼は果たして、日常生活を送るための利器から、次の瞬間、獰猛な武装へと変貌。

丸みを帯びていた指先は鋭いナイフのような鉤《かぎ》爪へ。

膨張した腕部全体から、フック状の刃が無数に突出。

男は己が脇腹と胸部へ爪を突き立てた彼等《かれら》に、紅《あか》き瞳を向けて、

「——散れ」

無造作に鐵《くろがね》の腕《かいな》を振るう。ただそれだけで、眼前の《魔物》全てが腐った肉汁へと変わり、

鈍い光を放つ《生証石》を残した。

「ま、《魔物》の体を、あんなにもアッサリと……！」

《魔物》の肉体はヒトの腕力で断てるようなものではない。それは《聖源》操作の技術を以《もっ》てしても困難であると、セシルは深く実感している。けれども男は特に誇るようなこともなく、平然とした調子で《生証石》を拾い上げ、ポーチに仕舞い込むのみ。

そうした姿に、次の瞬間、セシルは第二の驚嘆を覚えた。

「ッ⁉　き、傷が……⁉」

男の体に刻まれた深手は確実に、当人を死へと誘《いざな》うはずのものだった。しかしそれらは瞬《まばた》き一つする間に塞がって、何事もなかったかのように青白い肌を晒《さら》している。

「……騒ぎを聞きつけたか」

新たな犬人《コボルト》の群れがやって来る。

その数は先刻、男が殲滅《せんめつ》したそれに倍するものだった。

「……終わりだ。もう、お終《しま》いだ」

「いいえ。大丈夫です。わたし達は死にません。だって、あの人が居るから」

ただ一人、アリスだけは確信していた。この状況は、窮地でもなんでもない、と。

そして次の瞬間——証明の時が、訪れた。

「お、な、かぁあああああああああああッ！」

「い、いい、医者、しゃしゃ、しゃああああああッ！」

「苦る、苦、くく、苦ぅうううううううううッ！」

人外達が一斉に叫び、大音声《だいおんじょう》を伴いながら、殺到。

絶対的な物量であったが――しかし、それでも。

男の紅き瞳に宿る不退転の意志は、小揺るぎもしなかった。

「**我は悲哀を以て断ずる。アザキエルの刃《やいば》。月天の惨劇。白央蝶《はくおうちょう》の翅《はね》**」

朗々と紡がれしは、四節の詠唱。

果たして、魔の群衆が男のすぐ傍《そば》へと迫った、そのとき。


「――鋼《こう》武《ぶ》術式展開。第参《さん》魔装：殺戮者の走牙《スラッシャー・バイト》」


鋼鉄の腕《かいな》が、さらなる変形を見せた。

その有様はまるで、膨大な刃を集積させて創り出した、一匹の大蛇。

それは次の瞬間、独立した意思を有したかのように躍動し――

唸《うな》りを上げて、男の周囲を薙《な》ぎ払った。

変形した男の右腕が有象無象を瞬《また》く間に分割し、腐った肉の汁へと変えていく。それでも人外の群れは突撃する足を止めることなく、火に飛び入る虫のように命を散らせ――

ことごとくが、腐汁へと変わった。

「――汝等《なんじら》の眠りが、永遠《とわ》の救いであらんことを」

大量の腐汁と輝く石の只中《ただなか》に立ちながら、男は粛然とそう口にして、虚空《こくう》に独特の四角形を描く。その姿はまるで、慈悲深き聖職者のようであった。

そんな男を見つめながら、セシルが一言。

「……滅茶苦茶だ」

目を見開いた彼の心に到来したのは、いかなる情であろうか。

それを慮《おもんぱか》ることもなく、男は天を仰ぎ見て……

ぐらりと、傾《かし》ぐ。

それから男はフラフラとした歩調で、片足を引きずりながら接近。

まだ絶命へと至っていない、一人の犬人《コボルト》。

おそらくは、あえて残したのだろう。

彼、あるいは彼女は手足をもがれ、身動きが取れぬ状態にある。

地に伏したそれを男は見下ろして……おもむろに、仮面を外した。

鋼鉄製のそれが隠していた口元が、露わとなる。

精悍《せいかん》なる美貌。だが、その顔色は病的なまでに青白く、そして。

右側の唇から頬にかけて、皮膚も肉も、刮《こそ》ぎ落とされたかのように、失われていた。

それはまるで人外の貌《かお》…………いや、まるで、ではない。

男はまさしく、人外であった。

世にも珍しき、ヒトの心を有する《魔物》。

そんな彼は膝をついて、ゆっくりと口を開き――

伏した犬人《コボルト》の肩へ、勢いよくかぶりついた。

「ひっ……⁉」

ようやく正気を取り戻したリネアが、小さな悲鳴をあげる。

捕食。男の行いは、そうとしか言いようがなかった。

犬人《コボルト》の肩肉を噛《か》み千切り、咀嚼《そしゃく》し、嚥下《えんか》した後、胸部、太股《ふともも》と食い進め、最後に脇腹の肉を引き千切って臓物を掻《か》き出し、グチャグチャと音を立てて、喰《く》らう。

「うっ……！」

あまりに凄惨な状況に、リネアはたまらず、吐瀉物《としゃぶつ》を吐き散らした。

セシルもまた脂汗を流しながら、眉間に皺《しわ》を寄せて。

人外を喰らう、その人外の名を、口にする。

「化物喰《けものぐ》らいの、レオン……！」

セシルとリネア。両者共に、これ以上ない嫌悪感《けんお》が、その顔に宿っていた。

しかし――アリスだけは、可憐《かれん》な満面に煌《きら》めくような笑みを浮かべている。

「やっと、会えた」

彼女の呟《つぶや》きが濃霧の中に溶け込んでから、すぐ。捕食を終えたレオンは《生証石》を拾い上

げてから周囲を見回し……無数に転がる石達に対して、だろうか。一つ嘆息を漏らした。

それから再び人外の貌を鋼鉄の仮面で隠すと、アリス達を一瞥《いちべつ》して、

「拾うか、捨てるか。君達の好きにするがいい」

それだけを告げて、左足を引きずりながら、純白の闇へと消えていく。

「あれが、三代目・《救世》の勇者……！　レオン・クロスハート……！」

吐き捨てるように呟くセシル。

その瞳には。その顔には。

明確な畏怖と、差別感情があった。

「あんなの勇者じゃない……！　おぞましいバケモノじゃないか……！」

カチカチと歯を鳴らし、全身を戦慄《わなな》かせる。そんなセシルを肯定するように、リネアは沈黙を返した。その一方で、アリスは、

「いいえ。違います」

異論は許さぬとばかりに断言する。そこに怯《おび》えていた少女の面影はない。

追い求めていた相手との再会に歓喜する乙女《おとめ》の姿を見せながら、アリスは口を開く。

「あの人は、バケモノじゃない。あの人は――――」

続きの言葉を、胸の内側で紡《つむ》ぎ出して。

彼女は消えゆく屍人《しびと》の背中を、いつまでもいつまでも、見つめ続けるのだった。

EPISODE I

孤独な亡者と、寄る辺なき少女

Only I know the Ghoul saved the world

──強く在らねば、あの頃の思い出を守れない。

──強く為《な》らねば、あの日の誓いを果たせない。

──だから俺は、弱き己を、殺したのだ。


聖都・ユーゴスランド。

九年前より以前の記憶がないレオン・クロスハートにとって、ここは故郷も同然だった。

夜半。聖都を歩く独りの屍人《しびと》。その姿はまるで、ボロ雑巾のようだった。

身に纏うダークコートには激戦の痕が刻まれ、乱れた毛髪は乾いた血で汚れきっている。

不自由な左足……義足であるそれを引きずりながら歩く様は、実に痛々しい。

けれども、道行く人々がレオンを哀れむことは、断じてない。

目線をすぐさま逸《そ》らす者。あからさまな侮蔑を向ける者。陰口を叩《たた》く者。そして──

頭上から、水を浴びせかける者。

集合住宅の二階、その窓からレオンに放水した女は、彼に唾まで吐きかけて、一言。

「くたばれ、化物《フリークス》ッ！」

——それからほどなくして。屍人《しびと》は住処《すみか》へと辿《たど》り着いた。

実に広大な屋敷。ここは彼に遺《のこ》された、数少ない、形ある思い出だ。

「……ただいま」と、玄関口でそう呟く。反応を返す者など、どこにも居ない。

けれどレオンの紅《あか》い瞳には、かつて共に暮らした二人の姿が克明に映し出されている。

そんな幻影の傍《そば》を通り過ぎながら、二階にある自室へ。

そしてすぐさま、ベッドの上に倒れ込んだ。

「もう少しで、四年目か」

掌《てのひら》から全てが零《こぼ》れ落ちて、自分の世界が地獄へと変わったあの日から、四年。

「……赦《ゆる》しを得る資格など、俺にはない。だが、それでも、叶《かな》うなら。俺は」

続きの言葉を口にすることなく、レオンは瞼《まぶた》を閉じた。辛《つら》い現実から、逃れるために。

◇◆◇

その男の生き様は、ゼロから始まった。

記憶。存在意義。居場所。社会的立場。何もかも、手の内にはない。

男は自らの現状にこのうえない恐怖を感じ、そうだからこそ、全てを求めた。

……そんな過去の自分を、今は愚かしいと思う。

ゼロのままで、よかったのだ。ゼロのまま、この世から消えるべきだったのだ。

そうであったなら……こんな気持ちを、味わうこともなかったのに。

「求むるものを得たいと欲《ほっ》するなら、己の道を見出《みいだ》し、進まなくちゃいけない」

地獄のようなゼロの世界で、男は………俺は、二人と出会った。

「私は君に道を示す。そこをどんなふうに歩くかは君次第だ」

二代目・《救世》の勇者、クレア・レッドハート。

俺の師。俺の母。俺の存在意義。俺の……俺の、全て。

だがそれは、ただ一人に限ったものではない。

「心配すんな。お前は、オレ達が守るから」

ラインハルト・クロスライン。俺の小さな兄弟子。何よりも大切な、家族の一人。

こいつと共に生きようと思っていた。こいつの手足になりたいと、そう願っていた。

しかし。

「全部、私の、せいだ……」

ある日、全てが消えて、なくなってしまった。

「レオン……ライナ……私が、君達を……」

遠のいていく。目の前に居る、あの人が。

「なぁ、相棒。頼むよ。今度会ったら、そのときは——」

遠のいていく。目の前に居る、あいつが。

俺は叫んだ。無駄と知りながらも、手を伸ばして、叫んだ。

待ってくれ。行かないでくれ。

俺を——

「俺を、独りにしないでくれ……！」

◇◆◇

終わらぬ夢はない。それが、どのようなものであろうとも。

「独りにしないでくれ、だと？　……馬鹿馬鹿しい。何もかも、自分の手で壊したのだろうが」

屍人《しびと》は口を閉ざし、逃げるように、目覚めの原因たるそれへと気を向けた。

レオンの耳は遠く離れた場所で落ちた針の音さえ、聞き漏らすことはない。

そんな人外の聴覚が今、侵入者の存在を知らせていた。

「……愚か者め。一階にある金庫を持って、去れば良いものを」

二階へと上がる侵入者。この部屋へと至るまで、残り五歩、四歩、三歩、二歩、一歩——

そしてドアが開かれた、その瞬間、侵入者の姿を目にしたレオンは、怪訝《かいが》を覚えた。

「あっ……！　こ、こちらに、おられたのですね……！」

年若い乙女である。腰まで伸びた白髪。凹凸のない体。大きな深緑色の瞳。その顔立ちは良く整っていて、美少女と呼ぶに相応《ふさわ》しい。それは盗人《ぬすっと》のイメージから懸け離れたものだった。

「……君は」

「あ。えっと。わ、わたし、アリス・キャンベルと、申します」

「……シュゼリアの迷宮で、犬人《コボルト》達に襲われていた者達の一人、か」

答えた瞬間、なぜだかアリスは項垂《うなだ》れるように俯《うつむ》いて、

「やっぱり、覚えてなかったんだ」

この言い草からして、迷宮での一件以外にも何か接点があるようだが、思い出せなかった。

「わたしは、あなたに――」

「君の身の上など、なんの興味もない。早急に出て行け。二度とその顔を見せるな」

あまりにも冷たい声音は、アリスの心を傷付けるに十分なものだったらしい。

だがそれでも、彼女は屍人《しびと》の顔を真《ま》っ直《す》ぐに見据えて。

「わたしは、あなたの弟子になるために、ここへ来ました……！　首を縦に振ってくださるまで、ここから出て行くつもりは、ありません……！」

彼女の瞳には怒気が宿っていた。わからず屋の両親を非難するような、そんな目だ。

「……他の勇者を紹介してやる。それで手を打て」

「わ、わたしは！　あなたの弟子になりたいんです！　あなたでなきゃ、ダメなんです！」

その後も、問答が幾度も続いたが……実に不毛であった。

(この娘は聞く耳を持たん。対話を続けたところで堂々巡りになるだけだ)

(しかし……首根っこを摑《つか》んで放り出すのは、さすがに心苦しい)

(このような年端《としは》もいかぬ子供に暴力など、振るいたくはない)

とはいえ、相手方の熱意に折れるわけにもいかない。

傍《かたわ》らに弟子を侍《はべ》らすなど以《もっ》ての外《ほか》。レオン・クロスハートは独りで生き、独りで死ぬのだと決めている。それは違《たが》えることが出来ぬ誓約であり、不文律。ゆえに屍人《しびと》は、腹を決めた。

(……悪辣な手ではあるが、仕方あるまい)

迷いと罪悪感、自己嫌悪を抱きながらも、レオンは口を開いた。

目前のいたいけな少女を、騙《だま》すために。

「……そこまで言うのなら、君に試練を与えよう。君が弟子に相応しいか否《いな》か、試させてもらう。その結果次第では――」

「わ、わたしを、弟子に……!?」

頷《うなず》いてみせると、アリスはあどけない美貌に喜色を宿した。

もう弟子入りが決まったような顔だが……残念ながら、そのようにはならない。

(心をへし折るほどの苦痛を与えれば、必然、この娘も離れていくだろう)

(……俺の隣など、居場所にすべきでは、ない)

何があろうとも、隣に何者かを置くわけにはいかないのだ。

この屍人《しびと》は、誰のことも守れないのだから。

「今夜は屋敷の空き部屋を使うといい。宿を取っているなら話は別だが」

「い、いえ！　喜んで使わせてもらいます！　じ、実はわたし、もう一文無しで……えへへ」

かくして。寄る辺なき少女と孤独な屍人《グール》の短い同居生活が、始まりを迎え――


――翌日の早朝。

「起きてくださぁ～～～い！　朝ですよぉ～～～～！」

少女の透き通るような声と、金属同士がぶつかるけたたましい大音量が鳴り響く。

その不快感が原因か。レオンは無意識のうちに追憶する。あの頃の、朝を。

〝起きろ～～！　朝だぞ～～！〟

〝墓に入るまで寝てるつもりか～～⁉　屍人《グール》だけに！　なんつって！　ぎゃははははは！〟

兄弟子《ラインハルト》の無遠慮過ぎる声が強引に覚醒を促す。そんな朝が、帰ってきたような気分だった。

そうだからこそ、不快感が一層、強くなる。

「……うるさい」

怒気を孕《はら》んだ声に、アリスはビクッと全身を震わせ、

「ご、ごごご、ごめんなさい……！　で、でも、ぜんぜん、起きてくれないから……」

「……そもそも、なぜそんなことをした？　頼んだ覚えはないが」

嘆息しつつ上体を起こす。そんな彼へアリスはぎこちない笑みを浮かべながら、言った。

「ちょ、朝食を、ご用意しています。腕によりをかけましたから、きっと美味《おい》しいかと
……！」

よく見ればアリスの目は充血気味で、少しばかりの疲労感が窺《うかが》い知れる。

早朝に起床し、手間暇かけて食事を作ったのだろう。

レオンに好かれたい。レオンに振り向いてほしい。そんな好意が、彼女の瞳に満ちていた。

……嬉《うれ》しくないと言えば嘘《うそ》になる。が、そのように感じてしまうからこそ、

「俺は屍人《グール》だ。ヒトの食事など摂《と》らない」

拒絶の言葉を、投げ放つ。

「君の親切心は、俺からすれば有り難《がた》迷惑だ。俺の食事など二度と作るな」

まさかこんな言葉をぶつけられるとは、思ってもみなかったのだろう。

ぎこちなくも確実に明るかったアリスの顔が、次第に悲嘆の色へと染まっていく。

「…………ごめんなさい。余計なお世話、でしたね」

謝罪して去って行く彼女の瞳は、涙で濡《ぬ》れていた。

胸が痛い。だが……これも彼女のためだ。

「俺は、正しい行動を取った。間違ってなど、いない」

罪悪感に潰されぬよう、自己に暗示を掛ける。

ままならない己の状況に、屍人《しびと》は深く嘆息するのだった。


――その後。アリスが朝食を摂り終えたことを確認してから、レオンは彼女へ声をかけた。

「装備一式を身に着けてこい。外出するぞ」

途端、アリスは小さな体をビクリと震わせ、

「ふわぁああああ……！」

まるで九死に一生を得たかのような、強い安堵《あんど》の情を見せてくる。

「……なんだ、その反応は」

「だ、だって……！　だって……！　あなたが、話しかけてくれたから……！」

アリスは言う。あなたに嫌われていなくてよかった、と。

「さっき、余計なことをして、あなたの不興を買ったから……わたし、不安で……」

胸を撫《な》で下ろす姿に、レオンは心を痛めた。

先刻のやり取りはどう考えても、こちらに非があるというのに、この娘は。

罪悪感が強まると同時に……その感覚と、アリスが向けてくる眼差《まなざ》しに、既視感を覚えた。

もう少し踏み込めば、忘れ去っていた記憶を呼び起こすことになるだろう。

そうなったなら、自分と彼女の関係が明瞭となり……縁《えにし》が生じてしまう。

それを避けるべく、レオンは話を元の路線へと戻した。

「……とにかく、支度をしろ。一〇分以内だ。それ以上は待たんぞ」

「は、はいっ！」

ぞんざいに扱われてもなお、アリスは忠実な態度を崩さなかった。

自室へと小走りで向かい、装備一式を纏《まと》って、玄関口で待つレオンのもとへ。

屋敷をあとにすると、二人並んで、街へと繰り出した。

「あの。迷宮へ、行かれるんですよね？　どんなところなんですか？」

「いや。向かう先は迷宮ではない。ギルドだ」

「えっ。ギ、ギルド、ですか？」

「あぁ。冒険者の職務といえば迷宮探索であると、そんなふうに捉えている者は多い。特に君達のような新米はな」

レオンはアリスへ目を向けながら、

「冒険者の役割は、迷宮から《生証石》や《変遺物《へんいぶつ》》を持ち帰ること、だけではない」

霧がもたらす災厄は、それが発生した土地だけでなく、周辺の地域にさえ及ぶ。

その対応もまた冒険者の職務であった。

「依頼書をこなすことで得られる報酬は少なく、勇者の称号を得ることも難しい。だが、迷宮探索に伴う死亡率と比べて、依頼書のそれは半分以下だ。よって新米は依頼書を着々とこなし、経験を積んだ上で迷宮探索へと移るべきだと、俺はそう思っている。だからこそ……今回、君に与える試練は、依頼書を利用して行うことにした」

「そ、それは、つまり……わたしの身を、案じてくださった、と……!?」

実際その通りではあるのだが、肯定すると懐《なつ》かれそうなので無視することにした。

「その、試練というのは、迷宮でも出来ること、ですよね……？」

「……さぁな」

「でも、あなたは、わたしの身を案じて安全な依頼書を選んだ……！　や、優しい……！」

勝手に理解して、勝手に感動している。その姿はなんとも度し難い。

おかしな娘を拾ってしまったとげんなりする一方で。

下らないことで一々喜ぶこの娘が、可愛《かわい》らしくも見えた。

……そうだからこそ、結末を想像すると心が痛む。

（俺の隣に立つということが、どのような苦痛をもたらすか。それを知れば、この娘もきっと）

将来の離別に対し何も思わぬよう努めながら、レオンは粛々と歩き続け……目的地へと到着。

門扉《もんぴ》を開き、アリスを伴って、足を踏み入れる。ギルドは本日も多くの冒険者でごった返しており、漂う活気は外のそれとは一線を画していたが……屍人《レオン》の姿を見て取った瞬間。

騒然としていたギルドが、静まり返った。

レオンからするといつものことなので気にはならない。けれどもアリスは突然の静寂に当惑したらしく、深緑色の瞳がそのとき、不安げに揺れ動いた。

「……止まらずに付いてこい」

不自由な左足を引きずって、依頼書が貼り付けられた掲示板へと向かう。その道すがら、

「チッ！　嫌なツラ見せやがって……！」

「とっとと消えろよ、化物《フリークス》」

同業者達が、嫌悪《けんお》と侮蔑の情をぶつけてくる。

けれどもレオンは気にしない。渇き切った屍人《しびと》の心には、どんな思いも響かない。

あの惨劇からおよそ四年。ずっと、そう考えてきたのだが。

「撤回してください」

立ち止まったアリスが、堂々とした声を放つ。

「……お嬢ちゃん。今、なんか言ったか？」

「て、撤回、してくださいと、言ったんです！　あ、あの人は、バケモノなんかじゃ、ない！」

これだけは譲れないと、そんな強い思いを感じさせる声音だった。

「……余計な真似《まね》を」

溜息《ためいき》を混ぜた呟《つぶや》き声に、レオンは自嘲を覚えた。

四年前の惨劇からずっと、自分を庇《かば》ってくれるような人間など居なかった。

それを前にして、僅かながらも喜んでいる自分が、実に気持ち悪い。

ともあれ。ここは割って入るしかあるまい。

レオンは巨漢とアリスの間へ、己《おの》が身を投じようとした——その瞬間。

「いい根性してるじゃねぇか。気に入ったぜ、嬢ちゃん」

太い声が、ギルドの中に響き渡った。

天井に届かんばかりの巨体と、傷痕塗《まみ》れの凶貌《きょうぼう》を持つ大男。アリスが対峙《たいじ》している相手も大柄ではあるが……そんな彼でさえ子供に見えてしまうような体躯《たいく》を、その男は有していた。

「も、《猛禽《もうきん》》の、ヴェルゴ……！」

アリスを相手に息巻いていた巨漢が、額に汗を浮かべながら萎縮する。

ヴェルゴ・ザハージ。聖都を拠点とする勇者の一人であり、《猛禽》の二つ名で知られるベテランの冒険者。レオンにとっては古くからの顔なじみだが……

あえて何も言うことなく、掲示板へ。そこへ貼り付けられた依頼書の数々に目を通し、

「今回は、これが適当だな」

一枚剝がして受付へ持ち寄り、依頼引受書にサインする。これでもう、ここに用はない。

ギルドをあとにすべく、アリスを伴って歩く。そして出入り口へと近付いた、そのとき。

「待ちなよ、嬢ちゃん」

「ひっ⁉　な、ななな、なんでしょう、か……⁉」

「やめといた方がいいぜ、そいつの横に立つのは。アンタのためにならねぇ」

途端、アリスの震えが止まった。

「あなたも、彼のことを……！」

「勘違いすんなよ、嬢ちゃん。俺ぁただ忠告してるだけさ」

「忠告？」と、首を傾《かし》げたアリスに一つ頷《うなず》いてから、ヴェルゴはある二人の名を口にした。

「クレア・レッドハート。ラインハルト・クロスライン。この名前はさすがに知ってるよな？」

二代目《救世》の勇者、クレア・レッドハート。その一番弟子にして、将来の後継者と目されし男、ラインハルト・クロスライン。通称、煌《きら》めきのラインハルト。

その名を口にした旧友に、レオンは鋭い眼差しを送るが……何事も発することは、なかった。

「四年前に起きた聖霊祭の惨劇。そこであいつらは命を落とした。そう……嬢ちゃん、アンタの隣に立つ、その男の手によって」

「……それはあくまでも、世間の噂話《うわさばなし》、ですよね？」

「あぁ、そうだな。レオンが殺《や》ったっていう証拠はどこにもねぇ。だが……あの惨劇は醜い屍人《グール》が私利私欲で引き起こしたものだと、世間ではそうなってんのさ。なんせあいつらが死んで得をしたのはレオンだけだからな」

何を言われようが心は揺らがない。アリスがそれを信じることは、ないのだから。

それを察したのだろう。ヴェルゴは苦笑めいた形に唇を歪《ゆが》ませて、

「俺も信じちゃあいねぇよ。どんな動機があろうと、そいつが二人を殺《や》るわけがねぇ。ただ、な……俺が言いたいのは、嬢ちゃん、レオンが犯人かどうかって話じゃねぇんだ。そいつが持つ、存在の本質ってやつがな、アンタには徹頭徹尾合わねぇってことが言いてぇんだよ」

どこか苦しげに、だが、ヴェルゴは躊躇《ためら》うことなく、続きの言葉を口にした。

「自らの幸福を願うのなら、そいつの傍《そば》から離れた方がいい。そいつはな、死神なんだよ」

ヴェルゴは語る。レオンの傍に居たなら、どんな人間だろうと不幸になるのだ、と。

「俺ぁ構わねぇよ。どんな死に様を迎えようが、そいつ《レオン》と関わったことを後悔することはねぇ。だが……嬢ちゃんはどうだ？　もし、その瞬間を迎えたとして、後悔せずにいられるのか？」

ヴェルゴは見抜いている。アリスの目的が己の幸福と救済であることを。

だが、それでもなお、彼女は。

「い、いや、です……！　か、彼の、隣にしか……わたしの居場所は、ない……！」

この受け返しにヴェルゴは笑い、レオンは胸中にて渋面を作る。

（あまりにも強い執着心。これは、まるで）

対面の巨漢もまた、同じ考えを抱いたらしい。

ヴェルゴは太い唇に浮かんだ笑みを屍人《しびと》へと向けて一言。

「なぁレオンよ。どこぞの誰かも、こんな感じだったよな」

「…………フン」

顔を背けた屍人《しびと》に「わっはっは」と豪快な笑い声を送ってから、彼はアリスへと向き直り、

「まぁ精々、達者でやんなよ、嬢ちゃん。気が変わったら俺んとこにでも来るといいさ」

話は終わりとばかりに、大きな背中を向けてくる。

それに応じてレオンもまた歩き出し、ギルドから退出。

そんな彼の隣で。アリスは躊躇いながらも、問わずにはいられなかった。

「嘘《うそ》、ですよね？　さっきの話。かつてのお仲間を手にかけたなんて。酷《ひど》い嘘、ですよね？」

「……ヴェルゴが語った内容に偽りはない。あの一件に関しては九分九厘、世間の認識通りだ。四年前、人々が聖霊祭を楽しむ中、突如として出現した《魔物》の群れ。彼等《かれら》の手によって行われた虐殺は全て、俺が仕組んだことだ」

レオンの言葉は嘘であり、そして、真実だった。

ユーゴスランドを襲った悲劇も。民衆の哀《かな》しみも。全部、全部、全部。

「俺がやった。俺が、全てを壊した。そして――」

レオンは告白する。己が犯した、最大の罪を。

「――俺が、殺したんだ。師匠と、ライナを」

◇◆◇

アリスと共に馬車へと乗り込み……今、レオンは旅路の最中にあった。

「あっ！　み、見てください！　お馬さんが居ますよ！　野生のお馬さん！」

アリスは先程からずっと、窓の外を指差しては叫んでいる。レオンを退屈させぬよう気遣っているつもりなのだろう。だが悲しいかな、当人からすると有り難《がた》迷惑でしかなかった。

「……静かに出来ないのか、君は」

「うっ。ご、ごめんなさい。でも、他にお客さんも居ませんし……」

「他人の迷惑を考えろという話ではない。俺がウンザリしてるんだ」

「えっ。あ、あの、もしかして、ですけど。わ、わたしの小粋なトーク、不愉快、でしたか？」

どこに小粋なトークがあったのか……と、ツッコミを入れる気にもなれず、レオンはただ肩を竦《すく》めるのみだった。そんな彼の姿にアリスは複雑げな表情をしながら、ボソリと呟く。

「本当に、笑わなくなりましたね」

「屍人《グール》は表情を変えられない。だから、笑うこともない」

「違います。そういうことじゃ、なくて」

ゆっくりと面《おもて》を上げて、レオンの紅《あか》い瞳を見据えながら、アリスは言い続けた。

「ほんの少しだけ、ですけど。わたしは過去のあなたを知ってます。その当時のあなたは、クレア様やラインハルトさんと肩を並べていて……ずっと、笑っていました」

自分達には過去に面識があったのかと、冷静に考える一方で。

屍人《しびと》の心には、暗雲めいた情念が渦巻いていた。

そして気付けば。レオンは無意識のうちに口を開き……その感情を、叩《たた》き付けていた。

「笑っていただの、笑わなくなっただの。それがどうしたというんだ。君に何か不利益でもあるのか。いいや、ない。そんなものありはしない。俺の現状と君とはなんの関係もないのだから」

言い終えてすぐ、レオンは自己嫌悪を覚えた。

何をしてるんだ、俺は。子供の言葉に腹を立てるなど、無様にも程がある。

「………すまない。言い過ぎた」

「い、いえ。わたしの方こそ、ごめんなさい。古傷を抉《えぐ》るようなことを言って」

沈黙の帳《とばり》が下りる。だがそれは、数瞬のこと。アリスはすぐさま口を開き、

「これも不愉快な言葉だとは、思いますが。それでも、言わせてください。……わたしはあなたに、笑っていてもらいたいです。今みたいに泣き続けている姿は、見たくありません」

「……屍人《グール》は涙など流さない。ゆえに俺は、泣いてなど、いない」

「いいえ。泣いてます。心の中で、あなたは、ずっと。……昔のわたしみたいに」

レオンの不興を買いたくないと、そう思いながらも、アリスはあえて言った。

これから続く宣言の前振りとして。

「あなたの心を癒やせるような存在になりたいと、わたしはそう思っています。あなたには、笑っていてほしいから。だから……あなたの心に、笑顔を取り戻してみせます。いつか、必ず」

◇◆◇

——カルナ・ヴィレッジは山間部に位置する、総人口千人に満たぬ農村だ。

旧《ふる》き時代より続く伝統を重んじ、ゆえにその生活様式や景観は極めて古風なものだった。

周囲に広がる田園へと目をやれば、畑仕事に勤《いそ》しむ村人達の姿が見て取れる。

その誰もが、余所者達《レオンとアリス》に不快感を示していた。

大人達の顔には、村という名の閉鎖空間特有の、排他的な気風が宿っている。

だが一方で、子供達はと言えば。

「なぁなぁ、に〜ちゃん、ね〜ちゃん」

「あんた等、冒険者だろ？　外の話、聞かせてちょうだいよ！」

その顔には人懐《ひとなつ》こい笑みだけがあった。とはいえ、彼等と交流したところで詮無きこと。

よってレオンは問いかけの全てを無視していたのだが……アリスはというと、

「この御方《おかた》は何を隠そう《救世》の勇者様！　村をお助けするため、遙々《はるばる》やって来たのです！」

普段の臆病な彼女は、どこにも居なかった。子供達に交ざると根っこにある明るさが現出するらしい。レオンにとっては実に面倒臭い状況であった。

「お姉ちゃん達、村長さんのところに行くの？」

「案内してやるよ！　そん代わり、お仕事終わったら外の話を――」

期待感に満ちた声が続く、その最中のことだった。

「そいつらから離れろッ！」

田園で働く大人の一人が怒声を飛ばし、肩を怒らせながら、こちらへと歩み寄ってくる。

「余所者《よそもの》に近寄るなと親に教わらなかったのか！　病が移ったらどうする⁉」

村の不利益は総じて、外の人間がもたらすもの。村落に住まう大人特有の価値観であった。

「なんでそんな酷いこと言うんだよ！」

「あたし達を助けるために来てくれたのに、どうして怒るの⁉」

子供達の心は常に清く美しいものだ。しかし……そこに意を通すだけの力は、ない。

「口答えをするなッ！　このクソガキ共がッ！　さっさと何処《どこ》かへ行けッ！」

所詮、子供は子供。大人が振るう理不尽には抗《あらが》えない。

手近な男子の頭にゲンコツが落ちた瞬間、彼等は皆、泣きべそを掻《か》いて走り去っていった。

レオンとアリスに舌打ちを浴びせてから、村の男もまた足早に離れていく。

「……なんで、大人は皆、子供としっかり向き合ってあげないんだろう」

あの村人は子供達が憎いから暴力を振るったのではない。むしろ彼等を守るためにあんなことをしたのだと、アリスは理解している。だからこそ哀しいのだろう。大人達の不器用さが。

「……かつて師が言っていた。愛情は時として、ヒトを狂わせる、と」

歩行を再開してからすぐ、二人はその象徴たる光景を目の当《ま》たりにして、足を止めた。

道端に建つ一軒の家屋。それは周囲に悪臭を放ち、ところどころが破損している。

糞尿《ふんにょう》を浴びせられたうえに、石までも投げつけられたのだろう。他ならぬ、同胞達に。

「病に罹《かか》った者と、その家族への扱いは、どこも変わらないな」

《魔物》へと至る病、《青眼病》。発生の原因は霧と同様、全くの不明であり、治療法もない。

「……一般的な病と同様に、《青眼病》もヒトからヒトへ感染するものと考えられている。そのような根拠など、未《いま》だに提示されてはいないというのに、な」

自分が人外へ変わるやもしれぬという不安に耐え抜ける者はいくらでも居る。だが大切な者がそうなるかもしれないと思うと……ヒトは、狂気に侵されてしまうものだ。

「どうにか、出来ませんか」

「一時的にやめさせることは可能だが……俺達が去った後、どうなるか」

十中八九、村人達は迫害を再開するだろう。自らの行いに、疑いを持つことなく。

「この光景を消し去りたいのなら、霧を晴らし、《魔物》を駆逐し、病を克服する方法を見つけ出さねばならない。……もっとも、そのようなことは不可能だろうがな」

かつて、その希望は確かにあった。

師《クレア》と親友《ラインハルト》が今なお健在であれば、こうした不幸に遭う者達を救ってやれただろう。

しかし、もはや希望は失われ、永遠に戻ってはこない。

目の前にあるこれは、俺の罪だ。

俯《うつむ》きながら歩き出すレオン。その隣で、アリスが決然と言い放った。

「不可能なことなんてありません。あなたはいつか必ず、世界を救います」

強い情念を宿した言葉を、しかし、レオンは戯《ざ》れ言として受け流し、歩を進めていく。


そうして。依頼人である村長の屋敷へと辿《たど》り着いた。


「依頼書にも記載しました通り、お二人には小鬼人《ゴブリン》達の退治をお願いしたく存じます……」

村長の腰は低く、目には媚《こ》びるような色が宿っている。救いを求むる者特有の態度であった。

「ここ最近、裏山の洞窟内に多数の小鬼人《ゴブリン》共が棲《す》み着きましてな……。山菜を採りに出かけた者達が次々と攫《さら》われておるのです……」

続けて彼は言った。威厳を捨て去り、下手に出ている、その所以《ゆえん》を。

「私の娘もつい先日、囚《とら》われの身に……！　どうか、娘をお救いください！」

「……善処する」

屋敷を出て、すぐさま裏山へ。その道すがら、レオンは隣を行くアリスへと言葉を投げた。

「以前話したように、新米の冒険者は迷宮探索などせず、依頼書をこなして経験を積むべきだ。その理由は《魔物》達の性質にある。彼等には二種の分類が存在するわけだが――」

「えぇっと。霧成りと、病み成り、ですよね？」

「そうだ。前者は霧に呑《の》まれた人間が変異したもので、知性が低い反面、力が強い。後者は《青眼病》によって《魔物》へと変じた存在で、霧成りと比べ知性が高い一方、力は弱い。そして霧成りは住処《すみか》から一歩も出ないため、人間世界に害為《な》す《魔物》は総じて病み成りとなる」

目的の洞窟まであと僅か。そうした状況の中、レオンは言葉を重ねていく。

「今回の仕事は安全なものを選んだつもりだが、もし君が危険な状態に陥った場合、俺は命に代えてでも救助する。しかし……肝に銘じておいてくれ。俺は君を救うが、守ることはしない」

「えっと……救うのも、守るのも、同じことでは？」

「いいや、違う。前者は受け継いだ使命を果たすべく、自動的に行われるものだ。それに対し、後者は明確な自己意思によって行うもの。ゆえに俺は……誰のことも、守らない」

我が身にその資格はないのだと、全てを失ったあの日から、屍人《しびと》はそのように自戒している。

そんなやり取りを終えると同時に、二人は洞窟の前へと辿り着いた。

「……入るぞ」

「ひゃ、ひゃい」

ガクガクと足を震わせながらも、アリスは洞窟の中へと足を踏み入れ――それからすぐ。

「あ、あの。レオン、さん？　い、いきなり、何を？」

寝そべっている。片耳を、地面につける形で。

「静かにしてくれ。気が散る」

そっけなく返してから、全神経を聴覚へと集中させ……洞窟に広がる音の波を捉えた。

屍人《グール》には味覚がなく、視覚、触覚、嗅覚も常人以下である。だが聴覚の性能はヒトのそれとは比にならぬもので、洞窟などの音が響きやすい空間においては、高い探知能力を発揮する。

「《魔物》の数は三八。生存者は……七」

「っ……！　い、一刻も早く、助けに行きましょう！」

「……あぁ、そうだな。救済に向かわねば、な」

二人が進む道は石壁に取り付けられた松明《たいまつ》の灯《あか》りに照らされ、見通しが利《き》いていた。

「病み成りの小鬼人《ゴブリン》が有する身体能力は、《聖源》操作技術を用いていない成人男性と同程度。

五感もまたヒトを超えるようなものではなく、暗がりでは何も見えない」

そのため、巣穴はむしろ彼等《かれら》にとっての墓場となりうる。

間もなくして。曲がり角の手前にて立つ、三人の小鬼人《ゴブリン》が確認出来た。

「君はそこで見ていろ」

左手に握っていた短銃《ライフル》を持ち上げ、小鬼人《ゴブリン》達の視界を照らす松明へと狙いを定める。

そして、破裂音めいたそれが響き渡ると同時に、視界が闇一色となった。

慌てふためく小鬼人《ゴブリン》達。その命を刈り取らんと、死神が接近する。

決着までおよそ三秒。全てが終わった後、彼は三人分の腐汁を見下ろしながら。

「──汝等《なんじら》の眠りが、永遠の救いであらんことを」

祈りを捧《ささ》げ、アリスへと目をやり、「付いてこい」と短く命令してから、歩行を再開する。

まさに血塗《ちまみ》れの道程。圧倒的な力で小鬼人《ゴブリン》を屠《ほふ》り続けるレオンにそのとき、彼女が問うた。

「あ、あのう。わたしは、見ているだけで、いいんでしょうか……？　今回のお仕事は、弟子入りをするための試験、ですよね？」

「あぁ。しかし、これは実技を見るものではない。君の心を試すものだ」

よって今回は見ているだけでいい。そう付け加えたレオンの意図を、やはりアリスは理解出来ていなかった。そんな様子を見ていると、自分が過《あやま》ちを犯しているように思えてくる。

妙な苛立《いらだ》ちを噛《か》み締める中。隣を行くアリスが不意に口を開いた。

「それにしても、レオンさんは本当にお強いですね。わたしが知ってる屍人《グール》とは全然違います」

「……あぁ、そうだな。俺は他の屍人《グール》とは違う。知性なき同族は四等級に格付けされ、小鬼人《ゴブリン》よりかは上という程度の認識をされているが……俺は、特別だ」

額面だけを見れば自画自賛の言葉。されど、その内側にある思いは。

卑下と自嘲以外の、なにものでもなかった。

「致命傷をも瞬時に癒やす再生力。ヒトの肉体をボロ雑巾のように引き裂く腕力。そして文字通り、人外の聴力。これらを高度な知性で以《もっ》て操ることが出来る。……そう、俺は強者としての才を有していたのだ。しかし……心がそれを、腐らせていた」

「心、ですか？」

「あぁ。……過去の俺は臆病だった。師や兄弟子の背中に隠れ、震えることしか出来ない。そんな、愚かで見苦しい、軟弱者だったのだ」

ここでレオンは嘆息し、話を打ち切る。これ以上語って、過去の傷を抉《えぐ》りたくはなかった。

「それよりも。君、少しばかり気が緩んでいるぞ。引き締めろ」

「は、はい、ごめんなさい。で、でも……あなたより強い《魔物》なんて、ここには」

「冒険に絶対はない。今回の仕事も、どこか臭うものがある」

「はぁ。臭うといえば、さっきからちょっと、臭くないですか？」

「……奴等《やつら》は例外なく、巣穴の中で創作を行う。この悪臭は、それが原因だろうな」

「創作、ですか？　トラップとか、武器とか？」

「その答えは直にわかる。さしあたって重要なのは、やはり統率者の詳細だ」

少しばかり優秀な同種《ゴブリン》であったなら、問題はないのだが……

「情報は冒険者にとって非常に重要な要素の一つだ。相手取る《魔物》がいかなる存在か。その強弱を把握出来ているだけでも、仕事の危険度に大きな違いが出てくる」

「そういえば。あのお二人がご存命だった頃、あなたは主に解析参謀《メンター》を担当していたとか」

「……あぁ。そうだな」

「具体的には、どうやって相手の情報を知るんですか？」

「《魔物》の痕跡を基に推測するのが一般的だが……糞尿に薬品を使用し、その主成分を調査することで、正確に種族を把握するといった手法もある。そこに加え」

特異な個性によって、敵方の情報を知ることが可能な者達も居る、と。

そのように続けようとした、直前。

「うわ!?　な、なんですか、これ!?」

「……壁画を描いたのか。ヒトの血液を、インク代わりにして」

お世辞にも上手とは言えない。子供がキャンバスを好き放題汚したようなそれは……

手を繋《つな》ぎ合う、仲睦《むつ》まじい兄妹《きょうだい》を、描いたものだった。

「……通常、小鬼人《ゴブリン》がこういった創作をする場合、自身の排泄物《はいせつぶつ》を用いるのが常だ。それは犬や猫のマーキングに似た行動とされている。だが血液を用いる場合……それはマーキングではなく、趣味趣向の類いだ。そうした行為を好む種の代表としては」

吸血人《ヴァンパイア》。その名称が脳裏に浮かんだ瞬間。

追憶が、彼に激烈な怒りをもたらした。

「レ、レオン、さん?」

怯《おび》えと当惑を孕《はら》んだ声に、屍人《しびと》はハッとなる。それから一息吐《つ》いて落ち着きを取り戻すと。

「……この壁画を描いた者の情報。それを知るには、力を用いるのが一等早い、か」

確認すべく、レオンは壁画へと近付いていき、そして。

「しばらく待っても俺が帰ってこなかったら、体を揺すってくれ」

「えっ?」それはどういうことかと、目線で尋ねてくるアリスを無視して、彼は壁画に触れる。

と、その瞬間――

屍人《しびと》の脳裏に、何者かの記憶が流れ込んできた。

「な、なにしてるんだよ、父さん」

「邪魔をするな、エレン。病は治らない。それならいっそ……親である私が、殺すべきだろう」

母さんのように、なる前に。

父さんは、そう言った。

「たすけて、おにいちゃん……！」

ぼくは、カタカタと震える妹の前に立った。

「父さん、前に言ってたじゃないか……！　兄は妹を守るものだって！」

「そいつはもう人間じゃないんだよッ！」

揉《も》みくちゃになる。ナイフを奪う。興奮。刃の光。

――紅《あか》。

紅紅紅紅紅紅紅紅紅紅紅紅紅紅紅紅紅紅紅紅紅紅紅紅紅紅紅紅紅紅。

目に映る全てが、紅かった。

「…………父、さん」


――その瞬間、流れ込む記憶が遠のいて、意識が現実へと帰還する。

「レ、レオン、さん？」

「……俺が解析参謀《メンター》を担当していたのは、特異な個性を有していたからだ」

「と、特異な個性、ですか」

「あぁ。俺は《魔物》の思念を読み取ることによって、彼等がいかなる過去に縛られているのか、いかなる思いに縛られているのか、それを知ることが出来る」

なにゆえレオンがこのような力を有しているのか。それは彼が、赤眼《せきがん》の《魔物》だからだ。

一般的な《魔物》は青ざめた瞳を持つ、青眼《せいがん》。

これに対し、赤い瞳の持ち主は赤眼と呼称されている。

彼等は極めて希少な存在であり、ヒトの心と異能力を持つ。

それがレオンの、解析参謀《メンター》としての立場を絶対的なものとしていた。

「この壁画を描いた者は元が幼い子供で、成り果てる際に抱いていた情念は、妹の守護。経験上、こうした手合いは巨大化することが多い」

幼い子供ほど大きな者に憧れを抱く。

大柄な体型というのは彼等にとって、わかりやすい強さの象徴として映るからだ。

「守護者にならんとした子供。血液で創作を行う種族。それらの情報から……統率者の正体は、大鬼人《オーガ》の可能性が高い」

「大鬼人《オーガ》、ですか？　上位小鬼人《ホブ・ゴブリン》ではなく？」

「一般的にはそうだろうな。群れなす《魔物》の統率者は同種の上位存在であることが多い。とはいえ、何事にも例外というものはある。今回の一件も、そういうものだろう。……なんにせよ大鬼人《オーガ》は二等級の《魔物》だ。その脅威レベルは上位小鬼人《ホブ・ゴブリン》を遙《はる》かに上回る」

「そ、それは恐ろしい、です、けど……レオンさんなら、勝てますよね？」

「……あぁ、勝てるとも」

屍人《しびと》は、そのように答えるしかなかった。

「……進行を再開するぞ」

最高水準の警戒心を維持しつつ、目的地へと突き進んでいく。

その道中は実に平坦《へいたん》なものだった。少数の小鬼人《ゴブリン》に不意打ち《バック・スタブ》を叩《たた》き込み、腐った肉汁へ変え、《生証石》を回収。件《くだん》の《魔物》は存在の気配すらなく……そこがどうにも引っかかる。

「やはり、臭いな」

「そうですね……もう、わたし、お鼻が曲がりそうです……」

そういう意味で発した言葉ではなかったのだが。とはいえ実際、漂う臭気は歩を刻む毎《ごと》に酷《ひど》くなっており、まとな嗅覚を持つアリスからしてみれば拷問じみたものだろう。

それは即《すなわ》ち、目的の場所へ接近しているという証《あかし》であり――

ある一定の距離にまで近付いた、そのとき、レオンは足を止めた。

「君はここで待て。俺が呼ぶまで決して動くな」

レオンは彼女を一人置いて前方へと進み……開けた場所へ出ると同時に、呟《つぶや》いた。

「望み通りではあるが、想定からは外れている、か」

これをそのままアリスへ見せるわけにはいかない。配慮を行わねば、彼女の心が壊れてしまう。レオンはまず松明を狙い撃ち、周囲を闇のベールで覆い隠すと――

そこに居合わせた小鬼人達《ゴブリン》を一方的に殲滅《せんめつ》し、今一度その光景を目に入れ、考え込む。

「……闇の帳《とばり》が下りた今、幾分かマシにはなっている、か」

アリスを呼びつける。果たして彼女が足を踏み入れたのは、広々とした石室であった。自然が創り出した巨大な空洞に、小鬼人達《ゴブリン》が手を加えたのだろう。そこへ一歩入り込むと同時に。

「————ッ！」

息を呑《の》みながら、目を見開く。

鼻が曲がりそうな悪臭。それは小鬼人達《ゴブリン》の体臭と排泄物、そしてもう一つ何かが混ざったものだとそう考えていたが、最後まで正体に気付けなかった。

無理もない。アリスは健全な少女だ。そんなものを嗅いだ経験など、あろうはずもない。

洞窟内を満たす悪臭の元凶。その最後の一つは——小鬼人達《ゴブリン》が出した、精液の臭いだった。

「…………っ」

地面に散乱した多くの亡骸《なきがら》。その全てが、人間の女性であった。

皆、衣服を剝ぎ取られ、裸体を晒《さら》している。

そんな彼女等《かのじょら》の胴体には、手足がなかった。

小鬼人達《ゴブリン》が切り取ったのだ。きっと彼等《かれら》にとってそれは、邪魔なものだったのだろう。

ヒトをヒトとして扱うことをせず、道具として見なすその悪意に……

アリスは吐き気を催さずには、いられなかった。

「うっ……！」

堪《たま》らず嘔吐《おうと》し、全身を戦慄《わなな》かせながら、瞳を涙で濡《ぬ》らす。

そんなアリスの痛ましい姿を見つめながら、レオンは口を開いた。

「ヴェルゴが言っていたな。俺は周囲に不幸を振りまく存在だと。その言葉に間違いはない」

粛々と言葉を紡《つむ》ぎながら……レオンは女達を見回した。

「し、て」

一人の女が細い声を出す。それは彼女等の総意だった。

「ころ、して」

女達の嗚咽《おえつ》が石室に響く。その祈りにも似た声にレオンは頷《うなず》きを返し——

弾丸で以て、彼女等を地獄のような世界から解放した。

「……《救世》の名を受け継いだ者は、誰よりも命を尊び、誰よりも多くの命を救わねばならない。であれば必然、悲劇の只中《ただなか》へと身を投じることになる」

俺の隣に居たなら、この先ずっと、君はその苦しみを味わい続けることになる。

そのことを理解してなお、君はまだ俺の傍《そば》に立ち続けるのか？

当然、これには拒絶の意を示すだろうと、レオンはそのように確信していた。

これにて、自分達の関係は——

「離れません。絶対に」

――レオンの体が、ビクリと震えた。

貌《かお》には虚無が浮かんだまま。しかし次の瞬間、口から出た言葉には動揺の色が滲《にじ》み出ていた。

「理解、出来ない」

なぜ離れないという結論が出たのか。そこに至るまでの論理と感情が、まるで読めなかった。

「俺が相続した財産を、狙っているのか？」

「そんなもの、要りません」

「俺の社会的権力など、皆無も同然だぞ」

「そんなことに、興味は、ありません」

だったら一体、どうして？　あまりの想定外にレオンの思考は停止しきっていた。

が――そのとき。

「う……ぁ……」

か細い苦悶《くもん》。それはおそらく、離れた場所に居る最後の生き残りが放った声であろう。

気付けば相手方の救済を、レオンは逃避の口実として利用していた。

「……生存者のもとへ向かう」

弟子の返事を待つことなく、レオンは歩き出した。思考という迷宮から抜け出すように。

そんな彼の隣を忠実な犬のように歩きながら、そのとき、アリスが口を開いた。

「あの、あなたがやっつけた相手の数を数えてたんですけど……さっきの部屋で、三七人目でした。つまり、もう洞窟の中に居る《魔物》はあと一人ってことになると思うんですが。残ってるのはもう、統率者だけ、ですよね？　つまり、これから、わたし達は大鬼人《オーガ》と」

「……いや。耳に届く音からして、相手は小鬼人《ゴブリン》だろうな」

「えっ。じゃ、じゃあ大鬼人《オーガ》はどこに？」

「……そこも含めて、さっきから引っかかっていることがある。そもそもの問題だが、巣の入り口で敵の数を伝えたとき、君はおかしいと思わなかったか？」

「は、はい。ちょっと数が少ないかな、と」

「その考えは正しい。たかだか三八というのはあまりにも少数だ。彼等が群れを成したなら、少なくとも二〇〇前後は居ると想定して動くべきだと、そう言われている」

「でも、洞窟の中にはその五分の一ぐらいしか居ませんでしたね。……なんででしょう？」

「もっとも多いパターンとしては、共喰いだろうな。基本的に《魔物》は同士討ちなどしないものだが、小鬼人《ゴブリン》は例外の一つだ。口数を減らすために仲間内で争い、共喰いをするケースは多く見られている。だが……強力な統率者が居る場合、それはありえない」

「共喰いをする前に統率者が止めるから、ですか？」

「そうだ。群れの統率者となるような《魔物》は団結心が強い。ゆえに仲間内での争いを許さず、常に縄張りの中に居る」

「えっ。で、でも洞窟には今、統率者と思《おぼ》しき《魔物》が、居ないんですよね？」

「あぁ。だから臭いんだ。今回の仕事は」

少数に過ぎる《魔物》達。居るべき場所に存在せぬ統率者。

これはいったい何を示すものなのか。

思索を巡らせつつ、歩き続けた末に、レオンとアリスは巣穴の最奥部《さいおう》へと到達。

そこで二人は新たな惨状を目にした。

「あっ、がっ、ぎっ」

「うひ、ひひひひひ。ひひひひ。肉、肉、肉」

小さな石室で、一人の小鬼人《ゴブリン》が腰を振っている。

その矮躯《わいく》の下には、哀れな被害者の姿があった。

「ぐっ、ぎっ、あっ」

悲鳴のような喘《あえ》ぎを放つ彼女を解放するべく、レオンは接近し……

「熱心なことだ。ここまで近付いてもまだ気付かないとは」

右手で小鬼人《ゴブリン》の首根っこを掴《つか》み、引き剝がしたうえで、壁面へと投げつける。

激烈な衝撃を浴びた小鬼人《ゴブリン》の矮軀はバラバラに飛散し、絶命へと至った。

「あなた、達……冒険、者……？」

女の心はまだ壊れていなかったのか。目は虚《うつ》ろだが、声には僅かながらも力が残っていた。

「そうだ。村の長《おさ》に依頼され、小鬼人《ゴブリン》達を討伐しにきた」

「村の、長……」

女は細い呼吸を繰り返しながら声を出した。最後の力を、振り絞るように。

「村、が……危、ない……数日、前に、ここへ、誰かが、来て……村、を……襲わせる、よう……仕向け、た……穴を、掘らせ、て……」

「……君の言う誰かとは、何者だ？　姿を見たか？」

「声、しか……聞いて、ない……凄《すご》く綺麗《きれい》な……天使様みたいな、声……」

「……ありがとう。君のおかげで、謎が解けた」

あまりにも少ない小鬼人《ゴブリン》。統率者の不在。これらは、ある存在によって仕組まれたものだ。

最奥の石室の、さらに奥へ目をやると、地面に大きな穴《トンネル》があった。

その行く先はカルナ・ヴィレッジと見て間違いない。

「足手纏《あしでまと》いと判断した者達を巣に残したうえで、村を襲撃。……おそらく、俺達とはすれ違いの形になったのだろうな」

「じゃ、じゃあ今頃、村は」

アリスが脳裏に浮かべた光景を、女もまた想像していたのだろう。

「おね、がい……！　私の、故郷を、守って……！」

涙を流しながら懇願する。そんな彼女の思いに、レオンは迷うことなく答えた。

「村は必ず救う。だから……安心して、眠るがいい」

「ありが、とう」

礼の言葉を受け取ると、レオンは彼女の眉間に狙いを定め……

哀れな魂がまた、天へと昇った。

「……こういうとき、いつも、無力な自分を腹立たしく思う」

もし、ここに師《クレア》が居たなら。もし、ここに兄弟子《ラインハルト》が居たなら。

この一件はきっと、完璧なハッピー・エンドで終わっていたのだろう。

「《救世》の称号を背負いながら、偽りの救済を実行する。あぁ、まったく、酷い話だ」

渇き切った声。けれどその心は熱量に溢《あふ》れていた。

それを察したか、アリスもまた白い顔に熱意を宿して、

「たとえ無力だったとしても。使命を果たすことを諦めはしない。そう、ですよね？」

「あぁ。それは《救世》の名を継いだ者の責務だ。そこから逃げることは、決してない」

断言しながら、レオンは洞窟の中で手に掛けた命を思う。

ヒトとしての尊厳を踏みにじられ、死の救済に縋《すが》った女達。

かつてヒトであった頃、確実に持っていたはずの尊い心を失い、暴走する《魔物》達。

「これ以上、悲しませはしない。これ以上、罪を犯させはしない」

《救世》の勇者は、そのために在るのだ。

心に決意の炎を灯《とも》しながら、屍人《しびと》は地面を蹴るのだった——

◇◆◇

――レオンの左足は鐵《くろがね》の義足であり、もはやかつてのように駆けることは叶《かな》わない。

けれども水面を弾《はじ》いて進む礫《つぶて》の如《ごと》く直線的に跳ねることで、高速移動を実現している。

山道を凄《すさ》まじい速度で下り、麓へ到着。そのままの勢いでカルナ・ヴィレッジへと驀進《ばくしん》する。

(意識は足に集中すべき、だが……やはり、気になって仕方がない)

(女の口から放たれた、誰かの情報。《魔物》の群れとその頭目を扇動したそれは、まさか)

脳裏にある者の姿が浮かび上がる。あの惨劇から四年、それと再会する瞬間をずっと待ち続けていた。もし此度《こたび》の一件の裏に奴《やつ》が居て、遭遇するようなことがあったなら、そのときは。

(勝算は薄いが……それでも、討たねばならない)

(俺は、そのためだけに、生き恥を晒しているのだから)

複雑な情念を抱きながら地面を蹴り続け、そして……阿鼻叫喚《あびきょうかん》の只中へと、到着する。

村人達を襲う無数の小鬼人《ゴブリン》。これを自警団が掃滅せんとしているが、多勢に無勢だ。

「まずいな。このままでは押し潰されるぞ」

「ど、どうすれば……!?」

「小鬼人《ゴブリン》は極めて臆病な種族だ。群れの統率者を斃《たお》せば潰走に至るだろう」

人外の聴覚を機能させ、それと思しき《魔物》の位置を特定する。

「これより西方へと向かい、統率者を討つ。君は道中、村人の救助と避難誘導に徹してくれ。戦闘行動は俺が担《にな》う。いいな？」

「は、はい……！」と、短く応答したアリスの顔には、強い怖じ気《おけ》の色があった。

しかし、その心には覚悟がある。どんなことがあろうとも彼に付き従い、そして、救える者は必ず救ってみせるという、絶対的な覚悟が。

「……どこからやって来るのだ。その、勇気は」

嘆息に複雑な情を込めつつも、屍人《レオン》は左手に握った短銃《ライフル》を構え……

尻餅をついた老爺《ろうや》を救うべく、引き金を弾いた。虚空《こくう》を引き裂いて進む銀弾は狙い過《あやま》つことなく、斧《おの》を振り下ろさんとしていた小鬼人《ゴブリン》の脳天を貫通。これを腐った肉汁へと変えた。

「お爺《じい》さん、こっちですっ！」

老爺を立たせ、皆が向かう先へと誘導するアリス。このご時世、どの村にも避難用の大倉があるものだ。堅牢《けんろう》に造られたそれは《魔物》の襲撃に対する一時凌《いちじしの》ぎにはなるだろう。

もっとも、一等級の《魔物》などが襲ってきたなら、なんの意味も為《な》さぬだろうが……

とはいえ。現時点において、この村を襲う《魔物》の中にそれほどの存在は確認出来ない。

それはつまり……奴がここに居ないということだ。

「俺の存在に気付いたうえで、あえて消えたのか。それとも」

奴の意図は読めぬが、しかしこれで、すべきことが一つに絞られた。

殺し、助け、西へと向かう。

そうした道程の果てに、レオンとアリスはある村人の亡骸《なきがら》を前にして立ち止まった。

病は外部からもたらされるものと信じて疑わず、そうだからこそ、二人に排他的な視線を浴びせかけ……村の子供達を守ろうとした男。

背中に傷はなく、死してなお鉈《なた》を握り締め、前のめりに倒れている。

きっと最後の最後まで、勇敢に立ち向かったのだろう。守るべき者のために。

(これはかつて、俺が晒《さら》すべきであった死に姿)

(己《おの》が命を散らせ、残すべきを残し、最善の未来を紡《つむ》ぐための礎《いしずえ》となる)

(……その心意気、決して無駄にはせんぞ)

レオンは亡骸よりもさらに前方へと視線を向けた。強大な圧力《プレッシャー》を、感じ取りながら。

「た、助け、て……」

レオンとアリスに好奇の目を向け、親しげに声を掛けてきた四人の少年少女達。

その目前に、まるで夜の闇を体現するかのような、漆黒の巨体があった。

それを確認すると同時に、再び、記憶が流れ込んでくる。

――大きくなりたかった。いつか絵本で見たヒーローのように。

妹を守る、大きな男になりたかった。

「おにいちゃん……あたし達、これから、どうなっちゃうんだろう……」

「だいじょうぶ。ぼくがお前を守るから」

父さんが紅《あか》い水たまりの中で動かなくなってから、ぼくは妹を連れて故郷を出た。

もう、あそこに居場所はなかった。

「街へ行こう。そこでなら、きっと」

妹を治せると思っていた。小さな村にはない、驚くような知識と技術が都会にはあるんだと、
そう思っていた。

……けれど。

「そ、そんな。お金を払えば、治してくれるって」

「嘘《うそ》に決まってんだろ。《青眼病》はな、一度罹《かか》ったら終わりなんだよ」

街は、ぼく達に冷たかった。街は、ぼく達に絶望を与えるだけだった。

ぼく達は山の中に追いやられ……そして、弱っていった。

「おにい、ちゃん……お腹《なか》、空《す》いた……」

「待ってろ。すぐに何か採ってくるから」

洞窟の中で、妹が日に日に小さくなっていく様子を見つめることしか出来ない。

そんな日々の中で、ぼくも痩せ細っていって……だからか、頻繁に記憶が飛ぶようになった。

「あ、ああ、あ……」

生きていると、お腹が空く。ぼくはいつも飢えていた。食べられるものは、ほとんど妹に与えていたから。

「う、ぎ、あ……」

でも、その日は違った。飛び飛びの記憶の中で、ぼくはお腹いっぱい何かを食べた。

それはこの世のものとは思えないぐらい、すごくすごく、おいしくて。

「お、に……」

曖昧な意識の中で、ぼくは弱々しい妹の声を聞いた。

そして――目が覚めたら、妹が、居なくなっていた。

口の中に、いつか食べたイチジクのような、甘い味が広がっていた。

「ど、こぉぉぉぉ」

ぼくは叫んだ。妹の名前を、叫んだ。

でも、声は返ってこなくて。

ぼくは、そこから離れた。

水たまりを踏み抜く。紅いそれに映ったぼくの眼《め》は、青くなっていた。

妹と同じ色が、とても嬉《うれ》しくて。でも、寂しくて。あぁ……

「――妹を、探さなきゃ」

そのとき。流れ込んでいた記憶と、現実のそれが、重なった。

「レオンさんッ！」

アリスの叫声が耳朶《じだ》を叩《たた》く。瞬間、屍人《しびと》の肉体が弾かれたように動いた。

脊髄反射的な銃撃。果たして銀の弾丸は、前方にて今まさに子供達を襲わんとしていた漆黒の巨体へと命中し……けれどもそれは、闇色の皮膚を破ることさえ叶わなかった。

「う、あ、あぁぁぁぁぁ」

野太い声を上げながら、巨大な《魔物》がのっそりと、こちらを振り向く。

大鬼人《オーガ》。それこそが今の彼を表す名称であり、成り果てた姿であった。

妹を守るための強さを求めた兄は、望み通りのカタチを得て……同時に、失ったのだろう。

けれど彼は、そのことに気付いてさえいない。

「ち、が、ううううう……！　お前、じゃ、ないぃぃぃぃ……！」

未《いま》だ彼は、探し求めているのだ。見つかるはずのない、妹の行方を。

「君は哀れだ。しかし、そうだからこそ……討たねばならない」

決然たる意思を紅き瞳に映し、レオンは身構えた。

「え、援護は任せて――」

「ダメだ。手出しするな。君の装備では傷一つ付けられん。下手に動けば死ぬぞ」

ゆえに子供達の避難誘導などもすることなく、ただ見ていろ、と。

そう言外に言い含ませて、アリスから身を離し――敵方の剛体へ、銀の弾丸を撃ち込む。

されど巌《いわお》のような皮膚を貫くことは叶わず、命中と同時に跳弾。

レオンが与えた痒みを不快に思ったか、大鬼人《オーガ》は貌《かお》に湛《たた》えていた哀切を怒りへ変えて。

「うぁあああああああああああああああああッ！」

ほんの一瞬にして間合いが詰まり――豪腕が唸《うな》る。これをレオンは後方へ跳躍し、回避。敵方の一撃は掠《かす》りさえしなかったが、しかし、その脅威は屍人《しびと》の心に確《しか》と刻み込まれていた。

「……まともに浴びたなら、その時点で終わり、か」

凄まじい重圧を感じた、そのとき、気付けばレオンは、それへと手を伸ばしていた。

ベルトに下げられた一振りの剣《つるぎ》。聖剣・カリト＝ゲリウス。

かつて師《クレア》が愛用したこの剣《つるぎ》には、特等級の《魔物》をも屠《ほふ》るほどの力が秘められている。

だが、柄《つか》に触れた瞬間、漆黒の鞘《さや》から紫電が迸《ほとばし》り……彼の手を弾いた。

聖剣・カリト＝ゲリウスには明確な自己意思が宿っている。ゆえにこれは使い手を選び、資格なき者には触れさせようともしない。

レオンはそんな聖剣に、触れることだけは許されている。だが、それ以上のことは出来なかった。柄に触れた瞬間、カリト＝ゲリウスは一度の例外もなく、その意思を否定する。

まるで、「甘ったれるな。自分の力でなんとかしろ」と、叱りつけるように。

「……あぁ。成し遂げてみせるさ。今回も、自力でな」

震える指先。されどレオン・クロスハート、後退を刻まず。

「来るがいい、同族よ」

不退転の意志を発露した、次の瞬間。

「グロロロ、ロロロロロォオオオオオオオオオオッ！」

大鬼人《オーガ》、襲来。

振り落とされた鉄槌《てっつい》の如き拳をレオンは横へ跳ねて躱《かわ》し――瞼《まぶた》を閉じた。

闇に覆われた視界。失われた視覚。だがそれは、人外の聴覚を研ぎ澄ませ――

「グロ、ロロ、ロロォオオオオオオオッ！」

敵方が放つ音の全てを、レオンは己の内側へと刻み付けていく。

巨体が生み出す暴力のサウンド。恐るべきリズム。

屍人《しびと》は大地を蹴り、繰り出される攻撃の数々を躱しながら、発生する音への理解を深めていった。そうすると――音に秘められし真実が、聞こえてくる。

「グロォオオオオオ〝どこに居るんだ〟オオオオオオオ」

「ロロ、ロロロロ〝どこへ、行ってしまったんだ〟ロロロロロッッ！」

彼は、泣いていた。

凶暴なる声と、鼓動の中には。

「グロォアアアア〝ぼくが〟アアアア〝守らなきゃ〟アアアアアアアアアッ！」

彼の悲哀が、隠れていた。

「ロォアア〝ぼくが〟アアアアア〝妹を〟アアアア〝守るんだ〟アアアアアッ！」

そして——もう何度目かもわからぬ回避の末に、レオンは瞼を閉じたまま、言葉を紡ぐ。

「汝《なんじ》、情動の果てに静寂を迎え、主の御許《みもと》へと招かれん。さらば汝の魂は福音を以《もっ》て浄化され、然《しか》る後、主の赦《ゆる》しを賜るであろう。万の罪は主に拠《よ》りて白く染まり——ゆえに汝は救われん」

それは聖句の一説。哀れな罪人へ手向けられる、葬送の祈り。

そして。レオンはゆるりと瞼を開け、迫り来る大鬼人《オーガ》を見た。

「グロロロロォアアアアアアアアアッ！」

なおも豪腕を振り回す大鬼人《オーガ》へ、屍人《しびと》は目を細めながら。

「我は悲嘆を以て断ずる。アポロガイストの拳。灼炎《しゃくえん》の煌《きら》めき。赤羅猿《せきらえん》の眼《まなこ》」

刹那、鐵《くろがね》の右腕が呼応し、その全体を覆うように幾何学模様が浮かび上がった。

そして今、黒き鋼に秘められし力の一つが、闇夜の中、顕現する。

「鋼武《こうぶ》術式展開。第弐《に》魔装：炎天王《シャイニング・フィンガー》の浄火」

紡がれし名に呼応するかの如《ごと》く、鐵《くろがね》の義手が液状化し、別の姿へと変形。

果たしてそれは、巨大な杭《くい》であった。

煌めく幾何学模様に覆われたそれは、無数の輪《リング》によって構成されており——

次の瞬間、一斉回転。摩擦に伴う温度の上昇により、杭全体が灼熱色へと染まり始めた。

やがて超高温が熱波を生み、扱う者の皮膚を泡立たせ、肉と骨とを灼《や》かんとする。

その脅威に対し、ヒトならざる者、屍人《しびと》の再生能力が真っ向からぶつかり合っていた。

彼の様相を見た者は誰しもがこう思うだろう。まるで自殺を繰り返しているかのようだと。

レオンの義手に秘められし力は、まさしくそれだった。そのように、造られていた。

ヒトならざる者の手によって、ヒトならざる者を討つための、自殺道具。

その力を纏《まと》いて、今。

「――――貫く」

鋼の如き漆黒の皮膚。だがそれを、超高熱は容易《たやす》く破ってみせた。

少年だった頃の彼は父の紅《あか》によって居場所を失い、そして今、屍人《しびと》の紅によって命を落とす。

「ア、ア……」

開かれた大口から、声が漏れる。果たして大鬼人《オーガ》は血涙を流し、

「グロリア……」

絶命へと至った彼の全身は緩やかに溶けて、腐った肉汁へと変わった。

大きな水溜《みずた》まりとなったそれの中心には、強い輝きを放つ《生証石》が在る。

青々としたその石をレオンは拾い上げ……

「――汝の眠りが、永遠《とわ》の救いであらんことを」

祈りながら、想《おも》う。哀れな兄妹《きょうだい》が異界の楽土にて再会し、笑い合う姿を。

「おおッ⁉　小鬼人共《ゴブリン》が逃げていくぞッ！」

小鬼人《ゴブリン》達は皆、統率者の死を本能で察したのだろう。

数多《あまた》の気配が村から急速に離れていく。

「……終わった、か」

ふらりと、レオンは全身を揺らめかせた。

義手と義足に宿りし力は絶大であるが、その代償として、激しく《聖源》を消費する。

もはや立っていることさえままならず屍人《しびと》は片膝をついた。

「勇者の兄ちゃんっ！」

「だいじょうぶ……？」

守り抜いた子供達が、心配げな顔をしながら歩み寄ってくる。

そんな彼等《かれら》へ言葉を返そうとした、そのとき。

「ッ！　右から来ますッ！」

アリスの声が響くと同時に、真横から小柄な小鬼人《ゴブリン》が駆け寄り、奇襲を仕掛けてきた。

しかし。迫り来る殺意を屍人《しびと》は脅威と認識してはおらず。それどころかむしろ。

「……美味《うま》そうだな」

片手に剣を握った小鬼人《ゴブリン》が、すぐ傍《そば》まで寄った、そのとき。

露出した鐵《くろがね》の右腕を轟然《ごうぜん》と突き出して、相手の頭を摑《つか》む。

「ぎっ！　げ、がっ！」

健気《けなげ》な攻撃がレオンのダークコートを一部斬り裂いて、青白い肌に裂傷を刻む。

だが、流れ落ちる鮮血を彼は気にすることなく。

口元を覆っていた鉄仮面を外し、勢いよく、捕らえた獲物を引き寄せた。

――レオン・クロスハートはヒトであると同時に、《魔物》でもある。

そうだからこそ、何を成そうとも、ヒトの世に在っては嫌悪《けんお》されるしかない。

彼を見る村人達の目が、その証左であった。

「…………なんだよ、あれ」

呆然《ぼうぜん》と呟《つぶや》く村人。その目には、小鬼人《ゴブリン》の体を貪る屍人《グール》の姿が、映っていた。

腹を裂かれ、目の前で己の腸《はらわた》を貪られながらも、死ぬことが出来ない。

その口からは絶えず、苦悶《くもん》が漏れ出ていた。まるで「早く殺してくれ」と願うように。

彼等に憎悪《ぞうお》を抱いていた村人でさえ同情してしまうほど、その光景は凄惨を極めていた。

「うっ……！」

幾人かが嘔吐《おうと》する中、屍人《しびと》は思うがままに獲物を貪り――三分の一を食べ終えた、そのとき。

小鬼人《ゴブリン》が絶命し、残った体が腐った肉汁へと変わる。

「あぁ……美味かった……」

真っ赤に染まった口元から肉片を零《こぼ》して、顔を上げる。

妖しく光る紅い眼《あかめ》を移ろわせ、屍人《しびと》は幼い少女の姿を見た。

村に着いた後、自分とアリスに声をかけてくれた子供達の一人。

小鬼人《ゴブリン》の奇襲に驚いたのだろう。彼女は尻餅をついて、カタカタと震えていた。

可哀想《かわいそう》に。

少女を哀れんだレオンは、ゆったりとした歩調で傍へと歩み寄り、手を伸ばす。

そこに悪意はない。屍人《しびと》はただ、少女を起こしてあげようとしただけだった。

しかし、その姿は。

大人達からすれば、当然のこと。

ここへ行き着いてから常に、好感を以て接してくれた子供達でさえ。

バケモノが、幼い少女を襲う光景にしか、見えなかった。

「や、やめろぉッ！」

子供達が、割って入る。

ガチガチと歯を打ち鳴らし、両足を痙攣《けいれん》させながらも、彼等はレオンを睨《にら》み据えて。

「ア、アトリに、手を出すなッ……！」

友を救わんとする必死の形相。そんな痛ましい貌《かお》を見て、レオンは自嘲の思いを抱いた。

「……何をしてるんだ、俺は」

手を差し伸ばしたところで、誰も喜びはしない。

ヒトでなしの手など、誰も、取るはずがない。

捕食後の倒錯的な感情が、そうした現実への認識を取り払っていた。

だから間違えてしまった。

ヒトの中に在りたいという愚かな考えが、ほんの僅かに、顔を出してしまった。

「……すまない」

子供達に謝罪し、離れていく。

向けられた感情は村を救った英雄へのそれではない。

新たに現れた敵に対する畏怖と憎悪。

そうした真っ黒な情念を浴びながら、レオンは落ちていた仮面を拾い、口元を隠すと。

「君は、まだ」

努めて淡々とした口調で、紡《つむ》ぎ出すつもりだった。

けれど。

「君は、まだ……こんなバケモノの隣に、立ち続けるのか？」

心の割れ目から漏れ出た感情を、レオンは抑え込めなかった。

それを察したのだろう。アリスは満面に笑みを浮かべながら、断言する。

「あなたはバケモノじゃありません。救いのヒーローです」

穏やかな笑顔が、彼女の意を表していた。

屍人《しびと》は鼻を鳴らすと、左足を引きずりながら彼女のもとへ赴いて、

「……帰るぞ」

「はいっ！」

歩く。二人、並んで。

「今回のお仕事は結局、あなたに任せきりになってしまいましたね。でも、次は絶対、お役に立ってみせますから。アリス、頑張ります」

足を引きずるレオンに合わせて、ゆったりとした歩調で進んでいく。

そうしながら彼女は、屍人《しびと》の手を取った。

血塗《ちまみ》れの、それを。

誰もが拒絶した、それを。

「……汚れるぞ」

「かまいません」

握られた手を、レオンは振《ふ》り解《ほど》こうとはしなかった。

振り解くことが、出来なかった。

アリスはそれを肯定と受け取ったのだろう。そして同時に……合格の証《あかし》であるとも。

「本日から、よろしくお願いしますね――――師匠」

甘やかな微笑と、その言葉を、レオンは否定出来なかった。

弟子入りを認めたつもりはないと、そのように拒絶すべきだったのに。

誰とも、関係性を結んではならないのに。それでも、レオンは。

「……愚か者め」

それは果たして、誰に向けての言葉だったのか。

選択を誤った少女に対して？　……いや。そのように呼ぶべきは、間違いなく。

「……愚か者め」

同じ言葉を繰り返しながら、嘆息する。体温なき屍人《しびと》のそれは、酷《ひど》く冷たい。

けれども——胸の内には久方ぶりに、温かさが満ちていた。

EPISDOE II 別れを望む屍人と、執着する少女

Only I know the Ghoul saved the world

——失われた煌《きら》めき。

——潰《つい》えた救世。

——だが、再びの虚無へと堕《お》ちてなお、残っているものがある。

——泣いているようなあの笑顔だけは、まだ。


あいつはいつだって、強かった。あいつはいつだって、頼もしかった。

あいつは。ラインハルト・クロスラインは。

誰よりも、何よりも、眩《まぶ》しい存在だった。

「どうしてお前は、そんなにも」

「愛の成せる業ってやつさ」

「……愛とは、なんだ？」

そのときの俺には、理解が及ばなかった。

だが、時を経たことで、ようやっと。

「俺は二人のことを、愛しているのか」

そう認識した途端、自分に嫌気が差した。

もう、守られてばかりの自分では、居られなかった。

「どうしたよ、相棒。そんなムキになって。たかだか稽古じゃねぇか」

「……近付きたいんだ。お前と、師匠の背中に」

強くなって。強くなって。なに恥じることなく、二人と肩を並べたい。

そんな思いを伝えてからすぐ、あいつは笑いながら言った。

「お前はもう十分強ぇよ、相棒」

「……そんなわけがないだろう。この前だって、足を引っ張ってしまった」

卑下する俺の胸を軽く叩《たた》きながら、あいつは言った。

「なぁ相棒。お前は他人のために頑張れる男だ。その時点でな、もう十分だよ」

煌めく黄金色の瞳で、こちらを真《ま》っ直《す》ぐに見据えながら。

「胸を張れ。お前はオレ達の家族《ファミリィ》で、オレ達の誇りだ」

傍に立っていた師もまた、あいつの言葉に深く頷《うなず》いて。

「力の強弱なんて些細《ささい》なものさ。大事なのは、背中を預けられるかどうか。信頼に足る相手か否《いな》か。それを思えばレオン、私達にとって君以上の存在はない」

二人は認めてくれた。二人は、信じ続けてくれた。

こんな俺を。弱くて、情けなくて、みっともない、愚かな屍人《グール》を。

だから、俺は。

「……絶対に、強くなる。強くなって、二人の背中を守る」

そう誓ったのだ。己自身に。

「さぁ、もう一本だ、ライナ。次こそ一撃当ててやる」

「へへ。期待してるぜ、相棒」

二人のためならば、なんだって出来ると思っていた。

二人のためならば、己《おの》が命さえ惜しくはないと、そう思っていた。

それなのに、俺は——

◇◆◇

カルナ・ヴィレッジから聖都へと帰還した、その翌日。

鳥のさえずりを耳にして、レオンは目を覚ました。

「……あの娘はまだ、眠っているようだな」

アリスの姿が脳裏に浮かび上がる。彼女は心身共に疲労困憊《ひろうこんぱい》の状態にあった。そのため屍人《しびと》を起こしに来るような余裕などなく、今もグッスリと眠り込んでいることだろう。

別に、思うようなところなどない。むしろ好都合だ。朝の日課を邪魔されずに済むのだから。

起き上がると、レオンはベッドから下りて、

「ふうううう……」

深呼吸を繰り返しながら、五体を操る。

武練体操。旧《ふる》き時代から伝わる格闘術を基に考案されたそれは、健康を維持するための運動として広く認知されている。が、それはあくまでも一般的な捉え方であり、そこから外れた存在……特に荒事を専門として生きる者達は、まったく異なる目的で活用している。

武練体操を寸毫《すんごう》の狂いなくこなすには、精妙な肉体操作が必要不可欠。

これを極めようとすれば、やがて無意識の領域に五体の動作イメージが刷り込まれていき……最終的には、無我の境地へと辿《たど》り着く。

そこまで到達出来たなら、もはや精神の乱れに肉体が引っ張られることはない。

いかなる状況においても、完璧な身のこなしで以《もっ》て、敵方を打ち砕くことが可能となるのだ。

今やレオンは、そうした領域へと至っていた。

それは過去の自分からすると、信じ難《がた》いような成長であろう。

〝うわぁ……ひってぇなぁ、お前の体操……〟

〝ま、まぁ、努力を続ければ、いつか上達するよ。きっと〟

脳裏に二人との思い出が浮かぶ。クレアもラインハルトも、惚《ほ》れ惚《ぼ》れするような所作で以て、この体操をこなしていた。しかしレオンはいつまで経《た》っても上手《うま》くはならず……

きっとそれもまた、あの惨劇に繋《つな》がった要因の一つだろう。

目標としていた背中は、もはやどこにもない。だが、そうだからこそ。

「全てを失ったがゆえに、激烈な衝動を得た。強さを獲得せんとするそれが、かつて目指した場所へと、この身を押し上げた。……これほどの皮肉も、そうそうあるまい」

到来した悲哀が心を乱す。だが、肉体は流麗な所作を保ったまま。

四年間の積み重ねは、凡骨を達人の領域へと至らせつつあった。

少なくとも業だけは、確実に。

「ふうううう……」

全ての過程を完了し、最後に深呼吸。そうしてからレオンは小さく呟《つぶや》いた。

「独りでなければ、ならない。隣に誰かが立つことなど、許してはならない」

過去を想《おも》ったがゆえの哀切が、現在《いま》の己を否定する。その考えに従って——

レオンは、弟子《アリス》のもとへ足を運んだ。

「起きろ」

「むにゃ……ん〜……夢にまで師匠が出てくる、なんて……嬉《うれ》しいなぁ〜……うふふふ」

「夢じゃない。現実だ。起きろ寝坊助《ねぼすけ》」

「………………えっ、ほんもの？」

アリスの寝惚《ねぼ》けた頭が、急速に覚醒へと至る。

「あわわわわ……！　ね、寝間着くしゃくしゃ……！　髪ボサボサ……！　あわわわわ……！」

頰を紅《あか》く染めて、わちゃわちゃと取り乱す。そんな痴態を見下ろしながら、

「俺は約束を守る男だ。ゆえに君と交わしたそれを違《たが》えるつもりはない。非常に業腹《ごうはら》であるが、弟子として扱おうと思う。まったく以て、本当に、嫌々ではあるが」

ここでレオンはビシッとアリスを指差しながら、

「弟子になった以上、これを指導するは我が務め。よって君を――」

「鍛えてくれるんですかっ⁉」

想定外の反応だった。仕事疲れがまだ残っているところに稽古の誘いなどすれば、嫌気が差すだろうと思っていたのだが……むしろアリスは、期待感に目を煌めかせていた。

「……いいか。俺は容赦しないぞ」

「はいっ！　師匠っ！」

「……徹底的に、扱《しご》くからな。泣きべそを搔《か》いても止めんぞ」

「はいっ！　ありがとうございます、師匠っ！」

「……少しでも弱音を吐いたなら、即座に破門する。能なしは要らん」

「もちろんです、師匠っ！」

屍人《しびと》は嘆息した。それはもう深々と。

本当は厳しい言葉を次々に投げ付け、「こんな師匠は嫌だ」と、そう思わせたかったのだが。

「けいこ♪　けいこ♪　しっしょ～とけいこ～♪」

嫌気、どころか、ルンルン気分で後ろを付いてくる。

そんなアリスにレオンは微笑《ほほえ》ましさを感じながらも……心を鬼にして、決意を固めていく。

（目一杯、厳しく指導してやる。そうしたなら音を上げて、俺のもとから離れていくだろう）

そんな真意など察することなく、アリスは師の背中に付き従い……

屋敷の地下へと足を踏み入れた。

「な、なんだか殺風景、ですね。訓練用の器具とか、どこにもありませんし……もしかして、ロードワーク用の地下グラウンド、ですか？」

「違う。ここは最先端技術を用いて造られた訓練場だ」

出入り口の近くにある球体状の装置に触れると、レオンはそこに《聖源》を流し込んだ。

次の瞬間、室内の中央に射撃訓練用の的が複数出現。これにアリスは目を丸くしながら、

「えっ。い、いきなり、的が……」

「この装置には様々な幻影を召喚する機能が備わっている。それを利用すれば多種多様な訓練が可能となるわけだが……その前に、君の素質を見極めさせてもらおうか。まずは射撃だ」

言いつつレオンは装置を操作し、アリスの目前に複数の飛び道具を召喚する。

彼女が選んだのは短弓。もっとも得意な武器で師に良《い》いところを見せようと考えたか。

そんなアリスはきっと、すぐに吠《ほ》え面《づら》をかくことになるだろう。

「始めるぞ。準備はいいな」

「はいっ！」

威勢の良い返事が出た瞬間……全ての的が運動し始めた。それも、超高速で。

（射撃訓練における最高難度。この娘では、一つも当てられんだろう）

当然の結果にあえて難癖をつけ、《救世》の弟子に相応《ふさわ》しくないと糾弾し、破門。

レオンの脳裏に、そうした心苦しい未来が浮かぶ、が——

果たして、その結末は。

「全的中、だと……!?」

高速運動する一二の的。アリスはそれら全てを射貫《いぬ》いてみせた。それも、たった七秒で。

「あ、あの。わたしの弓技、どんな具合でしょうか……？」

あどけない美貌には結果に対する期待感があった。

褒めてやりたいとは思うが、それで懐《なつ》かれても困る。

レオンはあえて棘《とげ》のある言葉を送ることにした。

「……凡庸の域を出ない。まだまだ技量不足だ」

「そ、そう、ですか」

望んだ答えを得られず、しゅんと項垂《うなだ》れるアリス。

か)

その姿を見た途端、強い自己嫌悪《けんお》が襲ってくる。が、頭を振ってそれを払い除《の》け、

(飛び道具の扱いにケチをつけることは不可能。といって、接近戦が不得手とも限らない)

(……この娘を破門し我が身から引き離す。そのためにはもはや、手段を選んではいられんか)

極めて悪辣な手段となるが、仕方あるまい。

「この装置は《魔物》の幻影も召喚出来る。君の技量なら、霧成りの四等級が適当か」

次の瞬間、一体の小犬人《コボルト》が現れた。その姿を目にすると同時に、アリスの肩がビクリと揺れ動く。きっと、かつての苦い記憶が蘇《よみがえ》ったのだろう。レオンの狙い通りに。

「次はこいつを相手取ってもらう。それも……丸腰で、な」

「えっ。ぶ、武器を使わずに、《魔物》と戦うん、ですか……?」

「これは君のメンタルを試すためのものだ。無論、やめにするというならそれでも構わんが」

そうしたなら破門だと、アリスも感じ取ったのだろう。

彼女は恐怖に怯《おび》えながらも、瞳に強い煌《きら》めきを宿して、レオンの顔を見つめながら、

「も、もし、ちゃんと出来たら……頭を、撫《な》でてくれませんか……?」

「あぁ。倒すことが出来たなら、な」

レオンは確信している。そのような結果にはならぬと。

確かに、この娘は天才だ。しかし……心の在り様が、それを台無しにするだろう。

「……始めるぞ」

「ひゃ、ひゃい」

大量の冷や汗を掻き、全身を震わせながら、敵方と対峙《たいじ》する。

その姿をレオンは、自分のそれと重ね合わせていた。

(俺も彼女も、両者共に臆病者だ)

(譲れぬところで、ある程度の勇気を出せるというところも、また)

(しかし……俺と同じだからこそ、この娘は試練を突破出来んだろう)

目前の犬人《コボルト》は幻影であるが、戦力も迫力も本物に等しい。

そんなものを相手に素手で立ち向かうのだ。

(かつての俺みたく、無様を晒《さら》すに違いない)

そのように、考えていたのだが。

「う、ぁ、ああああああああああっ！」

瞳を涙で濡《ぬ》らしながらも、アリスは敢然と立ち向かった。

それだけでも十分、想定外であるというのに、この娘ときたら。

「……そんな、馬鹿な」

丸腰で《魔物》と対峙し、まっとうに戦っているだけでなく、優位に立ってさえいる。

そして——彼女は、成し遂げてしまった。素手で《魔物》を倒すという偉業を。

「く、あ、あ……！」一瞬の隙を突いて小犬人《コボルト》の背後へ回り、飛びついて、首に腕を回す。

次の瞬間、枝折れに似た音が周囲に響く。アリスが敵の頸椎《けいつい》をへし折ったのだ。

「はぁっ、はぁっ……し、師匠……！」

尻餅をついた状態で、こちらを見る。その深緑色の瞳には期待感があった。

やりましたよ師匠。どうですか師匠。わたし、頑張りましたよ師匠。

だから、褒めてください。

……そんな想いを、レオンは受け止めることが出来なかった。

心の中に生じた当惑が彼女のそれを撥《は》ね除け、

「どうして、君は……そんなふうに、動けるんだ」

「え～っと。わたし、ちっちゃいころから狩猟で生計を立ててまして。きっと環境が――」

「違う。そういうことじゃない。……なぜ、勇気を出せたのか。それが聞きたいんだ」

「ゆ、勇気、ですか？　そ、それは、そのぉ……あ、愛の力！　ですかねぇ～！　あはははは！」

羞恥を隠すように、笑い声をあげるアリス。

そんな彼女を前にして、レオンは無意識のうちに拳を握り締めていた。

脳裏に師と兄弟子の姿が浮かぶ。アリスの返答は、二人のそれと同じものだった。

「君は、俺を愛しているのか」

「ふぇっ⁉　しょ、しょれはぁぁ…………ふぇぇぇぇ……」

熟れたリンゴのような顔が。わちゃわちゃとふためく姿が。

見ていて、辛《つら》かった。

「……愛ゆえに限界を超えられるというのなら。愛こそが勇気の根源であるというのなら」

俺は、あの二人を、愛していなかったのか。

奴の言葉こそが、正しかったというのか。

「し、師匠？」

「……もういい。鍛錬はこれにて止めとする」

追憶と、それがもたらす痛みから逃れるように、思考を打ち切って。

「いいか。これはただの報酬だ。それ以上でも以下でもない」

アリスへと近づき……約束通り、その頭を優しく撫でた。

「ふぇぇぇ……」

気分よさげに頰を緩ませ、デレデレと笑うアリス。

その姿をただ愛《め》でることが出来たなら、と、そう思う自分も居る。

だが今、レオンの胸中を埋め尽くす想いは、あまりにも複雑で。

（この娘の本質は、俺と同じものだと思っていた）

（だが実際は……師やライナのそれこそが当てはまる）

（……なぜなんだ？　なぜ、俺と同じような臆病者が、そのようになれる？）
結局、答えは出なかった。
代わりに、別の疑問が発生する。
（この娘との出会いは、果たして偶然だろうか）
（……いや、おそらくは、主の思《おぼ》し召《め》しなのだろう）
（今の俺に、何かを伝えようとしている）
（だが……たとえそれが、主の御意志であろうとも……やはり、傍《そば》には置けぬ）
（惹《ひ》かれている自分を、否定出来ない。そうだからこそ……突き放さねば）
（俺は、誰のことも、守れないのだから）
自分の傍に立ち続けたならきっと、アリスさえも無惨《むざん》な結末を迎えるだろう。
ダメだ。そんなことは許されない。
されど……遠ざけようにも、今はその手段を見出《みいだ》せなかった。
しばしの間、自分達は共同生活を送ることになるのだろう。
（その最中に斃《たお》れぬよう、俺が出来ることは）
（この身から離れた後も、安泰でいられるよう、出来ることは）
結論はすぐに出た。レオンはそこでアリスの頭から手を離すと、
「朝食を摂《と》ってこい。それから、街へ出るぞ」

「はい、師匠。今回もギルド、ですか？」

「いや。顔馴染《かおなじ》みの鍛冶師に会う」

「鍛冶師さん？」

「あぁ。義手の調整と……君の専用装備を、注文するためにな」

◇◆◇

新米冒険者にとって、専用装備の取得は大きな目標の一つだ。

それを敬愛する師が与えてくれるというのだから、これはもう望外の喜びに違いない。

「しっしょ〜がくれた〜♪　せ〜んよ〜うそ〜び〜♪」

浮かれまくっているアリスに、レオンは瞳を鋭くさせて。

「……君は何か、勘違いをしているようだな。いいか、専用装備を与えるのは、あくまでも君の才を認め、後世への影響を考えた結果だ」

「はい、師匠っ！」

「俺が君個人を好いているわけでもなければ、弟子として認めたつもりもない」

「はい、師匠っ！」

「………………君、俺の話を聞いてないな？」

「はい、師匠っ！」

深々と溜息《ためいき》を吐《つ》きながら、レオンは周囲に気を配った。

道行く人々の視線は実に冷ややかなものだ。それがレオンにのみ向けられているのなら、なんの問題もない。だが聖都の民は、この微笑《ほほえ》ましい娘にさえ冷然とした目を向けている。

(このままでは人外のみならず、ヒトさえも、アリスの人生を脅《おびや》かすだろう)

(それを避けるためにも、早急に引き離さねばならない)

(だが、いかなる手段を用いればよいのか……)

結局、何も思いつかぬまま、目的地を前にして立ち止まる。

こぢんまりとした店構えの小さな武具販売店。

看板に記された名は、アン・ブレイカブル……決して壊れぬモノ。

その扉を開いて店内へ。そのまま真《ま》っ直《す》ぐ奥の方へと進む。

そこには会計用の机があり、店番と思しき黒髪の少女が椅子にちょこんと座り込んでいて、

「…………いらっしゃいませ」

「声ちっさ!?」

「今日は君が店番か」

「……そう」

「あいつは?」

「……奥の工房で寝てる」

「そうか。通らせてもらうが、構わないな？」

「……どうぞ」

レオンは少女の背後にあるドアへと向かった。それは店の裏庭へと繋《つな》がっており、そこには大型の炉を始めとした鍛冶用の設備や道具が所狭しと並んでいる。

どうやら少し前まで仕事をしていたらしく、周囲はジットリと暑かった。

そんな中。すやすやと地面に転がって眠る女性が一人。

「エミリア。起きろ。仕事だ」

呼びかけてからすぐ、彼女はゆっくりと瞼《まぶた》を開いて、

「…………あぁ、クソ眠い」

深緑色の瞳に不快感を宿しながら、上体を起こす。

「山積みになることはあっても、消えることはない。仕事ってのはそういうもんだと、理解しちゃいるんだけどねぇ。にしたって、ここ最近は酷《ひど》すぎる」

ぼやきながら天を見上げ、ボリボリと頭を掻《か》く。

その無造作に伸ばされた紅髪は手入れが全くされておらず、ボサボサで、薄汚れてもいた。

しばらく風呂《ふろ》に入っていないのか、汗の臭いも漂ってくる。

——そして彼女、エミリアはここでようやく、レオンへと目をやった。

「三徹目《さんてつめ》のあたしになんの用だい？　この腐れ屍人《グール》」

「義手の点検と……専用装備の製作依頼に来た」

「あ？　専用装備？　あんたにゃもう、手足にそれがくっ付いてんだろうが」

「俺じゃない。彼女の装備だ」

アリスへ視線を移す。と、エミリアもそれに倣《なら》い……なぜだか機嫌がさらに悪くなった。

「あんた、誰？」

「は、はじめまして、アリス・キャンベルと申します」

「あっそ。で、あんた、レオンの何？」

「つ、つい先日、師匠の一番弟子になりました」

「………………………あぁ？」

不機嫌、どころではない。鋭くさせた瞳には、殺気が宿っていた。

「レオン。あんた、何考えてんだい？」

「……察してくれ」

顔を背け、どこかバツが悪そうに呟《つぶや》く。エミリアはしばし、そんなレオンを睨《にら》んでいたが、

「ふん。まぁ、いいさ。弟子を取ろうが取るまいが、あんたの勝手さね。……で？　その嬢ちゃんの専用装備、だっけ？　素材《ブツ》はあんのかい？」

「あぁ、これだ」

カルナ・ヴィレッジにて討伐した大鬼人《オーガ》の《生証石》を、ウエストポーチから取り出す。

「へぇ。二等級ってとこか。けどそれ、嬢ちゃんが自力で手に入れたもんじゃないだろ」

ジッとアリスの顔を見つめるエミリア。その深緑色の瞳には、全てを見通すような怜悧《れいり》さがあって……それゆえにアリスは、目を合わせることが出来なかった。

「ド新人に専用装備なんざ一〇年早ぇよ。武器頼みの木偶《でく》人形になったらどうすんだい」

「……命を落とすよりかは、マシというものだろう」

彼の返しにエミリアは舌打ちを零《こぼ》した。心の底から、忌々《いまいま》しそうな顔で。

けれども彼女は依頼を断るような素振りは見せず、むしろ立ち上がってアリスへ近寄り、

「ちょいと失礼」

「ふぇっ？」

アリスの全身を、ベタベタと触りだした。

「な、なにを……⁉」

「採寸と、現段階の鍛え具合の確認。それと、クセの把握。……つぅ～か、あんたマジで胸ちっちゃいね。もう一五だろ？　それでこのサイズじゃあ、お先真っ暗だね」

「そっ、そんなことは──」

「ちなみに。あの腐れ屍人《グール》は巨乳好きだから。あんたみたいな貧乳、相手にもされないね」

……アリスが縋《すが》るような目を向けてきたが、レオンは無視することにした。

「ん。まぁ、だいたいわかったよ。あんた、どこぞの村の出身だね。土地は痩せてて、狩猟の

腕が生活に直結してる。だから必然的に弓の扱いが上手《うま》い。刃物もそれなりだね」

図星だった。この女、乳がデカいだけではない。アリスは侮《あなど》れないものを感じ取っていた。

「嬢ちゃんの専用装備に関しては、まぁ、一〇日ありゃ十分だね」

そう述べてから、エミリアはレオンへと目線を移し、彼の右腕と左足を見つめながら、

「この短期間でよくもまぁ使い込んだもんだ。義手だけでなく、義足も面倒を見なくちゃいけないねぇ。……まずは義手だ。ほれ、さっさと外しな」

言われて、レオンは右腕を外し、エミリアへ手渡した。

彼女はそれを小さな机へと持ち運び、工具箱を手繰り寄せ、分解していく。

「ふん、ふん、調整内容はいつも通りだね。つぅ〜か、あんた参番ばっか使ってんだろ。出力が落ちてんじゃないか」

「……気付かなかった」

「はぁ。その鈍感ぶりで、よくもまぁこれまで生き延びられたもんだね」

「君のおかげだ。エミリア」

「ハッ！　その通りだよ、クソッタレ」

二人の間に流れる空気は、とても穏やかなものだった。

「……お二人は、どれぐらいお付き合いされてるんですか？」

「かれこれ一〇年近くってとこかねぇ」

「すごく、長いですね」

義手を弄《いじ》くりながら、鼻で笑うエミリア。そんな態度を大人の余裕と見たアリスは、無意識のうちに自らの感情を吐き出していた。

「ちょっとだけ、妬ましいです。お二人の、仲の良さが」

瞬間――――

「はぁ？」

エミリアの深緑色の瞳に、底無しの昏《くら》さが宿った。

「仲が良《い》い、だって？ ハハッ、馬鹿馬鹿しい！」

照れ隠しの言葉、などではない。

嗤《わら》うエミリアが発するオーラは、街に住まう者達が普段、レオンへ向けるそれと同じ。侮蔑と憎悪《ぞうお》。そして、悪意。

「あたしとこいつは、あくまでも職人と客の関係に過ぎない。それ以上でも以下でも……いや、違うか。もう一つ、関係性があるからねぇ」

ここでレオンがエミリアへ、小さく一言。

「そこまで教える必要は、ないだろう」

少しばかり硬い調子で紡《つむ》がれたそれを無視する形で、エミリアは言う。

「契約関係以外にも、もう一つ。あたしはね、こいつの主人なんだ。命令を下せばこいつはなんだってする。そうせざるを得ない。そうだろう？　レオン」

黙したまま俯《うつむ》く彼を鼻で笑いながら、エミリアは次の言葉を放った。

「実はちょうど、あんたを呼び出すつもりだったんだ。そっちから来てくれて手間が省けたよ。嬢ちゃんの用事も終わったことだし……今回の仕事について、話そうじゃないか」

状況についていけない様子のアリスに反して、全てを知るレオンは嘆息を返すのみだった。

これを肯定と受け取ったか、エミリアは次の言葉を口にする。

「ルカティエル・ダンジョンの西部エリアにある、共喰い村。あそこは言うなれば、ローリスク・ハイリターンな稼ぎ場だ。御上もいたく気に入ってる。そうだからこそ、既得権益の妨げとなるものを見過ごすことは出来ない」

「……復活したのか。豚人女王《オーク・クイーン》が」

「そうだよ。そこで、あんたの出番ってわけさね。バケモノを完全に殺し切る力を持つ、特別な屍人《バケモノ》、レオン・クロスハートの、ね」

二人のやり取りに、アリスはここまで沈黙し続けていたが……

浮かび上がった疑問が、そのとき、意図せず漏れ出ていた。

「完全に、殺し切る？」

「あぁ、そうさ。あんたも知ってるだろ？　《魔物》はどんなふうにブチ殺そうとも、いずれ復活する。早けりゃ数日。遅けりゃ二年ってとこだね」

そう、エミリアが言う通り、《魔物》というのはある種の不死性を有している。

そしてそれこそが、人々の心に暗黒をもたらす最大の原因であった。

「《魔物》はたとえ殺したとしても、いずれ確実に蘇《よみがえ》ってしまう。だから奴等《やつら》の数は増える一方。それに対してヒトの数は減る一方。となればいずれ――ヒトは、滅ぶ」

しかし、レオンが《魔物》を完全に殺し切れると、言うのなら。

「師匠は、救世主になれる……！」

アリスの顔に浮かんだ昂揚《こうよう》感は、果たしてそれだけが原因であろうか。

いや。もう一つ理由がある。

けれども、左様な彼女の心情など、まるで無関心とばかりに。

「何が救世主だよ、阿呆《あほ》らしい。そんな力を持ってっから、こいつは」

唇を噛《か》むエミリアの顔に浮かんでいたのは、先刻と同様の悪意、ではなかった。

ある意味、その対極に位置する感情。即《すなわ》ち……悲哀である。

「いいかい、嬢ちゃん。力ってのはプラスに働くだけじゃあないんだよ。そうだからこそ、残酷な宿命を課されちまうってこともある。こいつ《レオン》がその典型さね」

「どういう、ことですか？」

「あんたは勘違いをしてるって話だよ。御上《おかみ》はレオンを使っての救世なんざ考えちゃいない。便利な道具として利用し、その末に……使い潰す。それが、奴等の目的なのさ」

エミリアが何を言ったのか、瞬時には理解出来なかった。

「使い、潰す？」

「そうさ。レオンは赤眼《せきがん》の《魔物》だ。その時点で存在を許されない。にもかかわらず、こうして生かされてるのは、不死殺しの特性があるからだろうねぇ」

存在を許されない。その言葉にアリスは理不尽を感じ……強い憤《いきどお》りを覚えた。

「どうして、ですか……！　どうして、そんな！」

食ってかかるアリスに、エミリアは飄然《ひょうぜん》と笑いかけながら一言。

「夜行殺《ナイト・ウォーカー》。あんたもこの名前ぐらいは知ってんだろ？」

脈絡のない言葉を受けて、アリスは怒りと疑問が入り交じった顔で頷《うなず》く。

夜行殺《ナイト・ウォーカー》とは、極めて高名な殺人鬼の通称だ。

年齢不明。経歴不明。性別不明。殺人現場に血液をインク代わりにして書いた詩編を残すという趣向だけが、判然としている情報であり、それ以外の全てが明らかとなっていない。

その被害者数は確定している者だけでも二八四人。疑わしい者を入れれば千を超えるという。

「四年前のことだ。件《くだん》の殺人鬼サマが《魔物》だと判明したのは、ね。その種族は吸血人《ヴァンパイア》で、単純な戦闘能力の高さは当然のこと、ヒトを《魔物》に変えちまう能力が本当に厄介だ。けれど青眼《せいがん》だったなら、どうとでもなる。問題なのは、奴が赤眼だったたってところだ」

エミリアは言う。

赤眼の《魔物》はヒトの心を有しており、それゆえに人間と同等の知性を持つ、と。

「それがいかに危険なのか。奴が証明しやがったのさ。だから赤眼の《魔物》は見つけ次第、問答無用でブチ殺すことになってる。そうすりゃ、二度と復活しないからね」

不意を打つようにもたらされた情報を、アリスは反芻《はんすう》した。

「二度と、復活しないって……どういう、ことですか……?」

「そのまんまの意味だよ。赤眼の《魔物》は一度くたばったらそれで終わり。ヒトの心を持ってる代償なのか、なんなのか。理屈はわかんねぇけど、そこは間違いない」

レオンもまた、一度死ねばそこまで。そして御上とやらは、それを望んでいるのだという。

「なん、で……!? おかしいでしょう!? 師匠は世界を救うことが出来る、唯一の存在なのに！ なんでそれを――」

「およそ二万八千」

唐突に出された数字への怪訝《かいが》が、アリスの勢いを挫《くじ》いた。

その姿を見据えながら、エミリアは言う。

「一日に増加する《魔物》の数は、ここ数年、二万八千前後で推移してる。それに対して、奴等を殺し切れる能力を持ってる奴はレオン一人」

突き付けられた現実は、幼い少女を夢から覚ますようなものだった。

「とはいえ。その力が貴重なものであることには変わりない。だから処刑されずにいるのさ。

《魔物》専門の殺し屋としては極上だからね。利用価値は十分にある。……とはいえ
使い潰すという決定が、覆《くつがえ》ることはない。それこそがレオンへの罰であり、そして。

「なぁ嬢ちゃん。力ってのはさ、呪いと同じなんだよ。なんの因果か、レオンは赤眼の《魔物》になっちまった。それだけでも最悪だっていうのに、不死殺しのオマケまで付いてやがる。だからこいつは、楽に死ぬことさえ許されやしねぇ。……せめて、赤眼の《魔物》に対する認識が、四年前のままだったなら、まだ救いもあったんだろうけど。今は、もう」

徹頭徹尾、エミリアの言葉には重い諦観の情が込められていた。

アリスは思う。この女が向けた、師匠への悪意は、きっと。

だが、彼女がそれを口に出すよりも前に、エミリアは脱線した話を本題へと戻した。

「レオン。あんたに下された命令は、豚人女王《オーク・クイーン》の討伐だ。こうしてる間にも、奴は豚人《オーク》を無限に産みまくってる。二度と復活しないよう、きっちりブチ殺してきな」

彼女の言葉をまとめると、こうなる。

三等級の《魔物》である豚人《オーク》達が闊歩《かっぽ》する、彼等《かれら》の楽園へと侵入し、その女王を抹殺。

バックアップはなし。何もかも、単独でこなさねばならない。これは、つまり。

「死にに行けと、言ってるようなものじゃ、ないですか」

「そうだよ？　さっきからそう言ってるんだけどね。あんた、頭が悪いのかい？」

「ふざけないでください！　そんな馬鹿な話、あってたまるもんですか！」

気付けば、怒鳴り散らしていた。師のために、心の底から、怒気を放っていた。

そんな彼女の姿を前にして、レオンは温かみを感じたが、しかしそうだからこそ。

（……おそらくこの娘は、付いていくと言い出すだろうな）

今回の仕事も。次の仕事も。師を一人、危険に晒《さら》してたまるかと、そんな想《おも》いを抱えて。

（駄目だ。それだけは、阻止せねば）

決意を胸に秘めるレオン。その目前で、アリスが叫ぶ。

「やめてください、師匠！　もう、仕事なんてしないでください！」

「はぁ。嬢ちゃんさ、あたしの話聞いてた？　それをこなすからこそ、レオンは生かされてんだよ。拒否ったら即座に処刑されるだけさね」

それは避けられぬ宿命であるが、しかし。

「……やめることは出来ずとも、その内容を変更することは可能だ」

レオンの発言に、アリスとエミリアは別々の反応を示した。

前者は疑問符を頭上に浮かべ……後者は、何かを察した顔となる。

「エミリア。この娘の育成が完了するまで、比較的安全な仕事を回してもらうよう、掛け合ってくれないか？　今回の仕事についても、君の顔で、どうにか」

この言葉が、いかなる意図によるものか。アリスには理解しきれていなかった。

それを察したレオンは、彼女へ答えを送る。

「危険を避けることは出来ない。だが…………君が、強くなれば」

「……っ！　わたしが、師匠を……！」

「あぁ。君の才覚は本物だ。心の強さも、また。その力を磨けば、守りたいものを守り通すことも可能だろう。そうなるよう、俺が君を鍛えてやる」

「……！　はいっ！　よろしくお願いします、師匠っ！」

アリスの幼い美貌には、強い感激の色があった。

きっと彼女はこう思っているのだろう。師が、自分のことを信頼してくれている、と。

その喜びが、彼女に現実的な選択を採らせた。

彼女の顔に満つる決意は、かつて屍人《しびと》が抱いたものと同じ。

当時の彼は無邪気にも、師や兄弟子に言い続けていた。

俺が――

「わたしが、お守りいたしますっ！」

堂々と断ずる彼女の頭を、レオンは撫《な》でていた。気付いたら、そうしていた。

その所以《ゆえん》は弟子に芽生えた愛情、などではなく。

彼女と、そして、過去の己に対する、憐憫《れんびん》であった。

そんなレオンにエミリアは、

「上手《うま》くやんなよ」

どこか淡泊な調子で言ってから、アリスの方を見て一言。

「……あんたとは仲良く出来そうだよ、お嬢ちゃん」

そのままの意味ではないことぐらい、アリスにだってわかる。

だが。

エミリアと師の内にある思惑を、彼女は終《つい》ぞ理解出来ぬまま——屋敷へと、帰宅した。

そして夜。晩餐《ばんさん》と入浴を済ませた後、アリスはすぐさま自室へ戻り、眠りに就いた。

本当は夜通し、鍛錬に励みたかった。師を守り通せるような存在へと、早く成長するために。

だが当のレオン本人に次の言葉を突き付けられ、諦めざるを得なかった。

〝睡眠も訓練の一環だ。しっかりと眠れ。朝になるまでベッドから出るな〟

釘《くぎ》を刺すような師の口調を思い出しながら、アリスは蝋燭《ろうそく》の灯《あか》りを消して、瞼《まぶた》を閉じた。

トレーニングによる疲労と、満腹感による眠気が、強烈な睡魔を生み出す。

彼女はそれに身を委ね——夢の世界へと、誘《いざな》われていった。


「辛《つら》いときにこそ笑いなさい」

それが母の口癖だった。

「苦しくなったら笑いなさい。怒りたくなったら笑いなさい。泣きたくなったら笑いなさい。

笑いたくないと思ったら笑いなさい。貴女《あなた》はね、アリス、笑うために生まれてきたのよ」

村の人達は、母を狂人として扱っていたけれど。

アリスにとって母は、愛《いと》おしいヒトだった。愛すべきヒトだった。

このヒトさえ居てくれたなら、明日への希望が抱けると、そう思っていた。

でも、ある日。母の目に、青が混ざり始めて。

それが全てを壊した。

「笑いなさい、アリス。わたしの分まで」

母は、起き上がれなくなった。母は、笑うことが出来なくなった。

「アリス。貴女は幸せになるのよ。そのために、生まれてきたのよ」

「だから、笑いなさい」

「笑うの。笑えなくても笑う。笑うために笑う」

「笑わなくちゃ。笑って。ほら」

「笑え」

「笑え笑え笑え笑え笑え笑え笑え笑え笑え笑え笑え笑え笑え笑え笑え」

愛していた。心の底から、愛していた。

そうだからこそ。このヒトを、ヒトのまま、終わらせたいと思った。

　そして――

「アリ、スぅぅ……」

母は。

「笑、笑、笑……」

母は。

「笑い、な、さぁぁぁぁい」

母。

母ハ母は母はハ母は母ハハハ母母ハは母ハハハ母ははハ母ハハハ母はハハハ母。

はは

はははははははははははははははははははははははははははははははははは——

「————ッ！」

体が勝手に跳ね起きていた。

「はぁッ……はぁッ……はぁッ……」

動悸《どうき》が止まらない。冷たい汗が全身を濡《ぬ》らす。

戦慄《わなな》く体を抱きながら、アリスは何度も深呼吸を繰り返し、

「……あの人のところへ、行こう」

ベッドから下りて部屋を出る。

師の姿を一目見れば、きっと悪夢がもたらした心の不調も癒えるだろう。

「言い付けには背いちゃう、けど………許してくれるよね、きっと」

口元に微笑《ほほえ》みを湛《たた》えながら、彼の部屋へと赴く。

そしてアリスはそこへ辿《たど》り着き、師を起こさぬよう、ゆっくりとドアを開いて――

「――えっ」

目の前の光景に、呆然《ぼうぜん》となった。

無機質な室内。そこは今、もぬけの殻であった――

◇◆◇

白き闇に支配された魔の領域にて。

一発の銃声が、響き渡った。

「舐《な》めていたわけではないが……過小評価だったと、認めざるを得ないな」

目的地たる共喰い村。そこへと繋《つな》がる街道は平野の只中《ただなか》にあった。尋常のそれであれば危険など一切ない場所だが、そこが迷宮の内側であったなら、話は大きく変わってくる。

「りょりょりょりょりょりょおおおおおおおおおおおおおおおッ！」

すぐ真横から一人の植物人《マンドレイク》が飛び出してきた――その瞬間、銃口が火を噴いた。

銀の弾丸が植物人《マンドレイク》の胸を正確に穿《うが》ち、緑一色の全身を腐った肉汁へと変える。

「……今回の襲撃は、無傷のまま終わった、か」

体に刻まれた不覚傷《ふかくきず》の痕を右手でなぞりながら、レオンは苛立《いらだ》ちを覚えた。

体は万全なれど心は不調。その原因は、アリス・キャンベルという名の少女であった。

「……選択に間違いはない。彼女との関係は別離を前提としたもの。であれば、早急にそうすべきだ。さもなくば……彼女の身に不幸が訪れる」

それを防ぐために、レオンはアリスを裏切ったのだ。

信頼を伝えるような態度を取った後、行動で以《もっ》てそれが嘘《うそ》であることを明かし、置き手紙に記した文言で彼女の心にトドメを刺す。

――君のような無垢《むく》に過ぎる愚者の面倒など、見きれるものか。

――何が〝お守りする〟、だ。馬鹿馬鹿しい。

――簡単な嘘に騙《だま》されている時点で、君にそのような力などない。

と、このような文言を始めとした罵詈《ばり》雑言を並べ立てた末に、破門を言い渡している。

「あの娘の将来は、これで安泰となった。俺は正しい選択をした」

それなのに、後悔の念が今、レオンの心を埋め尽くしている。

なぜ、こんな情動が生まれているのか。それはレオンが、彼女に救いを求めているからだ。

アリス・キャンベルという少女は、この屍人《しびと》にとって――

「ありえない……！　師とライナだけが、俺の救いだった……！　それを己《おの》が手で壊したその時点で、もはやこの世の何処《どこ》にも、救いなどないというのに……！」

剝がれていく。己に言い聞かせ、暗示をかけようとする度に、剝がれ落ちていく。

孤独にして孤高の《救世》。受け継ぎし使命を全うするだけの、生ける屍《しかばね》。

そんな虚飾が剝がれ落ちていく。演ずべき理想の己を、維持出来ない。

寂寞《じゃくばく》に押し潰され、自己嫌悪《けんお》に苦悩する、崩壊《オーバーヒート》寸前の男。

それが、レオン・クロスハートの実態であった。

「考えるな。もう何も、考えるな。そうしたところで無意味だ。俺と彼女の関係は、既に――」

破綻したのだと、己に言い聞かせようとした、その直前。

レオンの耳に、声が届く。

「そんな、まさか」

愕然《がくぜん》とする中、再び、声が飛んできた。

今度はハッキリと、明瞭に。

「たす、けて」

◇◆◇

「はぁっ……はぁっ……はぁっ……」

アリス・キャンベルは駆けていた。白き闇の中を、必死の形相で。

「師匠……！」

目尻に浮かぶ涙は怒気によるもの、ではない。

恐怖ゆえの涙であった。

「いやだ……！　いやだ、いやだ、いやだ、いやだ、いやだ……！」

もう二度と、あんなふうに。

あんなふうに置いて行かれるのは、嫌だ。

「師匠……！　あなたは、また、わたしを……！」

離れたくない。あのヒトは、全てを失ったわたしにとって、たった一つの――

「木、木木、木ぃいいいいいいいいいい！」

そのとき。突如として、地面から何かが飛び出てきた。

植物人《マンドレイク》。無数の植物が寄り集まるようにして出来た肉体。されどその目と鼻と口だけは、確実にヒトのそれ。不意打ちに等しい襲撃を、しかしアリスは驚異的な反射神経で以て躱《かわ》すと。

「邪魔を、しないでッ……！」

後方へと跳ねつつ、背後へと手を回し、弓に矢を番《つが》え――放つ。

鋭い風切り音と共に飛翔《ひしょう》したそれは、見事に標的の頭部を貫通。

まさに一射一殺の体現であるが、しかし、《魔物》には恐怖という概念がない。

それゆえに。

「う、植え、植え、ええ、えええええええ」

「菜、なな、菜、ななぁあああああああ」

アリスのもとへ、植物人《マンドレイク》の群れが、やってくる。

「師匠……！」

およそ死を覚悟すべき光景を前にしてもなお、アリスの心は折れなかった。

死んでたまるか。わたしは、幸せになるんだ。

あのヒトと一緒に、幸せに、なるんだ。

「ッッ……！」

迫る人外共へ矢を撃ち込み、腐った肉汁へと変えていく。

だが、敵方は逃げるどころか、むしろ勢いよく向かってくる。

「くッ……！」

そのとき、視覚外から飛んで来た植物人《マンドレイク》の拳を、アリスは察知することが出来ず。

直撃を浴びて、地面を転がり回った。

「う、うう……」

瞳が涙で潤む。

こんなところで終わるのか。こんな、納得のいかない形で、死んでいくのか。

「し、しょう……」

気付けば、声を漏らしていた。

「たす、けて」

その言葉を、かつての彼は受け入れてくれなかった。

しかし――今は。


「どうして、こんな」


言葉と共に、敵方へと銃弾を飛ばしながら。

レオン・クロスハートは、彼女の現状を確認した。

攻撃を受けて、地面を転がったのだろう。綺麗《きれい》な白髪と可憐《かれん》な美貌が土塗《まみ》れになっている。

霧の病を防ぐための防疫布《マスク》は外れて片耳にぶら下がり、露出した頬には青い痣《あざ》が刻まれていた。

そんな姿を目にした瞬間、屍人《しびと》は身を焦がすような情を覚え、そして――

彼女を襲う同族達を、衝動が赴くままに虐殺した。

されど灼熱《しゃくねつ》の感情は収まることなく、むしろ激しく燃え盛る一方で。

アリスの襟元を掴《つか》みながら、レオンは思い切り怒鳴った。

「何をしてるんだ、君はッ！　死にたいのかッッ！」

師の激烈な情動を前にして、アリスは肩を震わせ、瞳を涙で濡らしながらも。

「……ずっと、わたしの世界には、母しか居ませんでした」

弱々しく、細い声が、彼女の唇から漏れ出てくる。

「父は病に罹《かか》って、村の大人達に殺された、らしいです。だから……故郷には敵しかいませんでした。皆、わたし達のことを、蔑むことしか、しませんでした」

熱に支配されたレオンの心に、彼女の言葉が染《し》みこんでいく。

「それでもわたしは、幸せでした。お母さんが居てくれれば、どんなに辛《つら》いことがあっても、わたしは笑うことが、出来たんです。でも……お母さんはもう、いません」

濡れた深緑色の瞳が、屍人《しびと》の心を捉えて放さない。

レオンは彼女の視線に既視感を覚えた。大切な者を奪った相手への憎しみと、大切なヒトを救ってくれた相手への感謝。相反する情念が同居した、この眼差《まなざ》しには……見覚えがある。

確か、そう。師と兄弟子が存命だった頃に立ち寄った、辺境の村で。

「師匠。わたしの母を、あなたが、殺してくれたんです」

目の前に居るアリスの顔に、ある幼い少女のそれが、重なって見える。

まさかこの娘は、あのときの。

「……母も病気になって、日に日に、おかしくなっていきました。そんな姿を見ていられなくて、だからわたしは……母を自らの手で、と、そう思いました。でも……出来なかった」

ある辺境での出来事が、レオンの脳裏をよぎる。

ゲラゲラと笑う巨大な《魔物》。その毒牙《どくが》に掛からんとする幼い子供。

そして――間一髪のタイミングで、レオンが現場へと駆けつけ、その《魔物》を討った。

けれども屍人《しびと》の腕の中で、保護された子供は泣きも笑いもせず。

ただ一言、〝お母さん〟、と。それだけを呟《つぶや》いていた。

「わたし達に手を差し伸べてくれたのは、師匠、あなただけでした。だから、わたしにとってあなたは救いのヒーローで。唯一無二の、繋がりなんです。わたしの世界にはもう、あなたしか居ない。だから。だからね、師匠」

ポロポロと涙を零《こぼ》し、唇を震わせながら。

哀れな少女が、手を差し出してくる。

「わたしを、捨てないで……！」

痛切な懇願に、レオンは立ち尽くすことしか出来なかった。

あの当時、レオンは守護した娘のことを村近くの街にあった孤児院に預け、そして、彼女の存在を忘却した。孤児になった子供を救う方法は一つ。まっとうな施設に入れる。これだけだ。

それが済んだなら意図的に忘れる。ずっと覚えていても、心を壊す原因にしかならない。

そんな、忘れ去った無数の過去の一つを前にして、レオンは思う。

（世界に対する視野の狭さ。これは虚無の中で生きてきた者にしか、わからない）

（この娘は……やはり、俺と同じなのだ。俺と同じように、虚無の世界で生き続けてきた）

（そして、この娘にとっての俺は、形ある救い、そのもの）

（かつて俺が、師やライナにそれを求めたように。この娘もまた……）

諦観が胸の内を占めていく。この娘を引き離すことなど、出来るはずがない。

自分が、そうだったのだから。クレアとラインハルト。二人に依存し、二人の隣だけが己の居場所だと勝手に決めつけて、そこ以外に身を置こうとはしなかった。

そんな過去があるからこそ。相互に理解し合えるからこそ。

アリスにとってのレオンが形ある救いであると同時に。

レオンにとってのアリスもまた、形ある救いなのだ。

「……俺は」

気付けば、言葉を投げていた。

「俺は、君を守らない。君を、守れない」

「かまいません。あなたの隣に居られたなら、それだけで」

「俺は……俺は、君を裏切ったんだぞ」

「かまいません。お傍《そば》に置いてくださるなら、どんな裏切りも、哀《かな》しみにはなりません」

諦観が強まっていく。やがてその中に、安堵まで生じた瞬間。

レオンは目の前の少女が差し伸べた手を、握ろうとしていた。

四年間の地獄。四年間の孤独。何もかもを癒やしてくれるかもしれない、唯一の救い。

それを掴もうとする己の弱さを……しかし、レオンはすんでのところで抑え込んだ。

結局のところ。救われたいという自分勝手な願望よりもなお。

堆積した自己嫌悪の方が、遙《はる》かに大きかった。

それゆえに、レオンはアリスに背を向けて、細い声を、投げた。

手を掴むことはしないが、振り払うこともしない。そんな逃げの言葉を、投げた。

「……付いてくるというのなら、止めはしない」

左足を引きずって歩く。その隣に、小さな気配を感じながら——

◇◆◇

「あの、師匠。質問しても、よろしいでしょうか？」

「……なんだ」

「エミリアさんって、何者なんですか？」

「……嗅ぎ回るつもりか。エミリアの周囲を」

そうすることで弱みでも見つけられたなら、交渉材料になるやもしれぬ、と。

「わたしは、あなたの扱いが不当だと思っています。なんとしてでも、お救いしたい」

向けられた真っ直《まっす》ぐな目を、レオンは黙殺して。

「君は二つ誤解をしている。まずエミリアについてだが。確かに彼女は故あって上役に顔が利《き》く。しかし俺に対する方針を決められるほどの権限は持ってない」

エミリアは当代随一の鍛冶師であると同時に、教会の暗部組織、《恐るべき隣人達》に所属する監視者の一人だ。その役割はレオンの監視と、彼に教会上層部からの命令を伝えること。

それ以外に出来ることと言えば……

「難度の低い仕事を回すよう掛け合うのが、彼女の限界だろうな」

「えっ。そ、それは、嘘《うそ》だったのでは……？」

「確かに、あのやり取りは芝居だった。が、エミリアの発言力に偽りはない」

彼女は数世紀先の未来を生きていると、そのように評されるほどの天才だ。

そんなエミリアが自らの腕を材料に交渉したなら、レオンの助命も不可能ではない。

「そ、それなら」

「いいや。君が抱えた二つ目の誤解は、まさしくそれだ。エミリアは当初、難度の低いものを回すよう手配していた。俺がそれを、断ったんだ」

「……は？」

きっとアリスは、エミリアがレオンを苦しめたいがために、難度の高い仕事を積極的に回していたのだと、そんなふうに勘違いをしていたのだろう。

その考えを、レオンは改めて否定する。

「エミリアは敵じゃない。むしろ唯一の味方と言ってもいい」

彼の考えを徐々に理解し始めたか。アリスは眉根を寄せながら、再び問いを投げた。

「自らの意思で、受けているとでも、言うんですか……？　こんな、酷《ひど》い仕事を……！」

「あぁ、その通りだ」

「どうして⁉　どうしてそんな、自殺まがいなことを⁉」

「利害が一致しているからだ。教会は俺を利用することで多大な利益を得ることが出来る。その一方で、俺は高難度の仕事に挑戦することによって、実力を高めることが出来る」

屍人《しびと》の存在意義は今やそれしかなく、そうであるがために。

「君は言ったな。小鬼人《ゴブリン》の巣穴で。俺のことを、強いと。……確かに、身に備えた暴力はそれなりのものだろう。だが、心は。心の強さは、まだ」

立ち止まり、己《おの》が手を見る。白き迷宮の只中《ただなか》に在っても、今や微塵《みじん》の震えもない。

それは確かな成長の証《あかし》なれど。

「理想には遠い。格上と対峙《たいじ》し、窮地に陥ったなら、俺は」

未《いま》だに怖《お》じけてしまう。そんな弱き心を鍛え、度外れた勇気を得なければならない。

そう、あの二人に並ぶような、心の強さが必要なのだ。さもなくば――

「――あいつと交わした約束を、果たすことが出来ない」

アリスには、この言葉の真意がわからない。想像することも出来ない。

ただ……一つだけ、理解出来た。

レオン・クロスハートは、破滅の未来へと進んでいる。それも、自らの意思で。

教会が。民衆が。世界が。彼等《かれら》の悪意が全て、なくなったとしても。

そんなことはもう、関係がないのだろう。

レオンを誰よりも憎み、傷付けようとしているのは、きっと。

「結論を言えば。この身を存《なが》えさせることは十分に可能だ。しかし——俺の意思を曲げぬ限り、君の思うようにはならん」

そしてそれは。それだけは。

きっと永遠に、ありえないのだろう。

レオンは諦観を抱いていた。しかし……その傍で、アリスは。

「……死なせない。絶対に。死なせる、もんですか」

幼い美貌に宿る決意に、レオンは嘆息を返しながら、心中にて芽生えた情念を振り払う。

この娘を理由に、約束を放棄するなどと。

そんなことが、許されるはずがない。

再び、両者の間に沈黙の帳《とばり》が下りる。

肌を刺すような静寂が、なんとも言えぬ居心地の悪さをレオンに与え続けていた。

その横で、アリスは意識を切り換えたらしい。

いつ来るかもわからぬ破滅の未来よりも、今は目の前にある困難を乗り越えねば、と。

彼女の口から出た問いかけは、それを証するものだった。

「今回のお仕事は、クリア可能、なんでしょうか?」

共喰い村には三等級の《魔物》が無数に蠢《うごめ》いている。そこへ突入し、村の支配者たる豚人《オーク》女王《クイーン》を討伐するなど、現実的に可能なのだろうか、と。アリスはそのように捉えているのだろう。

「実際のところ、真正面から攻略するのは不可能だ。よって耳を頼りに敵方を避けて通る。無数の豚人《オーク》達に見つからぬよう、一定の距離まで目標に接近出来たなら、我々の勝利。もし見つかったなら、そのときは」

苦しまずに死ねることを神に祈る。それしかない。

「……失敗したなら、待ち受けるのは残酷な死に様だ。君は、それでもいいのか?」

「はい」

迷いなき即答。しかし瞳は不安に揺れている。

(本当は逃げ出したいのだろう。しかし恐怖よりも強い感情が、彼女を突き動かしている)

(本来なら街へ帰すべき、なのだろうが……言ったところで聞きはすまい)

(……俺がヘマをしなければ、問題なく終わる話だ)

(彼女の存在はむしろ、仕事をこなすための良いモチベーションになるだろう)

心の力がヒトを強くすると、かつて兄弟子《ラインハルト》は言《い》った。レオンは《魔物》だが、心はヒトのそれ。きっとアリスの存在はプラスの影響を及ぼしてくれるだろう。

そんな想《おも》いを抱きながら──レオンは、目的地の入り口へと到着した。

「身を屈《かが》めながら進む。決して物音を立てるな。会話も最小限とする。いいな?」

「はい、師匠」

姿勢を低くし、耳を澄ませながら、ゆっくりと歩く。

ここは建造物が密集するように建っており、隠れる場所に困らない。

それに加えて、こちらの動作音を隠す要素が一つ。

即《すなわ》ち──殺し合いの音だ。

「いぃいぃいたぁぁぁぁぁんんんんんんん!」

「あぁぁぁくぅうううぅまぁぁぁぁぁぁ!」

狼人《ウェアウルフ》と豚人《オーク》。両者が相争い、互いを腐った肉汁へと変え合っていた。

チラと、レオンはアリスの顔を覗《のぞ》く。どうやら目前の光景に疑問を抱いているらしい。

これほどの激しい音が鳴り響いているなら、小声で説明してやっても問題はなかろう。

「《魔物》は基本的に同士討ちをしないものだが、この村の住人達は例外だ。《魔物》はヒトであった頃に抱えていた強い情念やトラウマに縛られ、それを行動原理とする。ここに住まう者達の場合は……ほとんどが、敵に対する憎悪だった」

異形共の住処《すみか》となる前、ここはオラクル・ヴィレッジと呼ばれていた。当時はさして特別な要素もない、地味で目立たぬ村といった認識をされていたという。だがある日、この村が隠し通してきた真実が明らかとなったとき、オラクル・ヴィレッジに破滅の未来が訪れた。

「表向きは普通の村でしかなかったオラクル・ヴィレッジは、その裏側に異教信仰という重大な背徳行為を隠していたのだ。教会は異教とその信徒に対して人権を付与していない。よって異教徒とみなされれば裁判も何もなく、即座に処刑対象となる」

秘密が露見すると同時に、教会はこの場へ聖堂騎士の軍団を送り込んだ。

そして粛清が開始されてからすぐ、オラクル・ヴィレッジは純白の闇に支配され……村人達は醜い豚へ、騎士団は恐ろしい狼《おおかみ》へと成り果てた。

きっと彼等はそのとき、霧に対する恐怖など抱いてはいなかったろう。自分がバケモノへ変わってしまうことに対する畏怖など、まったくなかったのだろう。

ただただ目の前の異物を憎んでいた。だから、人外へと成り果ててなお殺し合っている。

「……誰もがヒトでなしだったのだろうな。成り果てる前から、ずっと」

互いの肉を裂き合い、骨を断ち合い、そして喰《く》らい合う。彼等はきっと、それを永遠に繰り返すのだろう。実に度し難《がた》く、救いようのない連中であった。

「……先を急ぐぞ」

弟子と共に村の只中を行く。建物の陰に隠れ、ゆっくりと。慎重に。

想定通り、女王が座する領域、不浄の苗床へと至るまでの道程は困難なものではなかった。

「このまま何事もなく進行してくれると、嬉《うれ》しいんですけど……」

「本番は苗床に入ってからだ。間違いなく、豚人《オーク》達が優勢になっているだろうからな」

小声で会話しつつ、足を動かしていく。

そんなレオンにとって、次の瞬間に起きた出来事は、まさに不意打ちそのものだった。

建物が雑多に建ち並んだエリアを順調に進む中、一棟の教会堂を横切った、そのとき。

彼の脳内に、何者かの記憶が流れ込んでくる。


ヒトの幸福は、愛の有る無しで決まるもの。それが、私の人生哲学だった。

「最近、一気に膨らんできたよね、お腹《なか》」

そう言って笑う夫の顔は、無邪気な子供のようで。

この人の分身が私のお腹に宿っていると思うと、たまらなく愛《いと》おしくなった。

「出会った頃は、まさかこんな関係になるだなんて思わなかったなぁ」

私も同じ考えを抱いていた。何せ当時の彼は厳格な聖騎士《パラディン》で、私は敬虔《けいけん》な修道女《シスター》。互いに神への忠誠を誓った身であり、その命は生涯、神のために在るものと信じていた。

「今思えば……僕達は愛のなんたるかを、理解していなかったのだろうね」

「ええ。本当に、視野が狭かったわ」

微笑《ほほえ》みながら、同意の言葉を返す。あの頃の私達は誰よりも強い奉仕の心を持っていた。それが認められて、私も彼も相応の立場に就いたけれど……ある日、自分が抱えた空虚に気付いてしまった。

私達は神を愛するけれど、でも、神は私達を愛してはくれない。

そんな認識を抱いてもなお、教義と信仰に疑念を持つことはなかった。

でも……心の一部が、欠けてしまったような気分だった。

彼も全く同じ苦痛を抱えていたがために、私達は欠けた心を補い合って。

だから、今。

「貴方《あなた》と一緒になれて、私、本当に幸せよ」

「僕だってそうさ。君との出会いは、まさしく主の恵みだった」

膨らんだお腹を摩《さす》りながら、私と夫は笑う。

生まれてくる命に幸あれと、祈りながら。

——けれど、あいつは。

——あの阿婆擦《あばず》れの女神は。

——私が愛した主《あるじ》は。

私の祈りを踏みにじり、そして、全てを奪った。

「なんで、こんな」

私は、母親になれなかった。

生まれるべき命を守れなかった者は、私達の教義において、最悪の背徳者とされる。

だから。

「オルテシア……」

夫の目には、もう、私への愛など、微塵もなかった。

「この、裏切り者めッ……！」

私は、何もかもを失った。

幸福を。愛を。その結晶を。そして――

ヒトとして生きる、権利さえも。

ここで流入は終わりを迎え、レオンの意識が現実へと帰還する。

「……おそらくは、豚人女王《オーク・クイーン》の記憶、か」

無限に子を産み続ける豚人《オーク》の女王。

そうなる以前は、子を失ったことで全てを喪失した、一人の女。

「やはり今回の相手もまた、尋常ならざる業《ごう》を背負っているらしい」

だが、そうだからこそ、この場へ来た甲斐《かい》があるというものだ。

「……行くぞ。彼女の悲劇を、終わらせるために」

紅《あか》き瞳に決意を宿して、レオンは弟子と共に我が道を行く。

しばらく歩き続けた末に……周囲の様相が、変化を見せた。

「アレって……卵管、でしょうか？」

「あぁ。ここからが本番だ」

目前の建造物に巻き付いた、真っ白な管状の何かを見つめながら、二人は言葉を交わした。

「豚人女王《オーク・クイーン》は、あの卵管の先端から子を産み落とす。……ちょうど、あんな具合にな」

白い大蛇のような卵管。その先端が、粘着質な音を鳴らしながら開いた、次の瞬間。

ひり出されるようにして、茶褐色の卵が産み落とされた。

「な、なんていうか、その。おっきな不浄物って感じの見た目、ですね」

辟易《へきえき》したように渋い顔をするアリス。そんな視線の先で、卵が鼓動音を響かせ始めた。

中身が出てくる。そう思わせるような音響であったが……そのとき、複数人の狼人《ウェアウルフ》がやって来て、新たな生命の誕生を阻止せんと卵を襲う。

彼等の鋭い爪は、茶褐色のそれを中に在った命ごと引き裂いた。

「ざ、ざざ、ざま！　ざまままま！」

ざまぁみろ、と。そんな言葉が出た、次の瞬間——

「ぴぎぃいいいいいいいいいいいいいいいいいいぃッッ！」

凄《すさ》まじい叫声が響き渡る。遠方より飛来したそれは、女王のものであろうか。

産まれるはずだった子供の命が散らされたことに、怒り狂っている。そうした情に呼応するかの如《ごと》く、多くの豚人《オーク》がどこからともなく現れ、狼人《ウェアウルフ》と交戦し始めた。

「子に対する執着は、彼女の弱点になり得るやもしれんな……」

もっとも、それを突くような展開にはならないが。

今回は正面きっての戦闘ではなく、暗殺を目的としているからだ。遠距離から一方的に射殺すための狙撃ポイントまで移動出来れば、自動的にレオン達の勝利が確定する。

「しつこく繰り返すが……ここからが本番だ。豚人《オーク》と狼人《ウェアウルフ》のパワーバランスは完全に崩れている。豚人《オーク》に見つかればその時点でアウト。ここからは極力、音を立てずに進むぞ」

まずレオンは地へ伏せ、石畳に左耳をつけた。

人外の聴覚が歩行音を拾う。周辺環境の情報全てが、一斉に入り込む。

レオンは脳内にてマッピングを行い、詳細な地図を作製。そこへ《魔物》達の数、位置、進行方向といった情報を描き込み、目的地への最適なルートを導き出していく。

そして一連の作業を終えると、レオンはアリスへアイ・コンタクトと手信号を送った。

〝ここからの意思疎通は手信号で行う。いいな？〟

〝はい、師匠〟

進行再開。脳内地図に描かれた複雑なルートを、なぞるように進む。

二人の道程はまさに、順調そのものであった。

〝あとはここへ入り、裏口から抜けた後、ほど近い建物の屋根へと登るだけだ〟

〝やっぱり師匠は凄《すご》いです……！　こんなにも簡単にクリアしてしまうだなんて……！〟

薄氷の上を歩くような道のりであったが、何事もなく達成出来そうだ。

レオンは安堵《あんど》しつつも、緊張感を維持しながら、その建物へ入った。

〝し、師匠。こ、ここって〟

〝見ての通り、娼館《しょうかん》だが。何か問題でも？〟

途端、アリスは顔を真っ赤にして、わちゃわちゃし始めた。

〝ハ、ハハハ、ハレンチですっ！〟

〝……性的な耐性をつける訓練をしろ。それも冒険者には必要だ〟

〝どんな訓練すれば身に付くんですか、そんなのっ!?〟

少しだけ気が緩んでいる。それを自覚した矢先のことだった。

ある部屋を通った瞬間——また新たな記憶が、流れ込んでくる。

——聖女と呼ばれていた頃、私は背徳者達を心から軽蔑していた。

その誰もが神に背いた愚者であり、だから、皆から石を投げられるのは自業自得だと。

自分がそうなったことで、やっと理解した。

愚者は、石を投げる連中の方だった。

……背徳者にこれまでのような生活は許されない。

気付いたときにはもう、私は娼婦《しょうふ》になっていた。

「オラ、鳴け！　鳴けよ、豚ァ！」

吐き気を催しながらも、私は客に求められるがままに鳴いた。

「ぴぎっ、ぴっ、ぴぎぃっ」

「ははははは！　本物の豚みてぇだなぁ！　元・聖女様よぉッ！」

ゲラゲラと笑いながら、客は私を後ろから犯し続けた。それこそまるで、豚のように。

「ざまぁねぇよなぁ！　この背徳者がッ！」

腰を打ち付けながら、尻を叩《たた》いてくる。

……惨《みじ》めだった。死にたいと思った。

けれどそれ以上に、悔しさが勝った。

私は幸せになるために生まれてきたのに、どうしてこんなことになっているの？

現実を認めることが出来ない。このまま終わりたくない。

尊厳を奪われ、豚扱いされて、不幸なまま死んでいくだなんて……そんなの、絶対に嫌。

私は幸せに生きて、幸せなまま死ぬの。

だから。

「ちょう、だぁい……私に、子供を……子供、を……ちょうだぁい……」

ねだった。リップサービスではなく、本心から。

赤ちゃんが欲しい。

だってそれは、愛の結晶だもの。

愛があれば、ヒトは幸せになれる。愛の結晶があれば、私は幸せになれる。

だから子供が欲しい。赤ちゃんが欲しい。

……そんな私に、他の娼婦達は哀れみの目を向けていた。

「子供が出来たところで、幸せになんざなれやしないよ」

「出来たらすぐ堕ろされちまうからねぇ」

彼女達も愛を求めていた。私と同じだった。

でも、皆、愛を得ると同時に奪われて。

私も、そうだった。やっと手に入れた幸せ《こども》は、また、産まれる前に死んだ。

産むことを、許されなかった。

「……壊れてしまえばいい」

いいそれを掻《か》き出され、止めどなく溢《あふ》れ出てくる紅い液を見つめながら、私は呟《つぶや》いた。

聖女と呼ばれた頃のことを思い出しながら。記憶を構成する全てに、真っ黒な情を抱いて。

「村も、ヒトも、神も。私の世界も――」

全て、壊れてしまえ。

――音が響く。流入する女の声に重なるような形で。

それは、現実がもたらしたものだった。

「――――ッッ！」

意識が戻ると同時に、激烈な緊張感を味わう。

すぐ目前。娼館の壁が破壊されて、複数の豚人《オーク》が入り込んでいた。

彼等《かれら》はこちらへと目を向けると、

「ぶぎっ」

豚のような声を出して、襲い掛かってきた。

「チィッ……！」

あまりにも唐突。あまりにも想定外。あまりにも……危険。

「応戦するッ！　構えろッ！」

「は、はい、師匠ッ！」

アリスが後退し、背負っていた弓に手を掛けた。

その前に立ち、彼女を守るような形で、レオンは迫り来る豚人《オーク》達を睨《にら》む。

──交戦。

アリスが圧倒的な才覚を魅せ付け、レオンが獣のように躍動する。

果たして襲撃者は瞬《また》く間に斃《たお》れ、状況は終結へと導かれた。

「……どうして、こんなことに？」

そこがわからない。豚人《オーク》達にこちらの存在がバレるようなヘマはしていないはずだ。

なのに、なぜ──と、現状を疑問視した、そのとき。

背後にて再びの破壊音。そしてまた新たに、複数の豚人《オーク》達が入り込んできた。

「……ッ！　外へ出るぞッ！」

ついさっき処理した連中が穿《うが》った横穴。そこを経由し、娼館を脱出。

その先で、待ち構えていたかのように。

「ぴぎっ、ぴぎっ、ぴぎっ」

やって来る。多数の豚人《オーク》達が、こちらへと、やって来る。

「馬鹿なッ……！」

仲間は呼ばれてない。なのにどうして自分達のもとへ来る？

ルート選定は完璧だった。こちらの存在を気取《けど》らせることもしなかった。なのに、なぜ。

「し、師匠ッ！　ご指示をッ！」

「……ッ！」

悲鳴にも似たアリスの声を受けて、レオンは思考を切り換えた。

疑問に対する答えなど今はどうだっていい。

アリスと共に生還するための行動はいかなるものか。それを考えることが最優先であろう。

そして彼が導き出した結論は、

「この場より撤退する！」

アリスと共に遁走《とんそう》しながら、全神経を耳に集中し、形成されゆく包囲網を突破せんとする。

しかし……そのことごとくが失敗。

何もかもが不可解な状況だった。豚人《オーク》達はこれまで一度も仲間を呼んでいない。なのになぜか、遠くに居たはずの連中までもがここへ向かってくる。

よく観察してみると、彼等の瞳はどこか虚《うつ》ろで……何者かに操られているかのようだった。

「まさか……！」

覚えがある。四年前、聖都にて発生した惨劇。その当時に見た光景とまったく同じだ。

全ての《魔物》が虚ろな目をして、奴に操られているかの如く、動いていた。

「居るのかッ……⁉　ここにッ……！」

奴が我々を追い込んでいる。そう確信しつつも、その姿を見つけ出すことは叶《かな》わず。

とうとうレオン達は、そこへ追い立てられてしまった。

何を思ってそうしたのかはわからないが……結果として、奴は案内したことになる。

レオン達を、彼等の女王のもとへ。

大広場。共喰い村の中心に位置するそこは、まさに女王の玉座であった。

膨大なる茶褐色の卵。果たして彼女は、無数の我が子に囲まれた今、幸福なのだろうか。

あんな姿へと成り果ててなお、幸福だと言えるのだろうか。

かつて聖女と呼ばれた彼女の現在は――巨大な、バケモノだった。

大広場の半分を埋め尽くすほどの肉体。その胴部は無数の乳房で構成されており、絶えず母乳を撒《ま》き散らしている。そこから生えた一〇本の手足はまるで昆虫じみた形状をしており……生殖機能を、備えていた。

全ての手足に大量の穴が空いている。それはまさしく女性の陰部そのもので、女王の傍《そば》に侍《はべ》る豚人《オーク》達が群がり、皆一様に腰を振り続けていた。

常に精を搾り、受け入れ、着床し……背部から伸びる数多《あまた》の卵管から、子を産み落とす。

それこそがきっと、彼女が見出《みいだ》した愛の形なのだろう。

「わ、わた、しぃ、のぉぉぉ、赤、ちゃぁぁぁん……」

倒錯的な吐息を漏らしながら、女王が二人の姿を視認する。

瞬間、青き瞳に攻撃性が宿った。

「……最悪の展開だな、これは」

窮地の只中《ただなか》に在ってなお、屍人《しびと》の貌《かお》にはなんの情も宿らない。

されど胸の内には確かな恐怖が渦巻いている。

その証《あかし》として、レオンの手元は先程から痙攣《けいれん》しているかのように震え続けていた。

「こ、こんなところで、死にたく、ない……！」

アリスもまた、全身をわなわなと震わせ、自らの内心を体現している。

だが瞳に宿っているのは無限大の勇気。なんとしてでも生還するという想《おも》いだけがあった。

「ぷぎっ、ぎっ、ぎぎっ」

やがて女王を相手に腰を振り続けていた豚人《オーク》達が、一人、また一人と動きを止め……

こちらを、睨み据えてくる。

「……物量に押し潰される前に、女王を倒す。我々が生還するにはそれしかない」

敵方の大半は女王の落とし子であろう。であれば、親が死ぬと同時に子供もまた絶命する。

問題は、どのようにして女王を殺すのか。その一点に尽きるわけだが……

「彼女は自らの子供を最優先に考えている。よって卵を攻撃する者を優先的に殺そうとするはずだ。その意思は他の豚人《オーク》達にも伝わり……そこへ敵意が集中する」

レオンは迷いを抱きつつも、左手に握るライフルをアリスへと手渡して。

「その銃で卵を攻撃し続けろ。君が狙われている間、俺は攻撃の準備を行う」

彼女を囮《おとり》にして豚人《オーク》達の気を引く。それはまさに、苦渋の決断であった。

上手《うま》くいけばここを脱することが可能となる一方で……もし、失敗したなら。

卵を狙った不届き者に、女王がどのような制裁を下すのか、想像に難《かた》くない。

きっとアリスもまた、その光景を頭に浮かべているだろう。しかし、それでも。

「わかりました！　任せてください！」

迷いなき即答。その眼差《まなざ》しに宿る思いは、かつて師と兄弟子が自分に向けたものと同じ。

君を信じる。お前を信じる。

……四年前のあの日。そんな思いを、屍人《しびと》は裏切ってしまった。

だが、そうだからこそ。

（二度目はない。弱き己は死んだ。それを証明するためにも……！）

決意の炎がレオンの瞳に宿った、次の瞬間。

「ぴぃぎぃいいいいいいいいいいいいいいいいいいいいッ！」

四方八方から豚人《オーク》達が襲い来る。

まさに絶望的な物量。臆病なアリスにとってそれは、心臓が止まりそうな光景であったが、

「征《ゆ》きます、師匠ッ！」

全身を震わせ、瞳を涙で濡《ぬ》らしながらも、アリスは果敢に踏み込んだ。

突出し、ライフルを握り締め、そして——敵方の間隙《かんげき》を狙い撃つ。

放たれた弾丸は見事、茶褐色の卵を貫通。女王が産み落とした命が一つ、失われた。

「ぴぃぎゃあああああああああああああああッッッ！」

敵愾心《てきがいしん》の全てがアリスに集中。広場に在る者全て、一人の少女へと向かう。

彼女の未来は己《おの》が行動次第。そう心得ながら、レオンもまた動作する。

「我が鉄槌《てっつい》を受けよ。さらば汝《なんじ》の罪は一撃のもとに砕かれ、世に真実をもたらさん」

聖句を口にして、気を静めていく。これより実行する戦闘行動は、特別な集中を必要とするものであり、ゆえに脳内から全ての雑念を排さねばならない。

そう……今まさに、残酷なる結末を迎えんとしている、弟子の姿さえも。

「天秤《てんびん》の担《にな》い手よ、己が心を秤《はかり》にかけよ。右に信仰を。左に人格を。その均整は美徳なり。その不均衡は背徳なり。聖火に焼かれし時、彼《か》の者に祝福があらんことを」

応戦している。必死に五体を動かして。

奇跡のような有様であった。死線を前にしたことで、彼女の天稟《てんぴん》は開花の瞬間を迎えたのだろう。前後左右、視界を埋め尽くす豚人《オーク》の軍勢。彼等は全身を躍動させ、アリスを押し潰さんと迫るが、そのことごとくが失敗に終わった。

軽やかな身のこなしで襲撃を躱《かわ》し、卵を撃ち続け、己が役割を果たす。

その姿は麗《うるわ》しい蝶《ちょう》のようであり、同時に、猛々《たけだけ》しい蜂のようでもある。

だが……彼女はあくまでもヒトであり、未熟な新米冒険者に過ぎないのだ。

限界が、訪れようとしている。

「はぁッ……はぁッ……はぁッ……」

呼吸が荒い。珠《たま》のような汗が額に浮かぶ。

絶体絶命の状況。いつ彼女の命運が尽きてもおかしくはない。

だが、そうだからこそ。

レオンはアリスの存在を、己の中から抹消した。

弟子を救うために、あえて、弟子のことを見捨てる。

そして――

義手を前方へと突き出し、義足で地面を強く踏みしめた。

紅《あか》き瞳は斃すべき《魔物》のみを映し、一切の濁りを捨てた心が、詠唱を紡《つむ》ぎ出す。

「我は哀悼を以《もっ》て断ずる。ヴェルクラストの一撃。至上の閃光《せんこう》。黒竜王の雄叫《おたけ》び」

清らかなる音色に呼応して、義手と義足が煌《きら》めきを放つ。次の瞬間、それらが群体を成した生物のように蠢《うごめ》いて、結合と変異を繰り返す。その果てに形作られたもの、それは――

巨大な砲《カノン》であった。

「鋼武《こうぶ》術式展開。第壱《いち》魔装：清廉なる殉教者の神威《オール・フォー・ワン》」

それは彼が有する、最強の切り札。魔装の壱番にして、必殺の術。

鐵《くろがね》の右腕《うわん》と左足が融合し、形成された巨砲はそのとき、一層強い金色《こんじき》の煌めきを放ち、

「聖火で以て汝の魂を浄化し、主の膝元へと導かん。イア・クトゥル・シュタグン《そうあれかし》」

締めくくりの聖句を放ち、そして——発射《ブラスト》。

巨大なる砲口より、金の柱が伸びた。それはあらゆる難敵を討ち滅ぼす聖なる大火であると同時に、発動者である屍人《しびと》の肉体をも打ち砕く、破滅的な一撃であった。

名工・エミリアの手によって誂《あつら》えられた仕掛け義手と義足は、理論上の究極的な戦術兵器をコンセプトとして製作されたもの。

そこに秘められし力は絶大を極めているが、しかし一方で、使い手の安全性は皆無。

たとえばこの壱番は、発動と同時に桁外れな熱エネルギーが使用者の全身を灼《や》くだけでなく、音速を超える射出速度によって生じた衝撃波が肉を断ち、骨を砕き、臓腑《ぞうふ》をも破壊する。

だからこそ、これはヒトが扱うべきものではない。

人外の再生力を持つ屍人《レオン》だけが御することを許されし、最上の装備。

ゆえにエミリアは、これを魔装と名付けたのだ。

果たして。

豚に似た女王の頭は、光の柱に呑《の》まれ——この世界から、姿を消した。

「さ、さすがです、師匠……！」

称賛を送るアリスの周囲には、無数の豚人《オーク》達が倒れ伏していた。

群れ成す三等級の《魔物》達を相手取って生還したばかりか、その半数を斃《たお》してさえいる。

「讃《たた》えられるべきは、むしろ君だ。大した奴だよ、本当に」

だが、そんな彼女もレオンと同様、満身創痍《そうい》の状態。

もし、僅かでも行動が遅れていたなら。あるいは何か、不測の事態が発生していたなら。

最悪の未来が二人を襲っていただろう。

(かつての俺だったなら、この局面を乗り切ることなど出来なかった)

(ガタガタと震えるだけで、何も出来ず。僅かな勇気さえも絞り出せず)

(無念を叫びながら、無様な最期《さいご》を遂げていただろう)

(だが、そうはならなかった。俺は間違いなく、成長したのだ)

(師や兄弟子へと、俺は確実に近付いている。今の俺ならば、あいつを――)

感慨を抱きつつ、レオンはウエストポーチに手を入れ、まさぐった。魔装壱番の発動により、
彼の《聖源》は枯渇《こかつ》状態にある。このままでは立っていることさえままならない。

補給したいところだが、女王を討ったことで、豚人《オーク》達はすぐさま腐汁へと変わるだろう。

彼等《かれら》の血肉を取り入れることが出来ないなら、これに頼るしかない。

レオンはポーチの中から一つ、革袋を出した。それの先端には硬く鋭い注射針が取り付けら
れており……袋の中を満たす《魔物》の血液を、体内へ入れ込むことが出来る。

レオンは針を右の大腿《だいたい》部へと突き刺し、中身を己が肉体へと流し込んだ。

すると僅かながらも《聖源》が補給され、それに伴って体調が回復する。

「……聖都へ戻る程度のことは、出来るか」

大きく深呼吸をして、それからいつものように、斃れた者達へ手向けの言葉を――

口にする、直前。

強烈な違和感を覚えた。

「……液状化、していない」

死した《魔物》は腐った肉汁へと変わる。にもかかわらず、地面に伏した者達も、頭を失ったことで沈黙した女王も、未《いま》だ形を保ったまま。これが意味するところは、即《すなわ》ち。

「わ、わわ、わた、しぃぃぃ……」

終わってなど、いなかったのだ。絶命したはずの女王がそのとき、巨体を揺らめかせ――

失われた頭を補うように、首元から無数の何かが伸びた。

それは小さな小さな、豚の頭。

各々《おのおの》が好き勝手に声を放ち、寄せ集まり、新たな首を成していく。

そんな姿を見て取った瞬間、レオンはことの真相に気付いた。

「この豚人女王《オーク・クイーン》は、単一の存在が成れ果てた者では、なかったのか……！」

背徳の豚へと堕《お》とされた哀《かな》しき聖女。それは肉体の一部でしかなかったのだろう。

愛を求め、しかし奪われ続けた、娼婦《しょうふ》達の集合体。それこそが豚人女王《オーク・クイーン》の正体であった。

「ぴっ、ぴぎっ、ぴぎぎっ」「赤、赤、赤かかか」「わ、わわ、わた、わたしぃぃぃ」

無数の頭から放たれるバラバラな言葉。しかしそれらは共通の意思を宿していた。

そう——侵入者の排除を続行せよという、命令であった。

「ッ！　逃げろッッ！」

叫んだところで、無駄だった。満身創痍の彼女は豚人達《オーク》に為《な》す術《すべ》なく捕らえられ、

「うぁっ……」

小さな悲鳴を上げる。その華奢《きゃしゃ》な肢体を、露出させて。

豚人達《オーク》は彼女を殺さなかった。

軽装を剝ぎ取り、裸にして、地面へと引き倒す。そうしてから集団で取り囲み……

アリスへ見せ付けるように、怒張した男性器を突き出した。

「っ…………！」

腕のように太く、岩のように硬いそれが、すぐ目の前でドクンドクンと脈打っている。

凶悪極まりないそれを見つめながら、アリスはガチガチと歯を鳴らすことしか出来なかった。

そんな弟子の窮地を前にして——屍人《しびと》は、手も足も出せずにいる。

「くッ……！」

複数の豚人達《オーク》に拘束され、レオンは地面へと押さえつけられていた。

仲間を辱《はずかし》め、壊れていくさまを眺めさせ、そのうえで嬲《なぶ》り殺す。

そんな女王の意思を、豚人達《オーク》は忠実に守っていた。

「なぜ、こんなッ……！」

血を吐くように紡がれた言葉は……己に対する激しい怒り、そのものだった。

豚人《オーク》達の腕力は極めて強く、この拘束を振《ふ》り解《ほど》くことなど出来るはずもない。

常人であれば、そうだろう。だがレオンは人外である。

肉体に残るエネルギー全てを出し尽くしたなら、我が身を抑え込む豚人《オーク》達を弾《はじ》き飛ばし、窮地のアリスを救えるはずなのだ。それだけの力が備わっているというのに——

「動けッ……！　動けッ……！　動けッ……！」

駄目だった。全身に力が入らない。ただ震えることしか、出来ない。

なぜか？

死んでしまうからだ。動いたなら、アリスの命と引き換えに、自分が死ぬ。

その確信が、レオンの動作を阻害している。

「何をッ……！　何を、してるんだ、俺はッ……！」

身も心も、恐怖に支配されていた。

取るべき行動はわかりきっている。

アリスを救うのだ。己が命を、犠牲にして。

そうしなければならない。それ以外の答えはない。

だというのに。レオンはただ怯《おび》えることしか、出来なかった。

あのときのように。

四年前の惨劇と、同じように。


――四年の月日を経て、生き地獄を積み重ねてもなお、俺は。

――全てを失った、あの日から。全てを壊した、あの瞬間から。

――何一つ、成長してなどいなかったのだ。


絶望と失望が、屍人《しびと》の脳内を白く染め始めた、そのとき。

「ぴぎっ、ぴぎぎっ」

女王の頭から、新たな命令が下された。

やれ、と。そう言ったのだろう。アリスを囲んでいた豚人《オーク》達が動き出す。

一人が彼女の細い腕を掴《つか》み、拘束して、もう一人が……両足を、開かせた。

「うっ、うぅ……！」

見開かれた瞳が涙で潤む。

晒《さら》された彼女のそれに、豚人《オーク》が膨張したモノを当て、擦《こす》りつけた。

これからお前を死ぬまで犯すと、宣言するかのように。

そんな彼女を前にしてもなお、屍人《しびと》はただ震えることしか、出来なかったのだが。

「し、しょう……」

呼び声を漏らしながら、そのとき、アリスはレオンへと目を向けた。

無力な師を非難するため……だったなら、どれだけよかったか。

アリスの深緑色の瞳にそうした感情は微塵《みじん》もなく、それどころか、むしろ。

「逃げて、ください……！」

事ここに至り、アリスの胸中を占めたのは、師に対する無償の愛だった。

自分のことなど顧みず、レオンの身命だけを案じている。

その思いは。その眼差《まなざ》しは。

「ライ、ナ……！」

裏切ってしまった、あいつを。守れなかった、あいつを。連想させるもので。

「う、ぐうッ……！」

強き想《おも》いが心から溢《あふ》れて、止まらない。

なのに……それでも動けなかった。怖《お》じ気《け》を制することが、出来なかった。

そんな彼を嘲笑《あざわら》うかのように、次の瞬間。

「ぴぃぎぃいいいいいいいいいッ！」

女王の叫びと共に、開幕する。少女の悲劇が。怪物達の喜劇が。

無力で愚かな屍人《しびと》の、目の前で。

「やめ、ろ……！」
穢《けが》される。次の瞬間には、アリスが、穢されてしまう。
自分のせいで。自分が、彼女を傍《そば》に置いてしまったせいで。
「やめて、くれ……！」
時間がまるで、無限に引き延ばされたかのようだった。
静止した世界の中で、レオンは己の罪を噛《か》み締めることしか出来なかった。
畜生。畜生畜生畜生畜生畜生畜生畜生畜生……
結局、俺は何者にも為《な》れなかった。
守り手にも。救い手にも。
あいつへの約束を、果たすことさえ。
俺は。
俺は、なんて――
『あぁ、そうだね。君は馬鹿だ。実に腹立たしい』
そのとき、レオンの脳裏に、声が響いた。
『窮地の中には必ず活路がある』

『諦観に支配されることなく、抗《あらが》い続けるという意思を貫け』

『その心にヒトの煌《きら》めきがあるのなら』

『限界なんかどこにもない。精神は肉体を凌駕《りょうが》し、思いの力が君を勝利へと導く』

『……そう何度も教えてきただろうが、この馬鹿者め』

屍人《しびと》を叱る声。その主は。

『レオン。君はもう甘ったれた弟子《こども》じゃない』

『師《おや》になったなら、果たすべき責任がある』

『わかってるはずだ。自分の思いを。切なる願いを。己《おの》がすべきことを』

『くだらない自己嫌悪《けんお》に囚《とら》われてないで、その意思を叫べ』

『君は、弟子をどうするんだ？　アリスを、どうしたいんだ？』

力が、ふつふつと湧いてくる。

彼女の声が諦観を打ち砕き、恐怖を溶かし、そして。

レオンを正しい方向へと、導いた。

「守り、たいッ……！　それが許されぬことであったとしてもッ！　それが、出来ぬことであったとしてもッ！　俺はッ！　あの娘を守らねばならないッッ！」

心が白熱する。

気付けば、その右手が腰元へと伸びて。

聖剣の柄《つか》を、握る。

『今回だけは大目に見よう』

『まったく。いつまで経《た》っても手間の掛かる弟子《こども》だな、君は』

厳しくも優しい声を耳にして、一人の女性を脳裏に浮かべながら。

レオン・クロスハートは叫ぶ。

「邪悪なる者共よッ！　我が威を畏れよッ！」

その詠唱は、かつて師が聖剣を抜き放つ際に紡《つむ》いだもの。

果たして、次の瞬間。

握り締められた柄が、動く。

ほんの僅かな抜刀。本当に、顔を覗《のぞ》かせた程度ではあるが、それでも。

黒と金によって構成された聖なる刃《やいば》は、魔へと堕《お》ちた者達を一瞬にして消し飛ばした。

閃光《せんこう》。

それは、威を伴った光。視界を埋め尽くした煌めきは、しかし、ほんの瞬《まばた》き程度の時間で消失し——後に残されたのはレオンとアリス、そして、女王の頭。それだけだった。

無数に居た豚人《オーク》達と茶褐色の卵は、どこにもない。

聖剣の威光が、その存在を根こそぎ滅ぼしたのだ。

「うあ、あ、あああああ……」

溶けていく。無数の頭が集積して出来た女王の頭が、溶けていく。

青い瞳から、血涙を流して。

「あ、ああ、あああああ……」

最後に一つだけ、小さな小さな頭が、残った。

レオンは立ち上がり、無言のまま彼女へと近付いて。

地面に落ちていたライフルを手に取ると。

「わたしの、こども……」

血涙を流す彼女の頭を、撃ち抜いた。

子を守る親。その尊き姿は、しかし、彼女だけが見せるものではない。

俺だってそうだ。弟子《こども》を守るために、お前達を殺したのだ。

謝罪はしない。その代わりに祈ろう。

天へと昇った魂の、救済を。

「――汝等《なんじら》の眠りが、永遠の救いであらんことを」

粛々と言葉を紡ぎ、そして……レオンはダークコートを脱いで、アリスのもとへ向かう。

「一時凌《いちじしの》ぎにはなるだろう」

そっぽを向きながら外套《がいとう》を手渡す。これをアリスはいそいそと着込みつつ、

「終わったん、ですよ、ね……?」

「……あぁ、確実にな」

答えてから、レオンは己が腰元に下げられた聖剣へと目をやった。

「あの声は、間違いなく……」

思いを馳《は》せようとしたレオンだったが、それはアリスの声によって遮られた。

「あ、あの、師匠。……早く、出ませんか？」

彼女からしてみれば、一秒たりとて長居したくないだろう。

もしかしたら、先ほどの豚人《オーク》達による狼藉《ろうぜき》がトラウマになっているかもしれない。

そう思うとレオンは、早々に思考を打ち切った。

自分でも驚くほど、彼女のことを最優先にして、動いていた。

「立てるか？」

「ご、ごめんなさい、難しいかも、です……」

「そうか。なら、乗るがいい」

アリスの目前にて背を向け、しゃがみ込む。彼女は最初、遠慮がちに手をこまねいていたが
……結局、彼の首に腕を回し、その体重を預けた。

そして屍人《しびと》は歩き出す。左足を引きずりながら。動けぬ弟子《こども》を、背負って。

「うわ……！　す、すごい光景、ですね……！」

どうやら聖剣は、この村の《魔物》全てを消し去ったらしい。

彼等が残した無数の《生証石》が強い煌めきを放っている。

「たった一瞬で、あんなにもたくさんの《魔物》を……！　やっぱり師匠はすごい……！」

「俺ではなく、聖剣の力だ。付け加えると、こうした力を無制限で行使出来るわけでもない」

「えっ。そうなんですか？」

「あぁ。聖剣の力は有限だ。能力を発動する毎《ごと》に力は失われていき……最終的には、切れ味が鋭いだけの剣へと変わる。再び異能を行使するには鞘《さや》に収め、力を蓄えねばならない」

「現実の聖剣は御伽噺《おとぎばなし》のそれとは違うんですね。……それにしても」

目前に広がる様相を見つめながら、アリスは言う。

「聖剣が創ったこの光景……本当に幻想的ですね。まるでわたし達の道を照らしてるみたい」

ヒトであった頃の生を証《あか》す石。無数に転がるそれらが一斉に煌めく様は、圧巻の一言。

そんな絶景が、アリスの心にセンチメンタルな思いを抱かせたのか、

「……今回も、わたし、師匠のお荷物になってしまいましたね」

「違う。君が居てくれたから、こういう結果になったんだ」

その声音には、自分でも驚くほどの穏やかさと、優しさがあった。

これにアリスは瞠目《どうもく》し、それから、どこか嬉《うれ》しそうに微笑《ほほえ》んで、

「わたし、強くなります。もっともっと強くなって……師匠のことを、お守りします」

エミリアの工房にて紡ぎ出したそれと、まったく同じ言葉。

だが、彼女の声音に宿る想いは。体から伝わる温《ぬく》もりは。レオンの心を蕩《とろ》かし――

「君のことを、信頼している」

今回のそれは、偽りなき本心であった。

「君が力をつけ、一人前になるまでは、俺が君を――」

己が想いを素直に紡がんとした、その直前。

〝お前に、そんな資格はない〟

心の内に潜む自己嫌悪が、これ以上の進歩を許さなかった。

(……守りたい。この娘を)

(だが、俺には、やはり)

過去という名の鎖が、屍人《しびと》の魂を縛り付けている。

だからレオンは自らの感情を自覚しながらも、それを口にすることは出来なかった。

「師匠? どうか、されましたか?」

「……いや、なんでもない」

頭を横へ振って、レオンは先刻伝えられなかった言葉の代わりに、

「君の成長に期待している。早く俺を追い抜いてくれ、アリス」

当たり障《さわ》りのない台詞《せりふ》を口にした。レオンからしてみれば、その程度の認識だったが……

なぜだかそのとき、アリスの全身がピクリと揺れ動いた。

「し、ししし、師匠……！　い、いいい、いま、いま……！」

「……なんだ？　俺は、おかしなことを言ったか？」

「い、いや、そうではなくて、ですね。……気付いてないんですか？」

「………敵の気配は、どこにもないが？」

「いや、そうではなくて！」

鈴を転がすような声に興奮を宿しながら、アリスは叫んだ。

「い、今！　師匠は！　初めて！　わたしの名前を口にしたのですよ！」

「………そうだったか？」

「そうですよぉっ！　いつもいつも君としか呼んでくれなくてっ！　わたし、密《ひそ》かに悲しんでたんですからねっ！」

「そうか」

「でも……えへへ、初めて名前、呼んでくれましたね」

よほど嬉しかったのだろう。普段よりも少しだけ、アリスは図々《ずうずう》しくなっていた。

「あ、あの！　もう一度！　もう一度だけ、呼んでくれませんか⁉」

……これに応えたなら、自分達の関係は深い場所へと向かうことになる。

そんな予感を抱いたことで、レオンは理解した。

彼女の名を呼んでこなかったのは、きっとそれが、最後の砦《とりで》だったからだろう。

もしそこから先へ進めば、もう他人同士ではいられない。

だから無意識のうちに、名で呼ぶことを避けていたのだ。

……自分には誰かを守る資格もなければ、誰かと深い仲になる資格もない。

そうした自戒を、無視することは出来ない。

だが、しかし。

資格はなくとも義務はある。この娘を幸せにするという、義務が。

「……アリス」

自己嫌悪を振り払って、レオンは彼女の名を口にした。

彼女が、望んだ通りに。

「えへ……！　えへへへへ……！」

愛らしい笑みを零《こぼ》しながら、はにかむアリス。

そんな彼女の声を耳にしていると、なんとも言えぬ気持ちになる。

だから、レオンは。

「も、もう一度、お願いします……！」

「アリス」

「おふっ。ふふっ。ふふふふふ。も、もう一度！」

「アリス」

「おほっ、ほほっ、ほ……もう一度！」

「アリス」

求めに応じて、彼女の名を呼びながら、思う。

（俺はこの娘から母を奪ったのだ）

（救うためとはいえ、それは変えがたい事実。ゆえに俺は、受け継がねばならない）

（アリスの母が出来なかったことを。アリスを幸せにするという義務を）

だからこれは、己のためにすることではないのだと。

レオンは言い訳めいた言葉を胸の内に響かせながら。

「アリス」

「うふっ、うふふふふ……！」

幸せそうに笑う彼女へ、密やかに誓いを立てた。

もう決して、裏切らない。

君の望みを全て、叶《かな》えてみせる。

二度と、悲しませはしない。

——約束の瞬間《さいご》を迎える、そのときまでは。

「ん〜〜〜、忘れてるなぁ〜、完全に」

◇◆◇

上空。星明かりをも遮る、純白の世界にて。

[redacted]は彼等を見下ろしていた。

その背中から伸びた純白の翼を展開し、我が物顔で天空を支配しながら。

「宿敵の存在を忘れさせるほどの、強い愛、か。……はは、妬《や》けてくるねぇ」

紫色の瞳を細めながら、[redacted]は思いを馳《は》せた。

運命の紅《あか》い糸など、つまらぬ与太話と思っていたが……

今はそれが真実やもしれぬと、そう考えている。

「すごい偶然だ。前回といい、今回といい……身を隠さなきゃ、完全に出くわしてたな」

カルナ・ヴィレッジでの一件は、自分の力の戻り具合を試すためのものだった。

そして今回、共喰い村で完全なる回復を確認しようと、そう思っていた矢先に彼が来た。

ちょうどいい機会だと、そう考えた[redacted]は、己の力とレオンの力を試すべく、遊戯に興じた。その結果は……期待通りの、無様なものだった。

「四年間、何やってたんだか。なんの成長も見られねぇ。だが……それでいい。そうだからこそ、殺す意味がある。臆病でみっともないあいつだからこそ、殺す価値がある」

口端を吊《つ》り上げて、美しい貌《かお》に邪悪な笑みを宿す。

そして[redacted]は、

「あのときの傷は完全に癒えた。支障はどこにもない」

眼下にて、弟子を背負い、歩む男へ。

レオン・クロスハートへ。

[redacted]は、頬を赤らめて宣言した。

愛《いと》おしい恋人に、呪詛《じゅそ》を囁《ささや》くかのように。

「——もう一度、拝ませてもらおうか。地獄の底で苦しむ、君の顔を」

EPISODE III 安らぐ屍、笑う少女、そして……降臨する天使

Only I know the Ghoul saved the world

――満たされていた。

――空虚な心が。そうで在るべき心が。満たされていた。

――もう二度と得られないと思っていた安らぎを、彼女が与えてくれる。

――彼女の笑顔が眩《まぶ》しくて。愛おしくて。だから。

――願ってしまう。この日々が、永遠に続いてほしい、と。

――けれど、やはり。

――運命はそれを、許してはくれなかった。

帰還後の翌日。

平常時であれば、朝食を摂《と》り終えた後は小休止を挟み、それから地下で訓練という流れになっている。けれども本日は仕事の直後ということもあって、休息日になった。

とはいえ、ベッドの上でゴロゴロと過ごして良いというわけではない。体を動かさない休養は心身を鈍らせるのみで、最適なものではないとレオンは語る。

そのため、休養日は屋敷の掃除を行いながら過ごすことになっていた。

「しっしょ～のおっ部屋ぁ～♪　しっしょ～のおっ部屋ぁ～♪」

ドアを開き、いざ、彼のプライベート空間へ。

レオンの部屋には物がほとんどない。小さな丸テーブルとベッド。それだけだ。

そんな室内を、アリスは早速掃除し始めた。

まず床を掃除して、丸テーブルのちょっとした汚れを取ってから、ベッドへ向かう。

「これって……写真？」

枕元にぽつんと置かれた一枚。そこに写っていたのは、《救世》の仲間達《パーティー・メンバー》だった。

レオンの口元を指で吊り上げて、無理矢理笑顔を作らせ、笑っている少年……ラインハルト。

その容姿はまさに絶世の美貌。腰まで届く長い銀髪も相まって、中性的な印象を受ける。

そんな彼を鬱陶しげに睨《にら》むレオンと……腕を組みながら、彼等《かれら》を見て微笑《ほほえ》む美女。

これがクレアだ。先代の《救世》であり、レオンの師。女性としては長身な背丈と灼熱《しゃくねつ》色の髪が特徴的だ。その佇《たたず》まいはまさに大人の美女といったもので……

そんな容姿も羨望《せんぼう》に値するが、しかし、何よりアリスの目を引いたのは、

「ゆったりとした服を着ているのに、このボリューム感……！　間違いない……！　このヒトだ……！　師匠のおっぱい好きは、このヒトが原因だ……！」

《救世《クレア・レッドハート》》の二代目は規格外の強さを誇ったというが、乳のデカさまで規格外であった。

「むむむむむ……！　わ、わたしだって、きっといつか、これぐらいおっきくなるし！　負けてなんかないんだからっ！　ぜんぜんっ！」

とりあえず飲む牛乳の量を倍に増やそう。そしてバストアップマッサージも念入りに。

「……それにしても、このヒト、なんだか……」

かつて、一目見た際には抱かなかった印象。

このクレアという女性、誰かに似ている。しかし、誰だったか……

「う～～～ん」と唸《うな》りながら、考えを巡らせる。そんな最中の出来事だった。

カタリと、音が鳴る。それに気を取られ、アリスは思考を中断。音の発生源へ目をやった。

「ええっと……確か、カリト＝ゲリウス、だっけ？」

壁際《かべぎわ》に立てかけられた一振りの剣《つるぎ》。聖剣・カリト＝ゲリウス。

漆黒の鞘《さや》に収まったそれに、アリスは不思議な感慨を抱いた。

「……わたしのことを、呼んでる？」

なぜだかそんな気がして、アリスはまるで吸い込まれるかのように、聖剣へと歩み寄った。

「どうしちゃったんだろう、わたし……師匠の物を、断りもなく触るだなんて……」

そんな無礼は働くべきではないと、わかってはいる。そこに忌避感もある。

だが、アリスはなぜだか、この聖剣を抱かずにはいられなかった。

「なんだろう……お母さんに、頭を撫《な》でてもらってるような……」

不可思議な感覚が全身を包んでいた。それはどこか、母の祝福に似たもので——

そのとき、アリスの不意を打つように、彼の声が響いた。

「選ばれたのか、その剣に」

背後から飛んで来た師の声。これにアリスはビクッと体を震わせ、慌てふためきながら、

「ご、ごめんなさい、師匠っ！」

「……なぜ謝る？」

「い、いや、だって。師匠の所有物を、勝手に触っちゃったから……」

「気にしなくていい。君に触れられて困るような物など、どこにもない」

ぶっきらぼうだが、その声音には優しさが宿っていた。

「……やはり君には、《救世》の称号を受け継ぐに足るだけの才覚があるらしいな」

「えっ？」

「その剣は使い手を選ぶ。ゆえに器量なき者は、触れることさえ許されない」

言い終えると、レオンは聖剣からアリスへと目を移した。

「……試してみないか？」

「えっ？　た、試す？」

「君なら、聖剣を抜けるかもしれない」

「い、いやいやっ！　無理ですよ！　わたしなんか！」

師が抜けぬものを、自分が抜けるわけがない。

そう確信しているアリスだったが――次の瞬間、再び、頭の中に声が響いた。

『やってみな』

孫を甘やかす祖母。なぜだかアリスは、そんな印象を受けた。

なんだろう、この気持ちは。表現し難《にく》い感覚を抱きながら、柄《つか》を握り締め、力を込める。

そして。

「あっ」

思わず呆《ほう》けた声を出してしまうほど、あっさりと、聖剣が鞘から抜き放たれた。

「うわ……すごく、綺麗《きれい》……」

武器愛好家でもないアリスでさえ魅了されてしまうような、魔性じみた美しさ。

黒と金で構成されたそれを見つめていると、魂を取り込まれてしまいそうな危うさを感じる。

「……なるほど。君との出会いは、ともすれば」

師の声を耳にして、ハッとなる。弟子の自分が師を差し置いて聖剣を抜くなど、彼のメンツを潰すような行いではないか。剣《つるぎ》の美しさに見惚《みと》れている場合ではない。

「こ、これは、その……き、きっと何かの間違いですよっ！」

「いいや。聖剣は間違わない。君は選ばれたのだ。聖剣・カリト＝ゲリウスに」

穏やかな紅い瞳に、何かしらの感慨が宿る。

「……君が後を継いでくれるなら、安心だな」

ポツリと漏れ出た言葉に、アリスは危うさを感じた。まるで、己の死を受け入れた老爺《ろうや》のような、清らかでありつつも物悲しい姿。今のレオンは、そんなふうに見えた。

「師匠……？」

いったい、何を考えているのか。その問いかけにレオンは答えることなく、瞼《まぶた》を閉じて……

「ライナと師匠、二人が存命だった頃、俺には聖剣への執着があった。あの二人に追いつきたい。認められたい。そのためには聖剣が抜けるようにならねば、と。だがいつまで経《た》ってもそのときは訪れず……筋違いな怒りを覚えたこともあった。だが、今は」

アリスの頭をそっと撫でながら、レオンは言う。

「君が平然とそれを成しても、羨望の情などまるで湧いてはこない。君が出来るというのなら、俺が聖剣の使い手になる必要はない」

穏やかな声音にはやはり、死期を察した老爺に似た情が宿っていて。

「……きっとこの答えは、聖剣が求むるものではないのだろうがな」

最後に小さく呟《つぶや》かれた言葉を耳にしたことで、アリスは聖剣の意図を察するに至った。

この剣に宿る意思が、なにゆえ自分に刀身を抜かせたか。それはアリスという少女を使い手として認めたからではない。そうさせることでレオンに何かを伝えたかったのだ。

まるで、師が弟子を指導するかのように。

だが、レオンはその思いを知りつつも——汲《く》んでやろうとは、しなかった。

「そろそろ昼時だ。食事を摂れ。それから屋敷を出るぞ」

「お出かけ、ですか？　どちらへ？」

「工房だ」

短い一言を経て告げられた、その言葉は。

彼女の胸を、高鳴らせるような内容だった。

「専用装備を受け取りに行くぞ、アリス」

◇◆◇

「……………………………………………滅んじまえ、人類」

武具販売店、アン・ブレイカブル。そこに併設された工房にて。

地面に寝そべり、呪詛を吐く女が一人。その目はまるで死んだ魚のように濁っていた。

「やっと纏《まと》まった睡眠が取れるかと思いきやこれだよマジふざけんなクソが職人仕事のなんたるかも知らねぇ素人《しろうと》が勝手に納期決めて勝手に話進めてんじゃねぇよ馬鹿野郎あいつらあたしに死ねっつってんのか死ねっつってんのかてめぇらが死ねやクソカス共が」

大分キている。それは誰の目にも明らかであった……が、レオンは遠慮することなく、

「エミリア。起きろ。専用装備を貰《もら》い受けにきた」

「…………はぁぁぁぁぁぁぁぁぁぁぁぁぁぁぁぁぁぁぁぁぁ」

エミリアは盛大な溜息《ためいき》を吐《つ》いて、

「……あそこにあるやつがそれだよ。持ってけクソが」

作業机の上に載っている一本の弓。色調《カラーリング》は白を基本とし、随所に紅《あか》がちりばめられている。

アリスはとてとてと小走りで近寄り、それを手に取ってマジマジと見つめながら、

「えっと、この持ち手の部分……ブレード状になってるんですけど、これはどういう？」

「はぁぁぁぁぁ…………両手で持ち手を握って、《聖源》を流してみなよ」

それでわかると言わんばかりの答え。アリスは疑問を抱きつつも、そのようにした。

すると紅い弦《つる》が粒子状となって弾《はじ》け飛び……持ち手が分裂。弓が二振りの曲剣へと変化した。

「そいつは一本で近接と遠距離、両方をこなすことが出来る。曲剣モードで《聖源》を流せば、鋼を両断する程度の切れ味となり、弓モードで《聖源》を流せば質量を持った幻影の矢が召喚される。……基本的な性能はそんな感じ。あとは実戦で試しやがれ。以上」

説明を終えると、エミリアは再び大きく嘆息してから、寝返りを打った。

まるで屍のような彼女の様相は、しかし、アリスの興味を惹《ひ》くものではなく。

「これ、すごくイイものですよ、師匠。手に吸い付く感じで、しっくり来ます」

「当然だろう。エミリアの仕事に間違いはない」

レオンの口から出た称賛に、当人がピクリと体を震わせ、

「……ふん。得物が極上でも、使い手がヘボけりゃ無意味さね」

「むっ。わたしは確かに未熟者ですけれど、ヘボじゃありません！」

「ハッ。どうだかね。才能にモノ言わせてるだけの二流で終わっちまうかもよ」

再び寝返りを打つと、エミリアはアリスの顔をジッと見つめながら。

「……どうして、あたしじゃないんだろうねぇ」

か細い声。聞き取れぬほどのそれを、吐き出した後。

「まぁ、いいさ。あんたに役目をくれてやる。……レオンを救うって役目を、ね」

聞き捨てならぬ言葉を紡《つむ》いでから、間髪容《い》れることなく、エミリアは言い続けた。

「レグテリア・タウンって名に、覚えはあるかい？」

「……確か、殉教派の街、だったか？」

「そう。経典を独自解釈して、阿呆《あほう》ほど厳しい戒律を勝手に定めて暮らしてるマゾ豚共の楽園さね。……そこが先日、霧に呑《の》まれた」

それは即《すなわ》ち、人類の住処《すみか》が失われたと同時に、新たな迷宮が生まれたということでもある。

「ご存じの通り、出来たての迷宮ってのは未知の塊だ。何が潜んでるかわかんねぇ一方、手つかずの《変遺物》がゴロゴロと転がってる。富と名声を得るにゃあ、うってつけだ」

《変遺物》。それは名の通り、迷宮の内部にて変異し、異常性を帯びた物体の総称である。

「《変遺物》は一品物で、迷宮の発生時にしか生成されることはない。つまり、その迷宮が多くの人間に探索されればされるほど、それに伴って数を失っていくってわけさね」

といって、かの品が有する絶大な価値を求め、誕生したばかりの迷宮に足を踏み入れるような冒険者など、ほとんど居ない。分を弁《わきま》えた中堅どころは当然のこと、借金で首が回らなくなったような馬鹿者や、夢見がちな新米でさえ、情報不足の迷宮は恐ろしいものとして映る。

そうだからこそ。

正気をかなぐり捨て、狂気の沙汰を実行するような者のことを、ヒトは勇者と呼ぶのだ。

「リスキー・イーグルス。こいつはあんたも、当然知ってるよな？」

首肯するレオンの脳裏に、ある男の姿が浮かび上がった。

傷痕塗《まみ》れの巨漢、ヴェルゴ・ザハージ。

古くからの顔見知りであり、《猛禽《もうきん》》の二つ名を持つ勇者。

リスキー・イーグルスとは、彼が率いる冒険者パーティーの名称であった。

「いつものように、あいつ等が先陣を切った。そんで見事に持ち帰ってきたよ。《変遺物》を、ね。ただ……生還したのは、ヴェルゴだけだった」

「……なんだと？」

この一報に、レオンは珍しく、紅い瞳を揺らしながら、

「あいつは、無事なのか？」

「診療所に運び込まれて生死の境を彷徨《さまよ》ってるって話だけど、まぁ問題ないだろ」

「……そうだな。あいつは殺しても死なぬような男だ」

ぶっきらぼうな言葉には、確かな安堵《あんど》が宿っていた。

エミリアは首肯し、レオンに同意してから、話を先へと進めていく。

「で、だ。さっき言った通り、ヴェルゴは《変遺物》を持ち帰ってきた。それは奇妙な形をした果実でね。研究機関がその異常性を調べてみたところ――」

ここで区切りを付けると、エミリアはレオンとアリス、両者を交互に見た。

ここからが本題だと、いわんばかりに。

そして、次に彼女の口から放たれた情報は。

旧友の安否に対する不安が消し飛んでしまうほど、衝撃的な内容だった。

「――《青眼病》をたちどころに治し、《魔物》になった奴をヒトへと戻す。件《くだん》の果実には、そんな力が宿ってやがったのさ」

アリスもレオンも、黙して立ち竦《すく》むことしか、出来なかった。

「まぁ、そういう反応になるわな。あたしも最初に聞いたときゃあ、たまげたもんさ。なんせようやっと、未来への希望が見つかったって話だからねぇ」

件の果実を研究し、その異常性を再現した薬品などが発明されたなら、人類は《魔物》へと至る病を克服出来る。霧に呑まれた際の変異現象もまた、ある程度の予防が出来るようになるかもしれない。そして――《魔物》化した人間を元通りに出来るということは、つまり。

「師匠も、ヒトに戻ることが出来る。そういうこと、ですよね？」

アリスの発言にまず反応を返したのは、エミリアだった。

「そう。そこも肝心だが……レオン、あんたにゃわかるはずだ。あたしの言いたいことが」

屍人《しびと》は黙して、目を伏せた。

「…………果たさねばならぬ約束。その本質が、そもそも変容したのなら」

何があろうとも過去は変えられない。だが、未来は。

「……件の果実、少なくとも一つは自由に使える、と？」

「あぁ。それは確約させたよ。後は手に入れることさえ出来れば」

二人のやり取りが、いかなる内心によって展開されているものか、やはりアリスにはわからない。彼女はどこまで行っても部外者だ。二人の間に割って入ることは出来ない。

だが、それでもよかった。この場は今、一つの意思によってまとまっているのだから。

アリスも。エミリアも。そしてレオンさえも。

希望に満ちた未来へと、前向きに進もうとしているのだ。

そうだからこそ――

「今回の仕事、受けるかい？　レオン」

エミリアの言葉を肯定する師を、アリスは止めようとはしなかった。

◇◆◇

「《変遺物》の回収、あるいは情報収集。それが今回の仕事さね」

「……情報？」

「あぁ。実はあんたへ仕事が回る前に、教会は回収チームを送り込んでてね。全員、腕利《うでき》きの冒険者だったんだが……」

おそらくは全滅であろうと、エミリアは語った。

「順調に事が運んでいたなら、もうとっくに帰ってきてるはずだ。にもかかわらず、連絡一つ来ない。つぅことで、御上《おかみ》は回収班が全滅した可能性が高いと判断し」

「俺の出番というわけか」

「そう。主目的は果実の回収。副次目的は敵方の情報収集だ。果実を回収出来れば最高。それが無理なら斥候の役割ぐらいは果たしやがれって話だねぇ」

その後も、エミリアによる説明が続く。

今回の任務は生還を前提としたものではあるが、しかし、それでも協力者などの戦力支援はない。先遣隊として送った者達は教会が擁する人材の中でも選《え》りすぐりの猛者《もさ》。これが全滅したことによって、教会内では慎重派の意見が多数を占めるようになったという。

「これ以上の人材喪失は避けたい、と。そういうわけか」

「あぁ。そこだけは、どんだけゴネても聞いちゃくれなかった」

心苦しそうなエミリアの姿に、アリスは微笑した。

「やっぱり、仲がいいんですね、お二人は」

「……うっせぇよ」

顔を逸《そ》らすエミリア。その行動が何よりの答えだった。

初対面の際に見せたあの言動は、諦観から来ていたのだろう。レオンを救いたい。だが、自分にはどうしようも出来ない。だからもう、何もかもを諦めて、彼の末路を受け入れよう、と。

だが彼女の内心にはまだ、レオンに救われてほしいという気持ちが残っていたのだ。

それが今回の仕事で叶《かな》うかもしれない。だからエミリアは、釘《くぎ》を刺すように言った。

「いいかい、レオン。なんとしてでも生きて帰るんだよ。あんたが果実を入手出来なくたってね、あたしがどんな手を使ってでも、一つは手に入れてみせるから。あんたは気負うことなく、敵の情報だけ持って帰ってくりゃいいんだ。……そこのお嬢ちゃんと一緒に、ね」

懇願するような見送りを受けて――二人は聖都をあとにした。


それから馬車を乗り継ぎ、数日の移動を経て、レオンとアリスはそこへ到達する。

「ここが、レグテリア・タウン……」

純白の闇が漂う中、街の出入り口付近にて、アリスは生唾を飲んだ。

迷宮探索は今回で三度目となるが……それでもまだ、この物々しい雰囲気には慣れない。

しかも今回の迷宮は誕生して間もないもので、情報がほとんど手元になかった。

いかなる《魔物》が闊歩《かっぽ》しているのか。回収目標である再生の果実はどこにあるのか。

この街に潜む恐ろしい怪物は、どのような力を有しているのか。

何もかもが不明なまま、これより探索を始めることとなる。

──怖い。アリスは心の底から、目前に在る迷宮の光景を恐怖した。

しかし、そのとき。

「問題はない」

隣に立つ師が、彼女の頭を撫《な》でながら、穏やかな声で言った。

「俺達なら、問題はない」

偽りなき、本心から出た言葉。そう感じた途端、アリスの心に勇気が芽生えた。

「と～ぜんですっ！　わたし達は、無敵のコンビですからねっ！」

明るい声と表情。その様子を見ていると……レオンの心にさえ、熱いものが込み上げてくる。

(アリスとの出会いはやはり、主の思し召《おぼしめ》しであったのだろう)

(この愚かな屍人《グール》に、主は再生の機会を与えてくれたのだ)

果実さえ手に入ったなら、それが、救いになるかもしれない。

自分の、ではなく。彼の。あの男の。

(殺すことだけが救いだと、そう思っていた。だが今は)

(再生という選択がある。ヒトに戻すという、最良の選択が)

なんとしてでも果実を手に入れる。そのためなら、どのような怪物だろうと倒してみせよう。

この、頼もしい弟子《こども》と共に。

「征《ゆ》こう、アリス」

「はい、師匠っ！」

踏み出す。完全なる未知の領域へ。死の気配漂う、新たな迷宮へ。

当然ながら、進行は緩やかなものだった。

レオンの聴覚を頼りに敵方の位置や数を把握し、常々先制攻撃が取れるよう動く。

どうやら周辺には《魔物》がおらず……ヒトの気配もない。

「やはり先遣隊は、全滅したのだろうな」

ポツリと呟《つぶや》いてから、アリスの様子を見た。

彼女なりに周囲を警戒しているのだろう。その視線は四方八方へと飛び交っていた。

「……建物の変異状態が気になる、か？」

「は、はい。まだ探索は三回目なので、これが異常かどうかはわからないのですが……建物の全てが白いのは、なんだか気になります」

他の迷宮は血や臓物を連想する赤、あるいは黒に満ちている。

だがここはアリスの言う通り、目に映る全てが白い。

「迷宮の内観は、まだ人里であった頃の気風に応じて姿を変えているのではないかと思う。たとえば、このレグテリア・タウンは殉教派の街として知られていた。彼等《かれら》はクトゥル教の経典……聖者・オーガスが記したそれを独自解釈し、より主の御心に沿った生活を営もうと考えている。その心構えはおよそ、潔白なものであったに違いない」

「……だから迷宮になった後、全てが真っ白になった、と」

「おそらくはな。殉教派がシンボルカラーとして掲げている色もまた白一色。彼等はあらゆる意味で白い存在になりたいと、そう願っていたのだろう」

魔へと堕《お》ちたとき、そういう連中はひどく恐ろしい《魔物》になる。

「ヒトは白く染まろうとすればするほどに、むしろ黒へと近付いてしまうものだ。徹底した規制は抑圧を生み、それが心を曇らせ……強大な《魔物》を生み出す情念へと、繋《つな》がっていく」

ちょうどそのとき。この街に属し、殉教の信徒として生きた者達が、いかなるカタチを得たのか。前方にて、彼等自身がそれを見せ付けてきた。

すぐ前方、濃霧の只中《ただなか》に立つ三人の《魔物》。それは狼人《ウェアウルフ》の亜種、黒狼人《ブラックファング》であった。

前者が茶褐色の毛並みを持つのに対し、後者は黒一色。さらにもう一点、大きな違いがある。

それは……目だ。黒狼人《ブラックファング》には、目にあたる部位が存在しないのだ。

「白で在ろうとした者。白で在ると己を定義した者。いずれにせよ、その本質は黒く……しかし、決してそれを見ようとはしない。見ることも出来ない。ゆえに彼等は盲目なのだ」

きっと彼等は、バケモノに成り果ててなお幸福であろう。

自分が黒い存在であることに、いつまで経《た》っても気付かずにいられるのだから。

「……アリス、彼等は君が仕留めろ。専用装備の試し撃ちだ」

「お任せください、師匠」

静かに言葉を返すと、彼女は背負っていた弓を手に取り、構え――《聖源》を注入。

瞬間、純白の矢が手元に召喚され、自動的に紅《あか》い弦《つる》へと番《つが》えられた。

これを引き絞り、そして。

数瞬後、放たれし矢が辿《たど》り着いたのは、無音の射殺であった。

(完璧な射撃。だが、もっとも驚くべきは、メンタルの操作力)

(闘争に臨むと同時に怖《お》じ気《け》を殺し、無我の境地へと至る)

(それはまさに勇気のなせる業。俺とこの娘は共に臆病だが……決定的な違いは、そこだな)

その所以《ゆえん》は何か。彼女に出来て、自分に出来ぬ、その所以は。

……やはり、答えは出ぬまま。

アリスが全ての標的を、瞬殺してみせた。

「この弓、凄《すご》いですよ、師匠！　まるで体の一部みたい！」

「真に素晴らしいのは君の技量だ、アリス。装備品はその付随物に過ぎない」

「えっ。そ、そう、ですかね。えへへへへ」

褒められて喜ぶ姿が、今のレオンには愛らしく映る。

まるで孫を得た老爺《ろうや》のような感覚であった。

「進行を再開するぞ、アリス」

「はいっ！　師匠っ！」

弟子を伴って、魔の都を進む。そして……異様な光景を目にした。

「し、師匠、これは」

「先遣隊によるものか、《魔物》の仕業か。いずれにせよ、安易に近付くべきではないな」

往来の只中にて、レオンとアリスは警戒心を露《あら》わにした。

その原因は……地面から立ち上る、漆黒の火炎。

「これが何者かの《神秘》であるなら、すぐ近くに発動した者の気配があるはずだ。何せ《神秘》は長時間持続するものではないからな。しかし、それらしき者は俺の聴覚が感知可能な範囲内には存在しない。となればこれは、《魔物》が残したものと考えるのが妥当だろう」

どのような存在が、どのような力で以《もっ》て、この光景を創ったのか。

闇色の火炎を見つめながら、思考を重ねていくレオン。そうした最中の出来事だった。

白き濃霧の中で自己を主張する漆黒が、彼の者の中に在る残滓《ざんし》を、送り込んできた。

――ずっと、流されるがままに生きてきた。

――白き殉教の信徒としての誇りだとか、黒い連中への憎悪《ぞうお》だとか、そんなもの俺にはない。

――優柔不断で、臆病で、弱虫。

――けれど、そんな俺にも。

――守りたかったものが、あったんだ。


「ひぃっ！」

薄暗い教会の地下室に、みっともない悲鳴が響く。

それは、俺の口から出たものだった。

「させるもんですか、かッ！」

我が身に迫る刃《やいば》を、そのとき、仲間の一人が身を挺《てい》して受け止めた。

大盾を構えた金髪の美女。エリーゼ・ツヴェルグ。

分厚い鋼が凶刃《きょうじん》を防ぎ、甲高い音を生んだ、次の瞬間。

「どらぁッ！」

勇ましい声と共に、あいつが巨大な剣を振るう。

最後の相手を仕留めたことで、場に静寂が訪れた。

「ふぅ～、終わった終わった～」

大剣を担《かつ》ぎ、額の汗を拭う男、アイザック・シュタルソン。

俺の親友。俺の師。俺の兄貴分。

あいつは、未《いま》だ地べたにへたり込むこちらへ手を差し伸べ、

「立てるか？　相棒」

手を取って立ち上がる。そんな俺の肩をバシバシと叩《たた》きながら、アイズが笑った。

「お前って奴ぁ、相も変わらず悪運が強いよなぁ」

これに同調する形で、エリーは大人びた美貌に笑みを浮かべ、

「あのタイミングで転ばなかったら、一撃貰《もら》って死んでたよね」

「まさに主の寵愛《ちょうあい》ってやつだよな。羨ましいぜ、まったく」

……羨望《せんぼう》の言葉を額面通りに受け取ることが出来たなら、俺の人生はもう少し気楽だったのかもしれない。

二人の中に悪意はないとわかっていても。どうしても。俺は、その言葉を皮肉として受け取ってしまうのだ。

「……すまない。二人の足を、今回も引っ張ってしまった」

「はぁ。まぁ〜た出たよ、ウジウジ病が」

「何度も言ってるけどね、ラブ。貴方《あなた》は私達の仲間として相応《ふさわ》しいからこそ、こうやって一緒に仕事をしてるのよ」

「そ～そ～。さもなきゃ上に掛け合って、別の奴に替えてもらってるっつ～の」

同調しつつ、アイズは俺の肩を叩いて、

「お前が持ってる未来予知の《神秘》。主の恩寵《おんちょう》としか思えねぇ悪運。そしてオレ達にはない慎重さ。どれも必要不可欠な要素だよ、相棒」

……ここまで言われてもなお、胸は張れなかった。

未来予知の《神秘》は自動発動で、制御が出来ない、不完全なもの。

悪運なんていつ尽きるかもわからない。

慎重と言えば聞こえはいいが、実際はただ臆病なだけ。

やはり俺は二人の仲間としても……いや、代行者としても、失格なのだろう。

「……聖堂騎士の家系に生まれなければ、こんな仕事に就くこともなかった」

嘆息する俺の姿に、二人は今一度肩を竦《すく》め、

「ま～ま～。ネガるのは飯食いながらにしようぜ」

「そうそう。私もう、お腹《なか》ぺっこぺこだから。本部戻って報告したら、さっさと着替えてご飯食べに行きましょ。愚痴ならそこでいくらでも聞いてあげるから、ね？」

俺は小さく頷《うなず》いて、地下から出るため、一歩を…………踏み出した瞬間、足を滑らせて転倒。

床一面に広がった血と臓物が元凶であった。

「……死後の復讐《ふくしゅう》、か」

強《したた》かに打った顔面をさすりながら、周囲を見回す。

まさに惨状であった。バラバラに分割された死体が無数に転がり、死臭を放っている。

これが自分達の所業かと思うと、いつものことながら、気分が悪くなる。

「……なぜ、殺さねばならないのだろうな」

「それがオレ達の仕事で、使命で、誇りだから、だろ。……ま、オレも気分は悪いけどな」

「白き清浄なる世界のために、黒き不浄を払う。殉教の信徒としては当然の美徳ではあるのだけど、ね」

ここで命を散らせた者達は、異端として認定された者達だ。

彼等は我々の白き世界を黒で穢《けが》す不届き者。ゆえにその存在を許してはならない。

……幼い頃は盲信していたその理屈が、今は残酷なものに思えてならなかった。

「オレ達もある意味、異端と同じなんだろうな」

「だから、この街を出るためにお金を貯《た》めてるんでしょ。主流派の街で再出発するために、さ」

エリーは上階に繋がる階段へと歩み寄りながら、さらに言葉を紡《つむ》いだ。

「それまでは我慢して仕事をこなしましょ。人殺しなんて不愉快ではあるけれど……でも確実に、誰かを救うことには繋がるのだから」

確かにその通りではある。

異端者は例外なく暴力によって社会を変えようとするものだ。

この場にて亡骸《なきがら》を晒《さら》している彼等も、大それた事件を企てていた。

事前に潰していなかったなら……俺達の顔馴染《かおなじ》みが悲惨な末期を遂げていただろう。

「善き隣人を救う。それが唯一のモチベーションだよな」

俺は頷きを返し、何人もの隣人達を思い浮かべた。

白雲亭のオラル婆《ばば》は俺達のことを孫のように扱って、頼んでもないのにフライドポテトをサービスしてくれる。

サウス・ストリートで古本屋をやってるビヨンセとは趣味が合うし、何より良《い》い奴だ。

他にも小道具店のアリゼー、大道芸人のモルクス、露天商のコーラルなど、数多くの隣人達の命が、今回の仕事によって守られたことになる。

そう思うと少しだけ、自分達の行いに胸を張ることが出来た。

……とはいえ。それを長く続けるつもりはない。

俺達はいずれこの街を出て行く。新しい場所で、気風に馴染む場所で、より良い人生を送るのだ。

アイズとエリー、そして俺。この三人で、一緒に。

「さ。早く抜けましょ、こんなとこ」

「だな。血の臭いが染《し》みついちまうぜ」

階段を上る二人。少し遅れる形で、俺も続いた。

エリーとアイズ。思いを寄せる女と、無二の友たる男。二人の背中を見つめながら思う。

今は守られてばかりの、足手纏《あしでまと》いだが。

いずれは、この二人を守れるような、そんな男になりたい、と――


――記憶の流入が終わりを迎えると同時に、レオンは深々と嘆息する。

「なんとも、厄介なことになった」

目前にて、今なお燃え盛る漆黒の炎。その原因たる《魔物》は――

「代行者の成れの果て。おそらくは彼こそが、レグテリア・タウンに潜む怪物の正体だろう」

「代行者、って……なんですか？」

「端的に言えば、殺し屋のようなものだ。教会お抱えの、な」

「えっ。こ、殺し屋？」

「あぁ。教会が有する暗部の一つ、《恐るべき隣人達》。かの組織に属し、異端の排除を担《にな》う者達のことを、彼等《かれら》は代行者と呼んでいる」

殉教派は信仰する教義こそ違えど、教会の内部構造は主流派のそれと変わりない。よって殉教派にもまた暗部組織が存在しているわけだが……

「主流派に属する代行者が仕事に臨むことは滅多にない。教義上、異端認定されるような者が極めて少ないからだ。しかし殉教派は戒律が厳しく、教義にそぐわぬ言動を取った者に容赦がない。となれば必然、彼等も多忙となり……それに伴って、業《ごう》も深くなる」

殉教派の代行者は総じて圧倒的な殺人技術を身に付けており、己を研ぎ澄ませることに余念がない。ゆえにもし彼等が《魔物》となってしまったなら、それは途方もない脅威となる。

「が、今回の場合、どうにも疑わしいものがあるな。ついさっき流れてきた記憶が業の強さや戦力の高さを証するものだったなら、なんの疑問もなかったのだが……実際は、真逆だった」

凄《すさ》まじい業の持ち主という印象はなく、図抜けた戦闘技術を持つわけでもない。

むしろ臆病で、役に立ちそうもなく、仲間の足を引っ張り、ただ夢を見ているだけの存在。

そう……かつての屍人《しびと》と、まったく同じなのだ。

「ということはつまり、件《くだん》の怪物とは違う《魔物》の記憶を見た、ということでしょうか」

「……そこがどうにも、判断に悩むところだ」

流れ込んできた記憶が鮮明に見えたなら、その《魔物》は強靭無比《きょうじんむひ》であることが多い。

これまでの経験則に当てはめると、ラブと呼ばれていた男は二等級以上の《魔物》に変じたのではないかと思われる。

「だが二等級や一等級程度なら、先遣隊の実力を超えるようなものではない」

「なら……特等級になったということでしょうか」

「いや。彼の記憶からして、そこまで凄まじい《魔物》になったとは思えん」

匂う。何か、匂う。

「……まったく。ゴブリン討伐以降、臭い案件ばかり舞い込んでくるな」

なんにせよ自分達は進むしかない。その果てに、謎が解ける瞬間がやってくるだろう。

さしあたって今、気にするべきは。

「なぜこの場にて、彼が黒炎を放ったのか」

遭遇戦となったとき、その真相が弱点へと繋《つな》がり、我々を助けるかもしれない。

ゆえにレオンは様々な憶測を浮かべつつ、轟然《ごうぜん》と揺らめく黒炎を見つめ続け……

「……ふむ。炎の中に光るものがあるな。アレは《生証石》か」

それは彼がこの場にて《魔物》を灼《や》き殺した証《あかし》、だが。

《魔物》が同族で殺し合うようなことはない。この前提が覆っているということはつまり……周囲の《魔物》に対し、よほどの憎悪を抱いているか。あるいは、縄張り意識が強いのか」

レオンは横へと視線を逸《そ》らした。黒き炎の近くには一軒の飲食店がある。その看板には白雲亭と記されていた。確か先刻の記憶にて、同じ名前が出てきたはずだ。

「……仲間と過ごした思い出の店、か」

同族殺しはそれに対する執着の強さゆえであろうか？　はたまた……

と、そう考える最中のことだった。

「う、うぅ」

消え入りそうな声が、レオンの耳に入った。

可聴圏内における最北端。そこから飛んで来た声は、間違いなく。

「アリス。生存者が居た。救助に向かうぞ」

「っ！　はい、師匠っ！」

移動の末に、二人は声の主を発見した。

一人の女冒険者。彼女は今、道の端で倒れ込み、荒い息を吐いては肩を上下させている。

「だ、だいじょ――」

「待て。安易に近付くな」

駆け寄ろうとしたアリスを手で制しつつ、レオンは相手方の姿を凝視する。

「……あの女性、何か奇妙な気配を纏《まと》っている。見かけはヒトだが、ともすれば」

「《魔物》が化けてる可能性もあるってこと、ですか？」

「そうだ。よってまずは、その正体を確認する。いつでも応戦出来るよう身構えておけ」

言い終えてから、レオンは緩やかな歩調で一歩、二歩と刻んでいき、

「そこの御仁。貴女《あなた》はもしや、教会から遣わされた回収班の一人では？」

果たして、道端に倒れ込んでいた彼女は緩慢な動作でこちらを向き……

すぐさまハッとなって、己の右目を隠す。なぜそうしたのか。答えは明白であった。

「罹患《りかん》、しているようだな。《青眼病》に」

ついさっき感じた奇妙な気配は、病によるものか。

「……アリス、君はここで待機だ。感染のリスクがある。彼女に接触するのは俺だけでいい」

レオンはやおら相手方へと接近し、再び声を投げた。

「俺は貴女と同様に、教会から派遣されてここへ来た。……会話は可能か？」

呼びかけに対し、女性は「みず」、とだけ答えた。

「水なら余剰分がある。これを飲むといい」

「っ……！」

手を震わせながら水筒を摑《つか》み、一口、二口と含み、喉を潤していく。

彼女が水分に夢中となっている間、レオンは相手のある部位を観察した。

右目である。補給を促せばそれを隠す手を退《ど》けるだろうと考えたが、ズバリであった。

「……まだ罹患して、間もないようだな」

女はビクリと肩を震わせた。

「君、は……感染を、畏れない、のか……？」

「俺の名はレオン・クロスハート。化物喰《けものぐ》らいのレオンと言えば、伝わるか？」

「化物、喰らい……そう、か……なら……感染のリスクなど、関係はない、か……」

それから少しばかりの休憩を経て、彼女の回復具合を確認すると、

「貴女は回収班の生き残りか？」

「……あぁ、そうだ」

「他に残った者は？」

問いに対して、彼女は無言で首を振った。

「そうか。……何があった？　詳細を聞かせてくれ」

その後ぽつぽつと、女は語り続けた。

曰《いわ》く、このレグテリア・タウンへと足を踏み入れてからの数時間は、まさに順調そのものだったらしい。それも当然であろう。彼女等は教会お抱えの凄腕《すごうで》冒険者だ。一人だけでも十分な戦力が五人でパーティーを組んだとなれば、並大抵の迷宮は遊び場でしかない。

「私達はここを隅々まで探索するつもりだった。何せ情報がないからな。どこに果実があるのかもわからない。しかし……およそ七時間ほどが経過した頃、だったか。私達は東側のエリアにある広場へと、足を踏み入れた。そこには巨大な樹木があり……」

「そこに件の《変遺物》が生《な》っていた、と？」

「あぁ、その通りだ。数日をかけて探すつもりが、数時間程度で探索は終了。あとは幹から果実を取って帰るだけ。……そんなタイミングで、奴《やつ》が来た」

そして彼女等は件の《魔物》と交戦し……全滅。

凄腕の冒険者達をいとも簡単に屠《ほふ》った、その《魔物》の名は、

「炎人《イフリート》。奴は間違いなく、それだった」

炎人《イフリート》とは名の通り、炎を纏う巨人である。

その格付けは一等級となっており、極めて強大な存在、ではあるのだが。

「ヴェルゴ率いるリスキー・イーグルスだけでなく、貴女達まで敗れたとなると」

「あぁ。ただの炎人《イフリート》じゃない。奴はその亜種だ。私も何度か同じ種の《魔物》を仕留めた経験があるが……総じて、奴ほど強くはなかった」

つまり例の《魔物》は一等級という格付けに収まらぬほどの力を持つということだ。

「本来なら、パーティーが全滅した時点で撤退するべきだった。しかし……諦めがつかなかった。あの実を持ち帰れば、病に罹《かか》った妹を治すことが出来る。そう思うと、どうしても」

そして彼女はレオンの紅《あか》い瞳を真《ま》っ直《す》ぐに見た。白い顔に、懇願の情を宿して。

……レオンは冒険者であると同時に、《救世》の名を受け継いだ勇者でもある。

その存在意義は、正義と救済の執行。ならば、この場における最適解はただ一つ。

「件の炎人《イフリート》を確認したい。あるいは攻略が可能やもしれん」

まだ、この女を救える可能性は残されている。であれば最後まで粘ろう。

……とはいえ、限度なしに動くつもりはない。

「貴女とその妹を見捨てるつもりはない。が、手に負えんと判断したなら、そのときは」

「あぁ。わかってる。聖都へ帰還するよ」

その後、彼女が己自身と妹に対し、どのような決着をつけるのかは……想像に難《かた》くない。そうした事態にならぬよう努力はする。しかしいざとなれば、レオンは撤退を選ぶだろう。

こちらにも、守るべきものがあるのだから。

離れた場所で待機していたアリスへ、レオンはハンドサインで「近くへ来い」と指示を出す。

それから女を立ち上がらせ、一つ問い尋ねた。

「炎人《イフリート》の居場所に、心当たりは？」

「あぁ、ちょっと待ってくれ」

女はウエストポーチから懐中時計を取り出して、現在の時間を確認すると、

「この数日、ずっと敵方の行動を観察してたんだが、奴は日に七カ所、特定のポイントに移動するんだ。それも時間を正確に守る形で。今の時間帯だと……現在地は、大樹の真下だな」

レオンは弟子と共に彼女の案内を受け、そこへ向かうことにした……が、その前に。

「そういえば。貴女の名を聞いていなかったな」

「えっ。あ、あぁ。そう、だな」

考え込んだ様子を見せる女。何か訳アリなのだろうとレオンは理解した。

「本名を知ろうとは思わん。偽名で問題ない」

「そ、そうか。すまないな。だったら……レインだ。私のことはレインと呼んでくれ」

彼女の案内を受けつつ現場へ。

開けた空間の中央部に、巨大な樹木があった。その大樹もまた街の建物と同様、全体が真っ白に染まっている。が、太い幹に生えたそれだけは、闇を凝縮したかのように黒い。

逆三角形の独特な形状をしたあの果実こそ、件の《変遺物》であろう。

「早急に持ち帰りたいところではあるが……」

大樹の傍《そば》に立つその《魔物》は、きっとこちらの思惑を許してはくれないだろう。

炎人《イフリート》。その姿は漆黒の炎を纏う純白の巨人……いや、あるいは漆黒の炎に灼かれていると表するべきかもしれない。厳《いか》めしい貌《かお》を苦悶《くもん》に歪《ゆが》ませ、青い瞳に哀切を宿す姿は、まるで己《おの》が現状を嘆いているかのようだった。

「……ヒトであった頃の面影など微塵《みじん》もない。信じがたいほどの激変だ」

足手纏《あしでまと》いの臆病者。この屍人《しびと》と同じであった彼は今や、恐ろしい《魔物》へと変じている。

「身に纏う炎と肉体の色。サイズ。顔立ち。いずれも標準的ではない。そして」

手に持つ得物もまた、同様である。

漆黒の炎人《イフリート》が両腕に備えし物、それは巨大な剣と盾であった。

「自らの炎で装備品を創ったのか。……仲間の得物を、再現する形で」

そこに込められた思いは、いかなるものか。

そう考えた矢先のことだった。

レオンの脳裏に、新たな記憶が流れ込んでくる。

──触れ合った温《ぬく》もりが。

──交わした約束が。

──募り続けた後悔が。

──澱《おり》のように残っている。

──こんなふうになっても、まだ。


「ハァッ……ハァッ……！」

足が千切れそうに痛い。それでも俺達は、必死に走り続けていた。

夜闇漂う街道にて。背後より迫る敵方を、振り切るために。

「あぁ、クソ……足が、千切れそうだぜ……！」

「言わ。ない、でよ……！　こっちまで、弱音が、出そうになる……！」

アイズとエリー。その体は血塗《ちまみ》れて、限界ギリギリの状態にあった。

それは俺とて同じこと。脳裏には走馬燈《そうまとう》のように、現状へと至るまでの経緯がリフレインし続けている。

……正しく在ろうとしたことが、裏目に出た。

代行者の職務は指定標的の抹殺だけではない。

接収した異端達の聖典など、悪《あ》しき物を焚書《ふんしょ》することもまた俺達の仕事だった。

その日も普段通り、淡々と職務に励み……偶然にも、俺達は見てしまったんだ。

異端の聖典に混ざった、ドス黒い機密を。

マクベス大司教。レグテリア・タウンを含む、地方一帯の支配者。

奴が企《たくら》んでいる巨大な陰謀の一部を記したそれに、俺達は目を通し……レグテリア・タウンの危機を知った。

捨て置けば街が滅ぶ。俺達が知る、善き人々の未来が、失われてしまう。

だから、街を出る前の最後の一仕事として、彼等《かれら》を守るために俺達は動いた。

その結果がこれだ。

絶対的な権力と悪意に敢然と立ち向かい、当然の如《ごと》く敗れ、逃げ惑っている。

寄る辺など、どこにもありはしないのに。逃げ込む先など、見つかるはずもないのに。

それでも、俺達は。

「こんな、ところで……！　終わって、たまるか……！」

「あぁ……その、通り、だぜ……相棒……！」

「私達には……夢が、あるんだ……！」

思いを口にしながら疾走する。なんらかの奇跡が起きることを、祈って。

——だが、しかし。

そのとき突然、脳内に映像が浮かび上がった。

未来予知。自動発動する我が神秘。

それが見せた数秒先の映像は、俺に究極の選択を迫るものだった。

〝アイズの真横に黒い穴が開き、そこから矢が飛んでくる〟

その未来を知った瞬間、俺の中に複数の思考が生じた。

庇《かば》わねば。アイズを守るために。

だが……そうしたなら俺はどうなる？

間違いなく、死ぬことになるだろう。

己の命か。親友の命か。

そんな判断に対し、即決出来るような強さがあったなら、きっと、結末は変わっていたのだろう。

結局俺は、動くことが出来なかった。

それゆえに——予知した通り、アイズの真横に黒い穴が開き、そして。

「ぐぁッ!?」

矢が、あいつの背中を貫いた。

頽《くずお》れ、地面に倒れた親友。俺とエリーの足が止まる。その瞬間。

地べたを這《は》うアイズの頭上に、黒い穴が開く。

動かねば。親友を、救わねば。

そう思っているのに。

「ッ…………！」

アイズのもとへ向かうエリーの背中を、ただ見つめることしか出来なかった。

ガタガタ震えて、一歩踏み出すことさえしない、そんな俺に。

親友が、か細い声で、言った。

「助、けて、くれ……相、棒……」

俺は、この期《ご》に及んでもなお、動けなくて。

ようやっと一歩踏み出せたのは――全てが、終わった後だった。

放たれた矢がアイズの命を奪い、その光景にエリーが膝を折る。

生じた隙を追っ手に突かれ、気付けば俺達は二人とも、拘束されていた。

……しばらくして。

捕縛した俺達を見物しに来たのか。奴が、姿を現した。

マクベス大司教。年老いた、最高権力者の一人。

奴は白い顎鬚《あごひげ》を撫《な》でながら、眉間に皺《しわ》を寄せ、

「全員を生け捕れと、そのように申したはずだが？」

「ハッ……一人は実に手強《てごわ》く、それゆえに……」

マクベスは深々と嘆息し、一言。

「これでは素材にならぬ」

興醒《きょうざ》めしたとばかりに肩を竦《すく》め、踵《きびす》を返す。そんな奴《やつ》の背中に、配下と思《おぼ》しき男が問いを投げた。

「この二人は？」

歩みを止めることなく、マクベスは吐き捨てるように言葉を返した。

「見せしめにせい。常日頃のように喃《のう》」

そして——最悪の七日間が、始まった。

マクベスの企みは全て、俺達の秘め事であったと、濡《ぬ》れ衣《ぎぬ》を着せられ。

大罪人に仕立てられた俺達は、もっとも残酷な刑罰を以《もっ》て、処されることになった。

殉教派の一部には、不浄の儀というものがある。

黒き邪悪に対しさらなる不浄を塗りたくり、確実に地獄へと落とすための下準備。

具体的には……あの、獣《けだもの》達への引き渡しだ。

地下世界に住まう背徳者の集団。奴等は姿こそヒトのそれだが、心はまさに、鬼畜そのものだった。

七日間、俺とエリーは奴等の玩具にされて——

今、処刑の時を迎えている。

レグテリア・タウンの、広場にて。

「恩知らずの悪党共には、お似合いの最期《さいご》だね」

「ざまぁみろってんだ」

罵声を浴びせ、石を投げる者達の中には、守ろうとした善き人々も混ざっていて。

俺は十字架に磔《はりつけ》にされながら、末期の光景を見つめ続けていた。

眼下に在る、愛した者達の結末から、目を逸《そ》らすように。

地べたに置かれたアイズの亡骸《なきがら》は、原形を留《とど》めていなかった。死後三日に亘《わた》って晒《さら》されたそれは民衆の手によって辱《はずかし》められ……引き千切られた、ボロ雑巾のようだった。

そして、エリーは。

「あっ、うぁ、あ、ああ、あ」

壊れていた。壊されていた。

奴等に引き渡されてからの七日間。俺達が受けた仕打ちは、そういうものだった。

美しかった金髪は斑状《まだらじょう》になるまで毟《むし》り取られ。

白い歯は面白半分に引き抜かれ。

ヒトとしての尊厳を、陵辱されて。

腹を空かせた野犬に、生きたまま、貪り食われている。

「どう、して……」

口を動かすだけで、激痛が走った。
それでもなお、呟《つぶや》かずにはいられなかった。
どうして、こんなことになったのか。
どうして、神は俺達にこんな結末を与えたのか。
どうして……俺はあのとき、動けなかったのか。
「これより、ラブレスカ・ヴィディアソンの火炙《ひあぶ》りを始める」
足下に並べられた薪に火が投じられ、瞬《また》く間に燃え広がっていく。
身を灼《や》かれる痛みは、しかし、我が心を動かすものではなかった。
今際《いまわ》の際《きわ》に在って、胸中を埋め尽くす感情。
それは。
「アイ、ズ……」
あのとき、俺が自己を犠牲にしていたなら。アイズが、生き延びていたなら。
きっと、こんなことにはならなかった。
エリーとアイズ、二人で逃げ延びて。
皆を救い、俺の分まで幸せになる。
そんな未来をこそ、選択するべきだったのに。
土壇場《どたんば》で臆病風に吹かれ、怯《おび》えることしか出来なかった自分が、憎くて仕方がない。

こんな奴が残ってしまったから、何もかもが壊れたんだ。

「間違え、た……間違えて、しまっ、た……」

炎に灼かれながら、涙を流しながら、最期の情念を紡《つむ》ぐ。

あのとき。

俺が。俺こそが。


あいつの代わりに、死ぬべきだったんだ――


――記憶の流入が途絶えてから、数秒間。

レオンは沈痛な思いを胸に秘め、拳を握り締めていた。

「まさに鏡映し、か」

俺が死ねばよかった。それはこの屍人《しびと》もまた、四年間、常に想《おも》い続けてきたこと。

悔やんでも悔やみきれぬ己《おの》が罪、そのものだった。

同じ呪いを背負う者同士。ゆえにこそレオンは、宣言する。

「……彼を討つ。それは十分に可能と考えている」

屍人《しびと》を信頼するアリスは、特に何も返すことなく、耳を傾けるのみだった。

その反面、レインには彼の判断に思うところがあったらしい。

「君の考えに賛同したいところではある、けれど……どうやって討ち取ると言うんだい？」

レオンは迷うことなく語った。

己が策略を。彼を救うその手立てを。それを聞き続けた末に彼女が出した結論は、

「……なるほど。命を懸けるには、確かに十分、か」

どうやら納得したらしい。

「話は決まった。後は実行に移すのみだ」

二人へ言葉を送りつつ、レオンはゆっくりと踵を返した。


それから、しばらくして。

決戦の火蓋が今、切って落とされた。

黒き炎人《イフリート》の討伐作戦。その始まりを告げるように――

時計塔の屋上にて。レオンは仕掛けを起動させ、街中に鐘の音を鳴り響かせた。

その瞬間、往来の只中《ただなか》にて、アリスが絶叫する。

「わあああああああああああああああああああああッッッ！」

その大音声《だいおんじょう》は広範囲に響き渡り、数多くの《魔物》を引き寄せた。

「し、しし、白、白、白」「ししし、しし、しししししし」

迫り来る大量の黒狼人《ブラックファング》。突撃する彼等に緊張を覚えつつも、アリスの動作は淀《よど》みなく。

猛進する魔の群れは獲物を捉えることなく空転。そのままの勢いで、進路上にあった飲食店……白雲亭のガラス窓をブチ破って、店内へと入り込んだ。

「動かずにはいられまい」

果たして数瞬後。

絶大なる《魔物》、炎人《イフリート》が、凄《すさ》まじき怒りを伴って襲来する。

「魔へと堕《お》ちてなお……いや、堕ちたがゆえに、守らざるを得ない。在りし日の、思い出を」

過去に縛られし炎人《イフリート》は、だからこそ。

「死ぃあああああああああああああああああああッッ！」

過去に介在せんとする異物を排除すべく、握り締めた得物を振るう。

それはまるで、暴風の如《ごと》き躍動。大量の黒狼人《ブラックファング》が瞬く間に腐汁へと変わった。

「……頃合いか」

レオンは再び仕掛けを起動し、時計塔の鐘を打ち鳴らす。

これはアリスへの撤退を命ずる合図であり……レインへの作戦指示でもあった。

「うわぁあああああああああああああああああッッッ！」

彼女のもとへ《魔物》達が集う。そこもまた、彼にとっての、思い出の場所だった。

「死ぃあああああああああああああああああああッッ！」

炎人《イフリート》の思い出を踏み躙《にじ》るような所業に、自己嫌悪《けんお》を覚えつつも、レオンはそれを続行した。

狙うは《聖源》の枯渇《こかつ》。いかに強大な《魔物》とて、内側に宿るそれを失ったなら、人外たる所以《ゆえん》を失う。どこまでいっても彼等《かれら》はヒトの成れの果てであり、生まれついての怪物ではない。

それを証明する瞬間が、ついに訪れた。

「死っ……!?」

喪失する。黒き炎によって再現されていた仲間達の得物。大盾と大剣が、彼の手元から。

彼は一瞬、唖然《あぜん》となり、そして。

「あ、あぁ……あぁあああああああああああああああッッ！」

慟哭《どうこく》する炎人《イフリート》。その姿がレオンには、自らのそれと被《かぶ》って見えた。

「俺にとっての聖剣が、最後のよすがであるのと同じように。君が失ったそれも、また」

共に背負いし業《ごう》と、哀《かな》しみを想いながら、レオンは動いた。

手すりに足を乗せ、跳躍。そして――屍人《しびと》が天を征《ゆ》く。

義足へ《聖源》を流し込み、瞬間的に高熱量を噴射。それを推進力として利用した飛翔《ひしょう》は、しかし永続するものではなく、やがてその体は重力に支配され地上へと向かう。

目指すは大通りの只中。見据えるは一人の同族。

紡ぎ出すは、救済の意志。

「我は憐憫《れんびん》を以て断ずる。アスファラスの針。伏魔殿の謀略。離業蛇《りごうじゃ》の舌先」

天から地へと突き進む、その最中、彼の右腕が群体生物のように蠢《うごめ》き、形状を変えていく。

果たしてそれは、一振りの槍《やり》であった。

前腕部が巨大な槍状へと変わり……肩部《けんぶ》から彼の首筋へ向かって管が伸びる。

その先端に付いた針が次の瞬間、屍人《しびと》の首に突き刺さり、動脈から血液を吸引。

常人であれば出血多量となって死へと至るほどの量。

それは槍状となった前腕部へと送られ――

「鋼武《こうぶ》術式展開。第四魔装：卑劣なる暗殺者の一刺《サディスティック・トランサー》」

――そして、刺突。

落下に伴う運動エネルギーを槍の穂先へ乗せて、炎人《イフリート》の脳天を貫く。

これにて決着、となるはずだが。どうやらまだ、僅かながらも《聖源》が残っていたらしい。

貫いた頭頂部が再生を始め、蠢く黒炎がレオンの右腕を呑《の》み込まんとする。

だが、それさえも想定の範疇《はんちゅう》。

第四魔装の真髄は鋭さにあらず。内部機構によって毒性を強めた屍人《しびと》の血液。それが刺突と同時に槍全体から染《し》み出し――標的を、内側から破壊する。

「ね、え、あ」

第四魔装による劇毒が、彼の生命を構築する全てを溶かし、そして。

「……あぁ、来てくれたのか」

天へと昇れ。哀れな魂よ。我が生き写しよ。

愛する者達に、迎えられながら。

「――汝の眠りが、永遠の救いであらんことを」

虚空に独特の四角形を描き、願う。壊れてしまった彼等の夢が、主の膝元で成就することを。


「あっ！　ししょお〜っ！」

駆け寄る弟子の姿を見つめるレオンへ、そのとき、彼女が声をかけた。

「此度《こたび》の勝因は、勇気の有無だろうな」

すぐ真横にて。いつの間にかレインが傍《そば》に立ち、微笑と称賛を送ってくる。

「君が勇敢だったからこそ、我々は奴を打ち倒すことが出来た。もし、土壇場で怖《お》じ気《け》づいていたなら、きっと最悪の展開になっていただろう」

彼女は言う。君は本当に勇気ある男だな、と。それを受けて、レオンはようやっと気付いた。

あれほどの強敵を前にしてなお、畏怖を抱かなかったという事実に。

交戦の最中、心に在ったのは憐憫と救済の意志、そして……信頼。

「お疲れ様でしたっ！　師匠っ！」

アリス。彼女が居てくれたなら怖いものなどないと、そんな想いがどこかにあったのだろう。

「勇気とは即《すなわ》ち……こういうこと、なのか？」

ずっと求めてきた答え。その一端を摑《つか》んだのだと、レオンは確信する。

そんな彼へアリスは晴れやかな笑顔で言った。

「後は果実を回収して帰るだけですねっ！」

「……あぁ、そうだな。すぐに大樹のもとへ向かおう」

そして彼等は再び、そこへ足を踏み入れた。

レグテリア・タウン東部。大広場の只中にて鎮座する大樹へと、レオン達は歩み寄る。

「これで病が治れば、最高なんだが」

果実をもぎ取るレイン。彼女はそれに口を近づけ……齧《かじ》る。

その瞬間、彼女の右目に混ざっていた青が消え失《う》せた。それは病が治癒されたという証《あかし》であり、果実が持つもう一つの効果に、現実味を感じさせるような現象でもあった。

「師匠。これを食べれば、きっと」

《魔物》がヒトへと戻る。青眼も、赤眼も、関係なく。

「救われるのか。これで。俺も……あいつも」

呟《つぶや》くと同時に、レオンは己が心理を嫌悪した。

わかっている。救われるのは、自分だけなのだと。

ヒトに戻ったところで過去は変わらない。死者が蘇《よみがえ》るわけでは、断じてないのだ。

それゆえに……あの男はきっと、救われないのだろう。

自分だけが誓約と宿命から逃れて、幸福を享受する。

そんなことが、果たして許されるのか。許して、いいのか。

「師匠」

果実から目を逸《そ》らしたレオンへ、そのとき、アリスが口を開いた。

「あなたのことを探して、彷徨《さまよ》っていた頃、わたしは自分のことしか考えてはいませんでした。何もかも失って……それでも、死のうとは思えなくて。誰よりも幸せになりたいと、そう願いながら、あなたを探し続けた。あなたならわたしを、救ってくれると思ったから」

アリスの声音に宿る哀切は、しかし、言葉通りの自己中心的なものではなかった。

「あなたと再会したとき、わたしは、切ない気持ちになりました。あなたがあまりにも変わり果てていたから。その思いは生活を共にしたことで、大きくなって……わたしは自分だけでなく、あなたにも救われてほしいと願うようになりました。それで、その」

羞恥心を頬に宿しながら、アリスは言う。

「わ、わたしが、あなたの心を癒やすような存在になれればなって、そう、思っています」

彼女には自覚がないのだろう。屍人《しびと》には既に、アリスの存在が十分な救いになっていた。

そうだからこそ。次に出た言葉はレオンにとって、あまりにも魅惑的なものだった。

「わたしは、自分とあなたの幸福を願っています。だから……助けてください、師匠。わたしのことを。そして、あなた自身のことを。それがわたしにとって、唯一の救いなんです」

このレオン・クロスハートには義務がある。アリスを幸せにするという義務が。

それを優先しても、いいんじゃないか。そんな想いが、彼に前向きな思考をもたらした。

(……そもそも俺は、全てを後ろ向きに捉えすぎているのかもしれない)

(あいつなら、己《おの》が罪を背負ってなお、立ち続けることが……いや、違うな)

(俺が共に背負えばいい。そうしたなら)

夢を、見ることが出来るかもしれない。

救世の夢を、もう一度、見ることが出来るかもしれない。

それが屍人《しびと》の救いであると同時に、アリスの救いでもあると、言うのなら。

「……俺は、摑むぞ。夢の中で、生きるために」

まるで雪解けのように、心の澱《おり》が消えていく。

そしてレオンは、希望の未来を、アリスと共に――

「あぁ、やっぱお前は、甘ったれたガキのまんまだな、相棒」

――声。

それは、幻聴ではない。

やって来たのだ。運命に、導かれて。

狂いきった屍人《しびと》の軌道を、修正するために。

「…………………ッッ！」

そのとき、黒き再生の果実が形を変える。

赤熱する甲虫。その姿を横目にすると同時に、レオンはアリスの体を抱いて、後ろへ跳んだ。

刹那、変異した果実が膨張し、爆裂。

「ハハッ、今回はちゃんと救えたな。オレのときとは違って」

屍人《しびと》を見据えながら、彼は「ぺっ」と、地面に何かを吐き捨てる。

つい先ほど齧った果実の、欠片《かけら》だった。

「ふぅ。オレとしたことが、自分で用意した罠に引っかかるところだったぜ」

自虐めいた笑みを前にして、屍人《しびと》は呟く。胸が張り裂けんばかりの哀しみを、味わいながら。

「……世界を救える力を得てもなお、お前は」

「あぁ。そのために使うつもりなんざ、これっぽっちもねぇよ」

断言すると同時に——彼が、真の姿へと変貌を遂げた。

女性のそれが緩やかに形を変え、魔性めいた魅力を獲得する。

果たして彼は、その紫色の瞳でレオンのことを見つめながら、絶世の美貌を笑ませて、

「——四年ぶりだな、相棒」

かつての夢が、悪夢となって再臨する。

レオンの心にはもはや、先ほどまでの情念はどこにもなく。

ただ真《ま》っ直《す》ぐ、彼の姿だけを、彼の存在だけを、紅《あか》い瞳に映して。

その名を、口にした。


「ラ、ライナッ…………！」


友愛の証たる呼び名。されど、レオンの声音に宿る思いは単純ではない。

その隣に立つアリスは、瞠目《どうもく》したまま、一言も発することが出来ずにいる。

間違いない。アレは、あの男は、ラインハルト・クロスラインだ。


「…………っ」


アリスの脳内に疑問符が飛び交う。それらはあまりにも大きく、情報の処理が追いつかない。

そんな弟子の有様を、しかし、レオンは一顧だにしなかった。

白き魔性へと堕《お》ちた……いや、堕としてしまった親友が、今や屍人《しびと》の世界の全てだった。

「いやぁ～、楽しかったよ、相棒。お前と肩並べて仕事すんのは、やっぱ最高に楽しい。わざわざ誘《おび》き寄せた甲斐《かい》があったってもんだな、うん」

あの再生の果実は、白き魔性……ラインハルトの力によって創り出されたものだったのだろう。彼の言動からそれを察した瞬間、アリスは叫んでいた。

「どうして⁉　どうして、こんなことを！　あの果実があれば、皆《みんな》が──」

「いや、皆が、じゃなくてさ。主に自分が、だろ？」

何気なく向けられた眼差《まなざ》し。その紫色の瞳には、敵意も殺意も憎悪《ぞうお》も宿ってはいない。

それなのに……アリスは、死を覚悟した。蛇に睨《にら》まれた蛙《かえる》は、こんな気分になるのだろう。

存在の格が違いすぎる。

そうした確信が、彼女に戦慄をもたらしていた。

「昔のお前を思い出すなぁ、相棒。まだ師匠《せんせい》に拾われたばかりの頃、お前もそいつみたいにビビり倒して、あのヒトの背中に隠れてたっけ。……ま、それはさておき。質問に答えようか。

さっき嬢ちゃんが口にした、どうしてって問いかけだが。まぁ～、色々と事情が複雑でね」

やれやれと肩を竦《すく》めながら、彼は言葉を積み重ねていった。

「どうしてお前等を誘き寄せたのか。どうして世界を救えるだけの力があるのに、それを正しく使わないのか。どうして煌《きら》めきのラインハルトともあろう者が、こんなザマになってんのか。その答えは一言に収まるもんじゃねぇが……言葉じゃなくて、行動で表しゃあ一瞬で終わる」

ラインハルトはにこやかに微笑《ほほえ》んで、

「嬢ちゃん。お前さんの疑問に対する答えは、つまり──こういうことだよ」

ラインハルトの全身がブレたと、そのように錯覚した頃にはもう、全てが終わっていた。

気付けば彼はレオンの目前に立っていて。

その右手で、屍人《しびと》の胸を貫いた。

「が、あッ……」

「師匠ッッ！」

屍人《レオン》の苦悶《くもん》と弟子《アリス》の悲鳴が重なる。そんな中、ラインハルトは親友の胸から腕を引き抜き、

「わかりやすい答えだろ？　オレの目的はさ、これだけなんだよ」

そのとき、天使のような貌《かお》に宿った笑みは、あまりにも艶《なま》めいていて。

だからこそ、アリスには吐き気を催すほど、おぞましいものに見えた。

「殺したい。壊したい。世界を。そして…………こいつを」

ラインハルトが動く。認識出来たのは、やはりそこまで。

何をされたのかわからぬまま屍人《しびと》は地面に斃《たお》れ、アリスはその姿を見つめることしか出来ない。そうした己の無力を認識した瞬間、怒りが沸き上がってくる。

あの人はわたしが守るんだって、決めたじゃないか。

あの人とわたしは、一緒に幸せになるんだって、決めたじゃないか。

「ハァッ……ハァッ……」

荒い呼気を放ちながら、諦観と恐怖を捻《ね》じ伏せていく。

立ち向かうのだ。たとえ敵《かな》わぬとしても。大切な者を、失わないために。

「う、あ、あぁあああああああああああッッ！」

雄叫《おたけ》びを上げて、アリスは地面を蹴った。
エミリア手製の専用装備を。彼女に託された想《おも》いを。両手に携えて――
「その気合いだけは褒めてやるよ、嬢ちゃん」
敵方の悠然は終《つい》ぞ崩れることなく、アリスは、敗北した。
いや、その認識さえ抱くことも出来ぬままに、倒れていた。
どんな攻撃を浴びて、どのように敗れたのか、わからない。
怖かった。
ここで自分は死ぬ。そう思うと、怖くて仕方がなかった。
けれど。愛する者が殺されるという現実を、前にしたなら。
「う、ぐ……！」
力が沸き上がってくる。
そしてアリスはどうにか、立ち上がらんと――
「いいね、嬢ちゃん。お前さんは実にいい。教材としちゃあ最高だ」
腕に力を込め、起き上がろうとした瞬間、背中を踏みつけられた。
まるで、巨岩の下敷きになったかのような感覚。
手足をばたつかせ、どうにか拘束を逃れようとするが……無駄だった。
そんなアリスの様子を見下ろしつつ、ラインハルトは語る。

「さてさて。状況もいい塩梅《あんばい》になってきたし、ここいらで講義といこうか」

言い終えると同時に、彼はレオンへと視線を移した。

動かない。

そう、動かないのだ。

アリスとは違う。動くことが出来るはずなのに、動けなかった。

「今回の講義内容は……勇気について」

ジッとレオンのことを見据えながら、ラインハルトは言葉を積み重ねていく。

「なぁ相棒。お前さ、炎人《イフリート》を倒した後、こう思ったろ？　勇気のなんたるかを知ることが出来た、って。それは間違いじゃあない。正解と言えば正解だよ。実際、お前の中には勇気があった。この嬢ちゃんに対する信頼と愛情が、それを生み出したんだ。……けどな」

足下に力を込める。踏みつけたアリスの体が、軋《きし》む。

「う、あ……！」

漏れ出た小さな悲鳴。しかし、それでも。

「やめろ、ライナッ……！」

声を出すだけで、動けない。

圧倒的な力を前にして、レオンは怖《お》じけていた。

その心に四年間、堆積し続けたはずの自己嫌悪《けんお》と決意は、畏怖の情によって脆《もろ》くも崩れ去り。

残っていたのは、生への執着だけ。

そんなレオンの現状を嗤《わら》いながら、ラインハルトは言う。

「勇気にも強弱や性質ってもんがある。他人の存在を拠《よ》り所にしたそれは実に弱々しく、あまりにも脆い。なんせその勇気の本質は、甘ったれたガキの心理と同じものだからな。誰かを信じ、頼ることで得られた勇気じゃあ、何も守れやしねぇのさ」

ならば。いかにすれば、そう出来るのか。

ラインハルトは答えを口にした。

「誰かのために在ろうとする心。愛に殉じようとする覚悟。この嬢ちゃんにあって、お前にないもの。それは……自己犠牲の精神だ」

メリメリと音が鳴る。アリスの体が圧に負け、潰れ始めていた。

「うぁ、あ……！　し、しょう……！」

じわじわと死にゆく感覚。その恐怖と苦痛が涙となって体現される。

だが、それでもアリスは。

「逃げて、ください……！」

決して、助けを求めない。愛する者の生還だけを望む。その姿を前にしても、なお。

「動けねぇよなぁ、相棒。それが、お前なんだよ」

「……違う」

「他人への愛情ではなく保身こそを優先する。それがお前の」

「違うッ！」

地面を蹴った。

なぜそう出来たのかはわからない。胸の内も、頭の中も、グチャグチャになっていた。

正負問わず、強い感情が混ぜ合わさり、衝動的に全身が動く。

だが……果たしてそれは、勇気と呼ぶべきものだろうか？

否《いな》。レオンの五体を動かしているのは、勇気ではない。

「恐怖に立ち向かう心意気こそを勇気と呼ぶ。だからな、相棒。今、お前を突き動かしてんのは勇気じゃあなく……クソつまんねぇ、自暴自棄によるものだ」

向かい来る屍人《しびと》を指差す。そうしただけで、数瞬後……

レオンの全身が、斬り刻まれていた。

「ぐ、ぁ……！」

「師匠ッ⁉」

苦悶と悲鳴が重なる。

再び倒れ込み、動かなくなったレオンを見つめながら、ラインハルトは淡々と語り続けた。

「けどまぁ、自分を捨てるってのは、勇気の側面でもあるわけで。形によっちゃあ強い力を生み出すことにもなるわけだ。一応、動けなかったお前が、ちゃんと動けたわけだしな」

自暴自棄と自己犠牲は、紙一重の関係にある。

そう言ってから、ラインハルトは、

「結論を言えば。相棒、お前がオレをどうこうしたいってんなら……捨てることだ。何もかもを。そうして究極の自暴自棄に至った、そのときこそが……約束を果たす、瞬間になる」

まるで出来の悪い弟を指導する、兄のような微笑を浮かべながら。

彼の瞳から、一筋の涙が零れた。

「なぁ、相棒。忘れてねぇよな？　オレ、との、やく、そく…………あぁ？　なに言ってんだ、オレ？　おっかしい、な……ここで、全部、終わらせようって……いや、そんなつまんことは……うん……そう、だな」

涙をぬぐいながら、ラインハルトはアリスを踏みつけていた足を退《ど》かし、

「やめだ、やめだ！　なんか気分が悪ぃわ！　つ～か、よく考えたらここで終わりって、しょぼくね？　オレの憎しみって、こんな程度で晴れるもんかね？　……いいや、違う、ここじゃ、まだダメだ。殺す、のは、まだ……」

ブツブツと。ブツブツと。うわごとのように呟《つぶや》き続け、そして。

彼の華奢《きゃしゃ》な背中から、三対の白い翼が伸びた。

「……もっと派手な舞台で、盛大な演出と共に、殺す。そうでなきゃ気が済まねぇ」

まるで、自分に言い聞かせているような声を、放ちながら。

「準備期間をやるよ。その間、必死こいて肉体改造でもするんだな。さもなきゃ今度こそ」

その先の言葉を、口にすることなく。ラインハルトはただ、レオンの目を見た。

屍人《しびと》の紅《あか》い瞳に映った紫色のそれには、今もなお。

あのとき見せた情が、残っている。

「……またな、相棒」

奇妙にシラけたような顔をして。

ラインハルトは三対の翼を展開し、灰色の空へと、消えていった。

「ライ、ナ……」

見えなくなった背中に、想いを馳《は》せながら、屍人は呟く。

「お前の中には、まだ……」

追憶と共に、力が抜けていく。

意識を繋《つな》ぎ止めることが出来ない。

それに抗《あらが》うことなく、レオンは瞼《まぶた》を閉じた。

瞬間……暗黒の向こう側に、その姿が映る。

救いを求めて、涙を流す兄弟子。

彼の口から、声が放たれた。

それは屍人《しびと》にとっての誓約であると同時に。

魂を縛り付ける、呪詛《じゅそ》だった。

〝なぁ、相棒〟
〝頼むよ〟
〝次に会ったら、そのときは――〟

追憶 I

煌めきの真実と、終わりの始まり

Only I know the Ghoul saved the world

――このヒトが隣に居てくれたなら。

――こいつが、隣に居てくれたなら。

――オレはどこまでも前進出来ると、そう信じていた。

――けれど。

――今は、もう。


貧民街《スラム》で生き存《なが》らえるには力が要る。

知力、財力、暴力、権力。オレ達の両親には、きっと何もかもが足りていなかったのだろう。

だからある日、あっさりと強盗に殺されて……オレ達は全てを失った。

だがそれでも、心に在るのは、明日を生きるための活力のみ。

絶望や悲観を吹き飛ばすような希望が、オレには残されていた。

「レミィ～！　今日の晩メシは豪華だぞぉ～！」

「わぁっ！　すごいよ、おにいちゃん！　真っ白なパンがこんなにも！」

小汚い路上の片隅でも、こいつが居てくれたなら、そこは楽園に変わる。

レミィ。小さな小さな、オレの妹。こいつはオレに残された最後の希望であり……夢だった。

「オレは冒険者の兄さん方にメシ奢《おご》ってもらったからさ、全部レミィが食ってくれよ」

「えっ⁉　いいのっ⁉」

「あぁ、オレもう腹一杯だから。これ以上食ったら胃袋が破れちまうよ」

妹が喜ぶなら。妹の腹が満たされるなら。自分がどれほど飢えても構わなかった。

「平民のヒト達はこんな美味《おい》しいものを毎日食べてるんだよね。信じられないなぁ」

「あぁ。でもオレ達だって、すぐにそういう生活が出来るようになるさ」

あと少しだ。あと少しで、オレも一二歳になる。そしたらギルドで冒険者登録して、貧民から平民へ格上げだ。そのときからやっと、オレ達の人生が――

「っ……！」

思考の最中、ズキリと右腕が痛んだ。

「おにいちゃん……？　だいじょうぶ……？」

「あ、あぁ。ちょっと仕事でヘマしてな」

レミィにはオレの仕事を、冒険者の荷物持ちだと言ってるが、実際は違う。

本当は……体を売って、稼いでいた。

はした金を稼ぐ毎日。そんな真実を教えられるはずもなく。

「今日の冒険は、凄《すご》かったぜ……！」

偽りの武勇伝を妹に披露して、怪我《けが》の原因を偽る。

……本当は、客に乱暴されたからだ。

奴等《やつら》の下卑た笑みが、目の奥にこびり付いて離れない。

こみ上げてくる吐き気を必死に抑え込みながら、オレは、妹の明るい笑顔を守り続けた。

「すごいなぁ、おにいちゃんは。きっとすぐに勇者様になって、世界中のヒト達に好かれるんだろうなぁ。《救世》のクレア様みたいに」

レミィはクレアが大好きだった。近しい年齢なのに、同じ性別なのに、それでも大活躍する勇者・クレアのことを、レミィは憧れの目で見ていたんだと思う。

「ねぇ、おにいちゃん。あたしもいつか、クレア様みたいになれるかな」

それはつまり、冒険者をやるってことだ。

そんなことは認められない。……でも、レミィの笑顔を曇らせたくないから、肯定した。

「あぁ！　きっとなれるさ！　クレアみたいになって、そんで、幸せな毎日を——」

「ううん。違うの。そうじゃ、なくて」

首を横に振りながら、レミィは言った。

あまりにも清純で、あまりにも儚《はかな》くて……あまりにも尊い、自分の夢を。

「クレア様みたいになって、あたし、ここに住んでるヒト達を助けたいの。みんな、いつも辛《つら》そうな顔をしてて……すごく、かわいそうだから」

「そっか。優しいんだな、レミィは」

誇らしかった。

ドス黒い闇のような世界に在ってなお真っ白な心を失わない妹が、心の底から誇らしかった。

レミィのためならオレはなんだって出来る。どれだけ自分が傷ついても構わない。

ヒトとして、どこまで堕《お》ちても、構わない。

「さぁ、そろそろ寝るか」

「うん、おやすみ、おにいちゃん」

道端に転がり、互いに身を寄せ合って眠る。互いの体温で暖を取り、凍え死ぬのを防ぐ毎日。

でも、もうすぐだ。もうすぐなんだ。こんな最底辺の生活も、すぐに終わる。

オレはレミィと一緒に、登るんだ。

——そう、思っていた。

——そう、願っていた。

——でも、この世界は。そんなオレ達の幸福を、許さなかった。

仕事を終えてレミィのもとへ戻る。

貧民街は物騒だから、オレが居ない間、妹には廃墟《はいきょ》の中に隠れてもらっていた。

そこにはオレ達しか知らない秘密の隠し部屋がある。そこに居れば妹は絶対に安全だ。オレが居ない間、誰もレミィに危害を加えるようなことはない。だから――

これはきっと、何かの間違いなんだと、オレはそう思った。

「っ……！」

足下でくしゃりと音がする。何かを踏んだようだったが、意識がそこに向くことはなかった。

目の前に広がる悪夢のような現実が、心を捉えて放さない。

「レ、ミィ……？」

一見しただけでは、彼女が自分の妹なのかどうかさえ、わからなかった。

それほどに、レミィは痛めつけられていた。それほどに、レミィは壊されていた。

裸に剝《む》かれた体には無数の青痣《あおあざ》が浮かび、手足は折れ曲がって……

全身、あますところなく、精液と小便で汚されていた。

「お、にい、ちゃ……」

「ッ……！　レミィッ！」

息がある。今にも消え入りそうな、か細い呼吸。でも、妹は確実に生きている。

オレはレミィに駆け寄って、ボロボロになった体を背負うと、

「助けてやる……！　兄ちゃんが、絶対、助けてやるからな……！」

無我夢中で、走った。

「お願いします！　妹を！　レミィを！　助けてください！」

血反吐《ちへど》を撒《ま》くような気分で、走った。

「頼む……！　頼むよ……！　このままじゃ、妹が……！　レミィが……！」

全身を引き裂かれるような思いを味わいながら、走った。

「助けて、くれよ……！　たった一人の、家族なんだよ……！」

走った。妹の体を背負いながら、走り続けた。診療所を探し、見つけると同時に駆け込んで。

その度に、全く同じ答えを返された。

「出て行け」

必死に食い下がっても、警備の連中に力尽くで放り出され……

オレだけでなく、壊れた妹の体まで、地面に叩《たた》き付けられた。

「レミィ……！　あぁ、レミィ……！」

道行く連中の目を、オレは今でも覚えている。

ヒトに向けられるものじゃなかった。小汚いガラクタでも見るような、そんな目だった。

「嘘《うそ》だ……！　こんな、こと……！　嘘に、決まってる……！」

妹は《青眼病》になったわけじゃない。誰かがオレ達の手を取ってくれたなら、それで助かるんだ。ベッドに寝かせて、怪我の治療をして、点滴なんかをすれば、それだけで。

たったそれだけのことで、妹は死なずに済んだのに。

「うっ……うぅ……！」

足が限界を迎えた。立っていることさえ、出来なかった。
倒れ込む。レミィと、一緒に。
妹は、もう、息をしていなかった。
末期《まつご》の言葉も何もなく、いつの間にか、この世界から居なくなっていた。
「…………レミィ」
泣いた。冷たい肉の塊になった妹を前にして、オレは泣き続けた。
けれど、いつしか涙は涸《か》れて。ただ一つの問いかけだけが、残る。
「どうして」
どうして、こんなことになった？
答えはすぐに出た。
こいつらだ。オレ達を、道端に転がる犬の糞《くそ》みたいに扱う、こいつらが。
こいつらが、レミィを殺したんだ。
途端、絶望も哀《かな》しみも消え失《う》せて——激しい憎悪《ぞうお》が、心を支配する。
オレは立ち上がった。両足が引き千切れんばかりに痛んだが、どうだってよかった。
こいつらを殺せるなら、もう、なんだってよかった。
そしてオレは、己《おの》が存在の全てを殺意に変えて、区別も差別もなく——
襲い掛からんとした、そのとき。

「やめときな、少年」

オレは反射的に動いていた。

獣のような唸《うな》り声を上げながら、飛びかかる。意図した動作なんか何もなかった。全てが衝動的で、全てが自動的で……それら全てが、弱々しかった。

蹴っても、殴っても、噛《か》みついても、そいつには傷一つ付けられなかった。

「……もう少し、見つけるのが早かったなら」

オレは、一筋の涙が、そいつの目から零《こぼ》れる瞬間を、見た。

ここでやっと、オレはそいつの姿を認識する。

紅《あか》い髪に、大人びた美貌。

妹が後生大事に持っていたイラストと、全く同じ姿をした、そいつは。

二代目《救世》の勇者、クレア・レッドハートは、レミィの亡骸《なきがら》を前にして、片膝をつくと、

「汝《なんじ》の眠りが、永遠の救いであらんことを」

さめざめと涙を流しながら、レミィのために祈った。そんな姿に、オレは――

「いまさら、なに、出てきてんだよ」

オレは、さっきまで抱いていた殺意が軽く吹き飛ぶような、激しい情念に支配された。

「いまさら……！　いまさら！　あんたが来たって！　しょうがねぇだろうがッ！」

見ればわかる。このヒトはオレ達を差別しない。オレ達の手を振り払ったりしない。

でも、そうだからこそ。憎くて、憎くて、仕方がなかった。

「どうして、こんな……！」

オレの心に、再び、問いかけが訪れる。

どうしてこんなタイミングで、不幸がやってきたんだ。明日になればオレは、一二歳になって。冒険者になって。あんな掃き溜《だ》めみたいなところから、抜け出せたのに。

どうして、よりにもよって、こんなタイミングでこいつが出てくるんだ。

もっと早く来てくれたら、妹は助かっていたのに。

どうして。どうして。どうして。どうして。

「うっ、う、うう、うううううう……！」

涸れていたはずの涙が、溢《あふ》れ出てくる。

オレは泣きながらクレアの頬を打った。ビクともしなかったけど、それでも、打った。

打たずには、いられなかった。

「それでいい。私が遅れてしまったから、こうなった。何もかも私のせいだ」

そしてクレアは、レミィの体を抱きかかえた。自分の服が汚れようとも、構うことなく。

「この子を弔う。付いてこい」

従うしか、なかった。教会へ行って。レミィの身を清めて。神父の聖句を聞いて。

棺桶《かんおけ》に入った亡骸を、集合墓地の一角に埋める。

……オレの頭は、冴《さ》えていた。心の中にある憎悪や殺意は消えてない。でも、時間が経《た》つにつれて、哀しみがそれらを上回るようになった。

だからオレは、レミィの墓を前にして。隣に立つクレアへ、頼んだ。

「殺してくれ」

クレアは答えた。

「断る」

オレは、彼女の腰元に下げられた剣を見ながら、言った。

「なら、それを貸してくれ。自分でケリをつける」

クレアは真っ直《ます》ぐにオレの目を見つめながら、断固たる意志を宿した顔で、言った。

「ダメだ。死ぬことは許さない」

黒い感情が、また、心の支配権を奪った。

「もう、生きてても、仕方がねぇんだよ……！　レミィは、オレの……！」

オレの、全て。それが失われた以上、この世に留《とど》まる理由なんか、どこにもなかった。

けれど。それでも。クレアは。

「君には生きる義務がある。彼女は去り、君は残った。だから君は、彼女が成し得なかったことを引き継がなければならない。残された者の責務を、果たさなければならない」

有無を言わせず、オレの頭を乱暴に撫《な》でつけながら。

「今日から君は、私の弟子《こども》だ」

クレアとの生活が、始まった。

オレは強制的に冒険者登録をさせられ、毎日毎日、厳しい訓練を課せられた。

妹の死を嘆く時間なんて、まったくなかった。

でも、ふとした瞬間、あいつが居なくなったとき。オレはナイフで自らの喉を突こうとした
が……クレアは毎回、どこからともなく現れて、自殺しようとするオレの手を止めた。

そしていつも、オレの体を力強く抱きしめて、こう言うんだ。

「……負けるな」、と。

何度試しても、無駄だった。あいつはオレを、死なせてくれなかった。

ただ、あいつは、オレのことを抱きしめて……その生き様を、魅せる。

迷宮で。村で。街で。平野で。雪原で。熱帯で。荒野で。

クレア・レッドハートは、ただひたすらに救い続けた。

善も悪も関係なく。ただただ救済を成し続けた。

その背中は、かつてレミィが憧れ続けたもの。

このヒトは確実に、妹が目指した場所で。だから、なのか。

いつしかオレは、クレアの背中を追うようになった。

そうしているうちに、死への渇望《かつぼう》は消え失せて……代わりに、夢が出来た。

「師匠《せんせい》。オレは、勇者になる」

「でも、貴女《あなた》のようになるつもりはない」

「オレは勇者の名声と立場を利用して、教会に取り入り、そして……為政者になる」

「この世界を内側から変えるんだ」

「自由と平等の理念を、実現するために。誰も悲しまない世界を、創るために」

それはかつて、レミィがオレに語った夢。

妹のそれが、オレの夢になった。

あまりにも幼稚で、実現出来るはずもない願望。

けれどオレは、誰になんと言われようとも、その道を歩き続けた。

そして——夢を共有する男と出会う。

「ヒトの側に立つか。《魔物》として生きるのか。二者択一だぜ、名も無き屍人《ネームレス》」

「たとえ、受け入れてもらえずとも。それでも、俺は……ヒトの中で、生きていたい」

師匠《せんせい》が拾ってきたおかしな屍人《グール》。

その世話役を任されたときは、正直うんざりしていたが、

「困ってる奴《やつ》が居たら手を差し伸べずにはいられない。……お前も、師匠《せんせい》と同じだな」

理解を深めていくにつれて、オレは、あいつのことを仲間と認めるようになった。

「名前がないなら、オレが付けてやるよ。パーティーの一員になった祝いに、な」

レオン・クロスハート。そう名付けた屍人《グール》は、いつしか。

オレにとって、かけがえのない存在へと変わっていた。

「……師匠《せんせい》。おかしい、かな。血が繋《つな》がってない奴を、家族だと思うのは」

「もしそれが狂気の沙汰だというのなら。私も、おかしな女の仲間入りだな」

オレはあいつのことを、弟のように想《おも》うようになった。

無駄にデカくて、可愛《かわい》げの欠片《かけら》もねぇのに。

オレのもとへ、死んだレミィが帰ってきたんだと、そんなふうに思うようになった。

「……俺はいつも、お前の足を引っ張ってばかりだな」

「んなこと気にしてんじゃねぇよ。兄貴が弟の背中守んのは当然だろ？」

今度こそはと、腹を決めた。

今度こそ守る。絶対に死なせない。

オレがこいつを守ってやるんだ。レミィにしてやれなかったことを、してやるんだ。

こいつのためなら、オレはなんだって出来る。

オレ達の絆《きずな》は、どんなことがあろうとも不滅だ。

「――っと。そんな感じだったわけよ、オレの人生」

だだっぴろい屋敷の一室にて。

オレは酒席の雑談に一段落を付けた。

ここまでの話を聞き終えて、テーブルの向かい側に座る相棒、レオンは一言。

「そうか」

同情でもなく、憐憫《れんびん》でもない。ただ、受け入れてくれた。

オレの全てを丸ごと、受け止めてくれた。

今は不在の師匠《あのヒト》と、同じように。

「やっぱお前は最高の相棒だよ、マジで」

微笑《ほほえ》むオレにあいつは普段の無表情。けれどその奥には、真の貌《かお》がある。

そう——勝ち誇ったような、笑みがある。

「ところで、ライナ。呑《の》み比べは今回も俺の勝ちということで構わんな？」

おそらくは茹《ゆ》で蛸《だこ》のようになっているであろう、こちらの顔色を見て、それから周囲に目線を配る。そこには大量の空樽《からだる》が散乱しており、なんとも雑然とした有様になっていた。

「そろそろ観念したらどうだ」

「はぁ～⁉　まぁ～だぜんっぜんイケますけどぉ～⁉」

心意気を見せ付けんとして、また新たに一杯、飲み干そうと——した瞬間、限界が来た。

「うぉえええええええええ……」

盛大にぶちまけたオレを前にして、あいつは酒を口に含み、悠然と言葉を紡《つむ》いだ。

「フッ……剣や格闘では勝てんが、酒《これ》ならばお前に圧勝出来る。実に気分がいい」

「……言ってて悲しくなんねぇ？」

「いいや、まったく。むしろ清々《すがすが》しいぐらいだ」

勝利の美酒はさぞや美味《うま》かろう。

飲み干したうえで、鼻歌まで披露してきやがった。

「ほんっと、お前は最高の相棒だよ、ド畜生」

先程は友愛の証《あかし》として紡ぎ出したそれが、今は皮肉へと変わっていた。

そんな楽しい酒席の最中。

こちらへと、足音が近付いてきて。

「……師匠。お疲れ様です」

「仕事、終わったみたいっスね」

ドアを開いたのは、オレ達の師にして母。クレア・レッドハートだった。

彼女はオレ達の言葉に即応しようとして——

「あっ」

床に散乱した樽の数々を見て取った瞬間。

「な、ななな、なんじゃこりゃあああああああああああああッッ⁉」

まるでこの世の終わりを迎えたかのような顔で、絶叫した。

「あ〜、すんませんね、ハブにしちまって。でもそんな、叫ぶほどのことじゃ――」

「ちがぁああああああああうッ！　君達が飲み干したそれはッ！　育成途中のワインだったんだよッッ！　このまま順調に育てば、きっと歴史に名を残すほどの逸品になっていたというのにッ！　それを、こんなッッ……！」

「あっちゃ〜。やっちまったなぁ、相棒」

「……おい待て。俺に責任をなすりつけるつもりか？　誘ったのはお前だろうが」

「あぁそうだな。けど呑んだ本数はお前の方が圧倒的だろ。だったら全部お前が悪い」

「どんな理屈だ。そういうところが前々から――」

「二人とも同罪だッ！　この馬鹿弟子共がぁああああああああああッッ！」

ゲンコツを貰《もら》い、二人仲良く説教を受ける。まさに平常運転って感じだった――が。

「さて。スッキリしたところで、本題へ移ろう」

師匠《せんせい》の雰囲気が変わった。この真剣な感じは、間違いなく。

「まぁ〜ためんどくさい仕事の依頼っスか？」

「……教会の連中、俺達を使い走りか何かと勘違いしているのではないか」

オレと相棒の言葉に肩を竦《すく》めつつ、師匠《せんせい》は語り続けた。

「夜行殺《ナイト・ウォーカー》。この名前は、二人も知ってるだろう？」

「むしろ知らぬ者など居ないかと」

「有名人だもんな。まだ生きてんなら、会ってサインでも貰いたいもんだぜ」

オレの受け返しに師匠《せんせい》は溜息《ためいき》を吐《つ》きつつ、こう言った。

「残念だけど、貰うのはサインじゃなくて命になるだろうね」

「……えっ。その言い様だと、もしかして」

「あぁ。夜行殺《ナイト・ウォーカー》を狩る。それが今回の仕事だ」

「うわぁ、マジかよ」

あまりにも予想外な仕事に、オレが驚きを覚える中。

「……夜行殺《ナイト・ウォーカー》は七〇年近くも官憲の目を欺くような知能犯だ。俺達でどうこう出来る相手ではないでしょう。そもそも俺達は《魔物》の専門家であって、殺し屋ではない」

「そうだね。相手が人間だったなら、私もその場で断っていたよ」

師は語る。長らく謎とされていた殺人鬼の、真相を。

「ここ最近になってようやく判明したらしいのだけど……奴は人間じゃない。レオン、君と同じ、赤眼《せきがん》の《魔物》だ」

「……なるほど。それならば、俺の力が役立つやもしれませんね」

「あぁ。君が持つ《魔物》の過去を見る力。それを用いれば、奴を追跡出来るかもしれない」

師匠《せんせい》はテーブルに地図を広げて見せた。それはこの聖都・ユーゴスランドのもので。

「つい先日、奴がここ、七番街で狼藉《ろうぜき》を働いたらしい。場には無惨《むざん》な遺体があり、その近くには被害者の血液で書かれた詩編があった。現場は今も保存されたままだ」

「ならば、今すぐにでも」

相棒の言葉に頷《うなず》いて、オレは立ち上がった。

「伝説の殺人鬼、か。相手にとって不足はねぇや」

レオンもまた身を起こし、堂々と宣言する。

「ちょうど新技の具合を確認したいと思っていたところだ。夜行殺《ナイト・ウォーカー》の首は俺が貰い受ける」

お前にばかり良《い》い格好はさせんぞ、と。そんなあいつの意思にオレは微笑んで、

「じゃ、どっちが狩るか勝負といくか。負けたらベイル・ミートの特上ステーキ奢《おご》れよ相棒」

拳を突き合わせるオレ達に、師匠はやれやれと肩を竦めつつ、

「油断せずに行こう」

本当に、全てがいつも通りだった。そこになんの疑問も、抱くことはなかった。

この一件も結局は、オレ達の前に転がってきた石ころみたいなもので。

蹴っ飛ばして終わりだと、そう思ってたんだ。

――――奴と、対峙《たいじ》するまでは。

EPISDOE IV そして屍人は、終わらせることを決めた

Only I know the Ghoul saved the world

——夢を見ていた。
——それはとても甘やかで、愛《いと》おしくて、尊くて。
——だから俺は、自らの愚に呑まれ、道を誤るところだった。
——使命を忘れてはならない。哀《かな》しみを忘れてはならない。罪を忘れてはならない。
——約束を、違《たが》えてはならない。
——だから、もう、終わりだ。
——幸せな夢は、もう、終わりだ。
——終わりなんだよ、レオン・クロスハート。
——終わりなんだよ、アリス・キャンベル。
意識が戻ると同時に、レオンは瞼《まぶた》を開き……己《おの》が屋敷の天井を目にする。
今、彼はベッドに寝かされた状態にあった。
「師匠っ！」

横を見ると、彼女が安堵《あんど》の息を漏らし、胸を撫《な》で下ろしていた。

そんな弟子を。そんなアリスを。心の底から愛していた、はずなのに。

今はこの娘の姿が、まったく別の何かとして、映っていた。

「報告しなよ、レオン」

部屋の片隅に立っていたエミリア。苛立《いらだ》った様子の彼女に、屍人《しびと》はただ一言。

「ライナが、帰ってきた」

瞬間、エミリアが見せた顔は。そこに宿った思いは。

万の言葉を用いても、到底、表しきれないほどの激情だった。

「……そうかい、そうかい」

抱いていた希望はもはや潰《つい》えた。ゆえにエミリアは虚《うつ》ろな瞳となりながら、

「明日にでも工房へ来な。十全に仕上げてやる」

よろめく体を引きずるように、彼女は部屋から出て行った。

そして――

「師匠」

聞かせてくれ、と。アリスが目で促してきた。

事ここに至り、もはや隠し立てはすまい。

自分はこれより師《おや》としての義務を放棄する。

ならばせめて納得のいくよう、説明責任だけは果たさねばと、レオンはそう思った。

それゆえに……秘密を、明かす。墓場まで持って行こうとした真実を、弟子へと語る。

「この聖都で起きた聖霊祭の惨劇。世間では俺が招いたものとされているが、実際は違う。その幕を開いたのは……夜行殺《ナイト・ウォーカー》という、殺人鬼だった」

レオンの発言を受けた瞬間、アリスの脳裏に過去の映像が浮かぶ。

初めてエミリアに会った、あの日。確か彼女はこんなことを言っていた。

〝単純な戦闘能力の高さは当然のこと、ヒトを《魔物》に変えちまう能力が本当に厄介だ〟

思い返すと同時に、アリスは呟《つぶや》いていた。

「まさか……ラインハルトさんは……！」

首肯を返すレオン。その拳を、固く握り締めて。

「俺達は奴《やつ》を追い詰め、そして……討伐した。だがその代わりに、あいつが。ライナが」

記憶が断片的に蘇《よみがえ》る。

敵方へと向かっていく兄弟子。倒れる夜行殺《ナイト・ウォーカー》。そして。

「救える、はずだったんだ……！　この命を、擲《なげう》ってさえいたなら……！」

しかし、臆病であったがゆえに。弱虫であったがゆえに。

甘ったれた、弟子《こども》だったがゆえに。

「俺は、我が身可愛《かわい》さに、ライナを……！　親友を、見殺しにしたんだ……！」

哭《な》いていた。涙を流すことなく、屍人《しびと》は、哭き続けていた。

「あの日……もしも俺が、正しく在れたなら……！　ライナが《魔物》に成り果てることなどなく……！　我が師も、命を落とすことなど、なかったのだ……！」

件《くだん》の惨劇において、いかなる出来事が起きたのか。

やはり完全な詳細は判然としない。だが……これ以上の説明は不要だと、アリスは思った。

これ以上、師の古傷を抉《えぐ》りたくないと、心からそう思った。

（癒やしてあげたい……このヒトの、心を……）

（でも、どうやって……？　きっとこのヒトは、もう……）

苦悩するアリスの傍《そば》で、レオンは滔々《とうとう》と語り続けた。

「ヒトは《魔物》に成り果てると同時に、人生の中でもっとも強い情念、もっとも昏《くら》い記憶が呼び起こされ、《魔物》としての行動原理が決定する。ライナのそれは……憎悪《ぞうお》だった」

妹を見殺しにした街の人々への憎悪。そして、

「俺に対するその感情は、きっと何よりも強いものだろう。保身に走り、信頼を裏切った。そんな俺のことを、憎まないはずはない」

アリスは、何も言えなかった。あなたの親友《ラインハルト》がそんな酷《ひど》いことを思うはずはないと、知ったふうな口を利《き》いたところで、彼の心は変わらない。だから、沈黙するしか、なかった。

「……二人の顛末《てんまつ》は。引き起こされた惨劇は。総じて、この俺の責任だ。俺は皆の心から希望

を奪ってしまった。愚かな情念が、全てを台無しにした。だから……」

罰を受けなければならない。降りかかる泥の全てを、自分が浴びなければならない。

だからレオンは吹聴《ふいちょう》したのだ。あの惨劇は自分が起こしたのだと。あの二人は、自分が殺したのだと。それが罪に対する罰であり……レオンの願いだった。

「あいつの名誉を守る。そのために生き、そのために死ぬ。そのときが遂《つい》に、訪れたのだ」

ラインハルトはきっと、近日中に聖都を襲撃するだろう。

カルナ・ヴィレッジや共喰い村での一件は、その予行演習を兼ねていたに違いない。

「次に会ったとき、俺は己が罪を清算する。あいつを。ライナを。俺はなんとしてでも、救わねばならない。あのとき交わした約束を、違えるつもりは、ない」

そのためなら、何もかもを捨てよう。そんな覚悟を秘めた紅《あか》い瞳に、アリスは絶望を抱いた。

目付きが違う。もはやそこには、彼女がもたらした光など、どこにもない。

己に対する筆舌に尽くしがたい断罪願望《いかり》だけが、満ち満ちていた。

「………他のヒトに、任せましょうよ」

アリスは口を開く。自分の言動が無駄事であると、悟りながらも。

「あんなのとぶつかっても、勝てませんよ。死ぬだけじゃないですか。そんなの、意味、ないですよ。無駄に命を散らせるよりも、わたしと、一緒に……！」

わかっている。どんなふうに愛を囁《ささや》こうとも、この男は、決して。

「行かなければならない。俺が、あいつを止めなければならない」

前だけを見ている。男は今、前だけを見て、歩いている。

その先にある破滅的な最期《さいご》へと、自ら望んで、進み続けている。

「あいつを斃《たお》すという、ただ一点にのみ着眼すれば、なるほど確かに、君の言う通りだろう。

俺が出張る必要などありはしない。だが……俺の目的は、討伐ではなく、救済だ」

あぁ、わかっている。だからこの男は、止まらないのだ。だからこの男は、止まれないのだ。

「《魔物》は死してなお、過去という呪縛から解き放たれることはない。いずれ復活し、罪を重ね続ける。それを止めることが出来るのは、俺だけだ。永劫《えいごう》に続く連鎖を断ち切り、彼等《かれら》を眠らせることが出来るのは、俺だけだ」

わかっている。そんなことはもう、わかっている。家族《ラインハルト》の救済は、彼《レオン》の宿命であると。

「でも、そんな……！　そんなことをしたら、あなたは……！」

もし、レオンもまた他の《魔物》達と同様に復活出来るというのなら、止めることはしなかった。しかし……彼はたった一度死んだだけで、終わりなのだ。

たった一度死んだだけで、その存在は永遠に、消え失《う》せてしまうのだ。

「……やめてください。行かないでください」

アリスは言う。たとえ、結果が見えていようとも。

「わたしを、置いていかないでください。わたしを……独りに、しないでください」

唇を震わせながら懇願する弟子の姿を、レオンは一瞥《いちべつ》もしなかった。

脳裏に。網膜に。焼き付いて離れない兄弟子の姿だけが、屍人《しびと》の視界に映っている。

「……泣いているんだよ、アリス。あいつはまだ、心の中で、泣いているんだ。殺してくれと叫びながら、ずっと俺のことを、待ち続けている」

大樹の下で再会したあのとき、レオンは確かにそれを見た。

魔へと堕《お》ち、心を暴走させたラインハルト。だがその内側にはまだ、煌《きら》めきが残っている。

何もかもを憎み、破壊し、陵辱せんとする一方で。

「あいつは、止めてくれと願った。この俺に。ただ一人の、家族《ファミリィ》に」

もう二度と、裏切るものか。

今回こそは救うのだ。己が命と、引き換えにして。

「…………」

無言のまま、アリスは動かない。立ったまま不動を貫いて、ただレオンのことを見る。

けれども、何かが変わるようなことはなく。

やがて、アリスは何も言わず、部屋から出て行った——

◇◆◇

数日後。アリスは独り、そこへと足を運んでいた。

武具販売店、アン・ブレイカブル。

無造作に武具が置かれた店内を突っ切って、彼女は奥の扉を開き、工房へと踏み入った。

途端、鉄錆《てつさび》めいた悪臭が鼻をつく。これは鮮血の残り香。ついさっきまで、師がいかなる所業を受けていたのか。それを連想させる、おぞましき臭い。

そんな臭気漂う工房の中央にて、エミリアが座り込んでいた。

彼女の周辺には酒瓶が散乱しており……今ちょうど、二〇本目を開けたところだった。

「あたしゃあ酒に強くてねぇ。これまで一度さえ酔ったことがないんだ。どれだけ呑《の》んでもね、酒は、あたしのことを呑めないのさ」

ヘラヘラとした笑み。どこか物憂《ものう》げなそれをアリスに向けながら、エミリアは問うた。

「……それで？　何をしに来たんだい？」

「言わなくても、わかるでしょう？」

ここでエミリアは鼻を鳴らし、意図的に、であろうか、別の話題を切り出した。

「つい先日、ね。教会はライナのことを《魔王》と認定したよ」

「……《魔王》？」

「あぁ、特等級をも遙《はる》かに超えた脅威と判断された個体は、そこに分類されるのさ。とんでもないバケモノになっちまったもんだねぇ、あいつも」

そして彼女は淡々と、事実を語り紡《つむ》いだ。

「あいつの目的は聖都の破壊だ。そこは間違いない。教会はこれを受け、《魔王》迎撃戦における具体的な作戦案を組み上げた。そん中には当然、レオンの名前も入ってる。……道具として使い潰される瞬間が、ようやっとやってきたってわけだねぇ」

エミリアの目が、彼女の内心を物語っていた。

──もう諦めたらどうだい？　あいつはどう足掻《あが》いても死ぬ宿命《さだめ》なんだよ。

そんな意思表示に対して、アリスは真っ向から反論した。

「まだ希望はあります。エミリアさん、あなたには教会上層部との繋《つな》がりがある。それを利用して、皆さんを説得してください。全員は無理でも、半数を説き伏せることが出来たなら

──」

「不可能だね。いい加減、現実を受け入れなよ」

深緑色の瞳に満ちた諦観は、彼女の四年間を物語るようなものだった。

きっとエミリアは奔走したのだろう。彼を助けるために。結末を変えるために。

だが、その全てが失敗に終わり……最後の希望として映っていたであろう再生の果実さえもまた、蜃気楼《しんきろう》のように消え果てた。

その結果が、これだ。何もかもを諦め、投げ出したその姿は、まるで自分を映す鏡のようで。

しかし、そうだからこそ、アリスはエミリアの今を否定した。

「……あなたにとって、師匠はその程度の存在だったんですか。一〇年近い付き合いだって、

そう言ってましたよね？　それほど長く彼と共に在ったのは、きっとあなただけでしょう。クレア様やラインハルトさんよりも、ずっと。ずっとあなたは、師匠に寄り添い続けてきた」

止まらない。心から溢《あふ》れた感情が言葉となって、漏れ出てくる。

「どうして、諦めるんですか。どうして、諦められるんですか。金銭授受の関係でしかないとか、そんな自己暗示まで掛けて。もし、あなたがずっと味方で在り続けたなら、師匠は——」

「黙れよ、小娘」

深緑色の瞳が。エミリアのそれが。

灼熱《しゃくねつ》の感情を宿しながら、対面の少女を睨《にら》み据えた。

「あたしが味方で在り続けたなら、レオンは約束を放棄していた、と？　……ハッ！　馬鹿馬鹿しい！　そんな未来はありえないんだよ。あいつも他の《魔物》と同じさ。過去に縛り付けられて、身動きが取れやしねぇ。だから……あたしのことなんざ、見向きもしねぇんだよ」

エミリアの視線が、彼女の思いを表していた。

〝あんたに、何がわかるってんだ〟

〝あたしの何が〟

〝あたし達の何が、わかるってんだ〟

〝何も知らない奴が口を出すんじゃねぇよ〟

〝あんたの出る幕なんか、もうどこにもねぇんだよ〟

そうした意思に、アリスはとことん反抗しようと口を開く。が——言葉を紡ぐ前に。

「そもそも。あんたにあいつを止める権利なんざ、ねぇんだよ」

エミリアの口から放たれたそれは、アリスにとって古傷を開き、塩を塗り込むようなそんな言葉の、羅列だった。

「レオンが《魔物》を完全に殺しきることが出来る唯一の存在だと知ったとき。あんたが見せた昂揚感《こうよう》は、救世主に対する敬愛……だけじゃなかった。そうだろう？」

何もかもを見通したかのように、エミリアは言い続けた。

「あんたの経歴、調べさせてもらったよ。母親が《魔物》になって。それに襲われて。そんなときにレオンがあんたを助けた。母親を殺して、ね。そのときあんたが感じたのは、きっと哀《かな》しみだとか、怒りだとか、そういったものだけじゃあない。一抹の不安もまた、胸の内には秘められていた。母がいつか蘇《よみがえ》って罪を犯すのではないかと、そんな不安が確実にあった」

アリスは何も答えない。肩の震えが、全てを物語っていた。

「レオンの特異性を知ったあんたは、このうえない安心感を抱いた。本当は母をヒトのまま殺してやりたかったけれど、それは叶《かな》わず。《魔物》になってしまった母の運命を、あんたは嘆いていた。でも実は、レオンのおかげで母は眠りに就いていたのだと、そう知ったとき、あんたは強い安心感を覚えた。……さて。もうわかるだろ？　あたしが言わんとすることが、さ」

アリスは歯を食い縛った。何も言えず、ただ、そうすることしか出来なかった。

「あんたにはレオンの感情が誰よりも理解出来るはずだ。そのうえで……あんたは、あいつにやめろと言うのかい？　自分は安心感を得ておいて、あいつにはそれを受け取るなと？」

まるでトドメを刺すかのように、エミリアが次の言葉を放つ。

「自分勝手にも程があるだろ、アリス・キャンベル」

何も返せなかった。相手の言葉に、アリスは、何も返せなかった。

「そこに突っ立ってもらってると、仕事の邪魔になるんだがね。でもま、いいさ。いつまでもそこに居るといい。なんだったら……あたしと一緒に呑むかい？　嬢ちゃん」

エミリアの顔に笑みが戻ってくる。何もかもを諦めた、ひどく物悲しい笑みが。

そんな彼女を前にして——アリスはただ、立ち竦《すく》むことしか出来なかった。

◇◆◇

聖都の南端に位置する大広場には、今日も人々の笑顔が溢れていた。

数多くの大道芸人達が路上パフォーマンスを行い、見る者を魅了する。そんな中に在って、彼が繰り出すイリュージョンマジックの数々は、もはや一種の奇蹟《きせき》であった。

沸き立つ観客達。その様相を目にしながら、彼は顔を隠す道化面に似合いの口調で、言った。

「はい、ど～もど～も、これにて一旦、ネタはお終《しま》いで～す。あ、おひねりは結構。別にカネが欲しくてやったわけじゃないんで」

周囲から飛び交う大絶賛を軽く受け流しながら、彼は一礼してみせた。

「いや、ほんとスゲぇな、あんた」

「最後のパフォーマンスとか、いったいどうやったんだ?」

「タネも仕掛けもございませ～ん。ぜぇ～んぶマジモンでぇ～す」

ケラケラと笑い、そして、素顔を隠すその仮面に手をかけながら、

「さてさて。ちょいと早いが休憩はここまでにして。第二部の始まり始まり～♪」

彼が道化の仮面を取り外した、その瞬間、多くの民衆が瞠目《どうもく》し、ぽかんと口を開ける。

晒《さら》された素顔があまりにも美しかったから、というだけではない。その風貌は、まるで。

「あ、あんた、そっくりだねぇ。あのヒトに」

誰もが脳裏に一人の男を思い浮かべていた。数年前、この街で死んだ、その男を。

「ハハッ、そっくりさんじゃあないさ」

にんまりと笑いながら、彼は堂々と名乗った。

「オレはラインハルト。ラインハルト・クロスラインだ」

笑う者は……皆無。タチの悪い冗談と断ずるには、あまりにも似過ぎていた。

長く艶やかな白銀の髪。天使のような美貌。そして、圧倒的な存在感。

それはかつて見た、希望の象徴そのもので。

「マ、マジかよ……!」

「やっぱり、生きてたんだ……！」

驚くほどすんなりと、民衆は彼の言葉を信じた。

皆、それだけ、受け入れがたかったのだろう。希望の象徴が暗闇の中に溶けて、消えたという現実を。だから誰もが、目前にある望ましい情報を信じ切っていた。

「いったい、これまでどこに行ってたんだよ⁉」

「いやぁ、あの一件で怪我《けが》しちゃって。それを必死こいて治してたんだよね～」

「戻ってきたってことは……奪い返すんだよな⁉　あいつから！」

「んん？　奪い返す？」

「称号だよ！《救世》の称号！　アレはあんたが継ぐはずのもんだったろ！　それをあの裏切り者が！　薄汚い屍人《グール》が！　あんたから奪いやがったんだ！」

「……薄汚い屍人《グール》、ねぇ」

興奮した民衆は、誰一人として気付いてはいなかった。

微笑《ほほえ》む彼の美貌に、危うい色が宿ったことを。

「うん。決めた。一人目はあんたにしよう」

指を差された男は、わけがわからず、首を傾《かし》げるのみだった。

そんな彼を含む、民衆全てに対して、天使《ラインハルト》は翼を展開するかの如《ごと》く、両腕を広げながら。

「オレがここへ戻ってきた理由は、たった一つさ。皆《みんな》をこの地獄みてぇな世界から救済する。

そのために、オレはこの街へ帰ってきたんだ」

沸き立つ民衆。英雄の帰還を、希望の再来を、誰もが心の底から歓迎する。

そんな光景を前にして、彼は天使の美貌を煌《きら》めかせ、次なる言葉を放った。

「今日、聖都に住まう者、誰もが救われる。それがどういうことか、わかるかい?」

称号の奪還と継承。皆一様にそれを期待して、目を輝かせている。

そんな民衆のことを。そんな愚か者達のことを。彼は、嗤《わら》った。

嗤いながら、宣言した。

「正解は――――皆殺し」

刹那。つい先ほど、彼が指差した男性の頭部が、左半分、消し飛んだ。

ドサリと音が響く。地面へ倒れ込んだ男性の露出した脳室から、髄液が零《こぼ》れ出す。

が、それからすぐ、男性は何事もなかったように、ゆらりと立ち上がった。

新たなパフォーマンス。この期《ご》に及んで、そんな解釈をする民衆に、ラインハルトは冷笑を漏らす。それに応ずるかの如く……屍人《グール》へと成り果てた男が、手近な女の喉を噛《か》み千切った。

「えっ」

噴水のように、血飛沫《ちしぶき》が天へ向かって舞い上がる。

空の青に紅が混ざり、やがて民衆の顔を汚した、その瞬間。

「きゃあああああああああああああああ!」

それは脊髄反射に近い運動だった。誰もが現状を命の危機と判断したのか、先ほどまでの昂揚はどこへやら、一様に顔を青白く染めて躍動する。

「ははははは！　逃げろ逃げろ！　お前等《まえら》は伝令役だ！　街中に喧伝《けんでん》しろ！　お前等の希望が！　煌めきのラインハルトが！　お前等を殺しに帰ってきたってなぁ！」

かくして役者は舞台へ上がり――

第二の惨劇が、人々の動乱を以《もっ》て、開幕のときを迎えたのだった。

◇◆◇

アン・ブレイカブル。その工房にて。鉄錆《てつさび》めいた悪臭が漂う中、エミリアがボソリと呟《つぶや》いた。

「……終わっちまうんだねぇ、何もかもが」

「……あぁ。そうだからこそ、実行出来る。いかなる所業も、平然と」

寝台に横たわる一人の屍人《しびと》。その腹腔《ふっこう》は左右へと切り開かれ――

今、エミリアの手による、最後の仕上げ作業が行われようとしている。

「代替品も、あるにはあるんだけどね」

「いや。これでいい。最後の一線を踏み越えねば、あいつと五分に戦うことすら叶わんだろう」

そして。最後の仕上げ作業が完了し、開かれていたレオンの腹腔が塞がった、その瞬間。

「……使いが来たみたいだねぇ」

開放型の天井より一羽の梟《ふくろう》が来訪し、作業机の端に止まった。

それは無機質な瞳をレオン達に向けながら、嘴《くちばし》を開き、

「天使の出現を確認。急行せよ。標的の現在地は――」

人語を紡《つむ》ぐ梟。それはエミリアの言う通り、使いそのものだった。

死の使い、そのものだった。

「…………」

何も出来ぬまま、アリスの目前で、粛々と状況が進行していく。

「やっぱ間に合わなかったか。民間人の事前避難」

肩を竦め、嘆息するエミリア。

おそらく、ラインハルトによる惨劇は、まだ開幕して間もないはずだ。

しかし、それでも既に、パニックは街中に広まりつつある。

「……征《ゆ》かねば」

遠くから飛んでくる無数の悲鳴を耳にして、レオンは起き上がった。

一人、また一人と、聖都の民が命を落としていく。全ては自分の責任だ。彼等を殺しているのはラインハルトではない。この醜い屍人《しびと》だ。せめて一人でも犠牲者を減らし、そして……

兄弟子の罪を自らの肩に背負いながら、地獄へ堕《お》ちよう。

「カバー・ストーリーは、用意されているんだろうな？」

「あぁ。後のことは心配しなさんな」

最後の望みが叶ったことで、レオンは安堵《あんど》の息を漏らした。

此度《こたび》の惨劇はラインハルトの手によるものではなく、四年前のそれと同様に、屍人《しびと》が引き起こしたものとして記録されるのだ。レオンが歴史に悪名を刻む代わりに、ラインハルトの名誉は永遠のものとなる。まさに理想的なシナリオであった。

世界はもはや、そのようになるよう動いている。

それを前にして……アリス・キャンベルが、口を開いた。

「待ってください」

作業用の寝台から下りて、現場へ向かわんとするレオンの背後にて。

アリスは己《おの》が意思を言葉に乗せ、紡ぎ出そうとする。

だが、それを許さぬとばかりに。

「この一件が終わった後、君は《救世》の称号と聖剣を受け継ぐ手はずとなっている。勇者となれば実に多くの人々と出会うことになるだろう。そして君は見出《みいだ》すのだ。新たな、居場所を」

は？　と、呆《ほう》けた声が、アリスの口から漏れ出た。

それからすぐに、反論の言葉を叫ぼうとする。

が、その前に。

「俺には君を幸せにする義務があると、そう思っていた。だがそれは結局のところ、言い訳でしかなかったのだ。己を救うための言い訳として、俺は君の存在を利用していた。真に君の幸福を願っていたわけではない。こんな俺が、君の隣に立つなど。……だから、アリス」

ここで初めて、レオンは振り向いた。

けれど。

その紅《あか》い瞳に、慈悲はない。優しさも、甘えも…………抱いていた愛さえも。

レオンは、捨て去っていた。

あるのは、約束だけだ。

救わねばならぬ兄弟子との約束だけが、屍人《しびと》の体を動かしている。

ゆえにこそ、彼は。

「終わらせよう。俺達の、物語を」

ラインハルトは言った。全てを捨てろと。約束を果たすにはそれしかないのだと。

ならば、そうしよう。

強さを得るには何かを失わねばならない。それがこの、愚かな屍人《しびと》の宿命であるのなら。

何もかもを、捨て去ろう。

「そんなこと――」

認めてたまるかと、言いたかったのだろう。だがそれよりも前に、アリスの背後へと回っていたエミリアが、彼女の首筋へ手刀を放っていた。

「うっ……」

小さな苦悶《くもん》を上げて倒れ込むアリスの体を抱き留めながら。

屍人《しびと》は、己が悲哀を零した。

「……許してくれ、アリス。俺は臆病者だ。情けない腰抜けだ。どのように足掻《あが》いても、君のようにはなれない。怖《お》じけた心を支えるような強い勇気など、俺には、決して」

勇なき屍人《しびと》が求めたのは、自棄の力。

擲つ度《なげう》に心は確実に摩耗していく。その末に生への執着さえも捨て去らんと、そう考えた。

そして今。

何よりも大切に想《おも》っていたそれを、失ったことで。

死にたくないという怖じ気が、死にたいという願望へと変わりつつある。

そうした実感を抱きながら、レオンは言葉を紡いだ。

弟子《こども》に対する、最後の言葉を、紡いだ。

「幸せになってくれ。この、愚かな屍人《グール》の分まで」

一方的に言い続けた師と、一方的に言われ続けた弟子。そんな、やり取りが。

師弟が交わした、最後の交流となった。

そしてアリスの瞼《まぶた》が閉じてから、すぐ。

レオンは彼女を抱きかかえ、寝台へ寝かせると、腰元から聖剣を外し、

「今日からこれは、君のものだ。君ならばきっと、聖剣に相応《ふさわ》しい勇者になるだろう」

彼女の白い髪をそっと撫《な》でる。これが最後と、心に決めて。

「……もはや我が身に残されたものは何もない。だが、そうだからこそ」

必要なものを得ることが出来たと、そのように確信しつつ……

レオンは、エミリアへと目を向けた。

「なんだよ。さっさと――」

「今まで本当に、すまなかった」

頭を下げながら、屍人《しびと》は言う。

これで最後だから。もう二度と、言葉を交わすことはないから。

言わねばならぬこと全てを、レオンは吐き出した。

「結局俺は、最後まで君の想いに応えることが出来なかった。それなのに、君を、ここまで付き合わせてしまった。本当に、すまなかったと思っている」

頭《こうべ》を垂れる屍人《しびと》に、彼女は。

「……さっさとくたばっちまえ、腐れ屍人《グール》」

彼に背を向けて、言った。

レオンもまた彼女へと背を向けながら、

「ありがとう、エミリア」

そのとき。背後にて生じた、小さな音に、レオンは一瞬だけ右手を震わせたが……

しかし、その足を止めることは、なかった。

店を出て、喧噪《けんそう》の只中《ただなか》へ。

濁流のように駆け巡る民衆の肩を掻《か》き分けながら、屍人《しびと》は向かう。

約束を果たすために。

全てを、終わらせるために。

「……ライナ」

四年前の惨劇が、追憶となって脳裏に浮かび上がってくる。

屍人《しびと》の時間は今、過去のそれへと戻っていた。

「……今度こそ、俺は」

あのとき感じた後悔を噛み締めながら。あのとき感じた怒りを噛み締めながら。

レオンは征く。その先に待ち受けているものが、自らの末期と知ってなお。

——後ろを振り向くことは、ただの一度さえ、なかった。

追憶II

屍人の罪と、夢の終わり

Only I know the Ghoul saved the world

——誰かが揶揄《やゆ》した。無様な小物だと。
——誰かが笑った。足手纏《あしでまと》いの荷物持ちだと。
——それでも愚直に前進し続けたのは、なんのためか。
——追いつき、肩を並べ、胸を張りたいと願ったのは、なんのためなのか。
——信じると、言われたからだ。
——守ると、誓ったからだ。
——それなのに。
——レオン・クロスハート。
——どうして、お前は。
——どうして、俺は。
夜行殺《ナイト・ウォーカー》。その名が知られるようになったのは、もう七〇年以上も前のことだ。
被害者の数は二千年近く続いた旧時代を含めても史上最多数。

そこに加え、夜間のみの犯行であることや、事件現場に血液で書いた詩編を残すといった愉快犯ぶりが作家達には受けが良《い》いからか、奴を題材にした創作物は数え切れぬほど存在する。

長らく正体不明とされ、秘密のベールに隠されたシリアル・キラー。

その実態は、紅き眼《め》を持つ《魔物》であった。

種族は吸血人《ヴァンパイア》。有する力は圧倒的な身体能力と、桁外れの再生力。

……一般的な吸血人《ヴァンパイア》であれば、この二つだけだ。

脅威認定レベルは個体差もあるが、二等級を超えた者は確認されていない。

だが、奴は。夜行殺《ナイト・ウォーカー》は。そうした常識から外れた存在だった。

奴には他の個体にはない、二つの異能力が備わっていたのだ。

その一つが、変容。奴はヒトを《魔物》に変えて、操る力を持っていた。

そこに上限はなく、変異した者に殺害された者もまた《魔物》へと変わってしまう。

ゆえに今――聖都の内側に、地獄が広がりつつあった。

「おおおおおおおおおおおおおおおおッ！」

四方八方から飛び交う悲鳴と叫声の只中に、師《クレア》の気迫が混ざり合う。

抑え込まれていた。あまりの物量に。魔へと変じた民衆の圧力に。

最善にして最高の勇者たる彼女が、自衛で精一杯の状態へと、抑え込まれていた。

その一方で、俺は。ライナは。

二人、肩を並べて、奴を相手に立ち回っていた。

「――嗚呼《ああ》、厭《いや》になるなぁ。僕はただ、観察をしているだけだというのに」

謳《うた》うように紡《つむ》ぎ出された声は、聞く者の脳を蕩《とろ》かすほどの美声で。

奴が立っているそこだけが、別世界の如《ごと》く華やいでいた。

美しい。

奴の姿を表すには、それだけで事足りる。

髪が美しい。肌が美しい。唇が美しい。顔立ちそのものが美しい。

振る舞い方も。紳士服の着こなしも。奴を構成する何もかもが、あまりにも美しい。

だが、同時に……その美しさが、おぞましさへと繋《つな》がってもいる。

夜行殺《ナイト・ウォーカー》。

奴は依然として優雅な立ち振る舞いを崩すことなく、右手に持った分厚い筆記帳を開き、

「ヒトの生き死にを観《み》て、良き詩編を紡ぐ。僕の存在意義はそれだけさ。ただそれだけのために生きる、流れの詩人さ。それを君達、酷《ひど》いじゃないか。こんなふうに暴力を振るうだなんて」

漏れ出た吐息さえ、美しい色が付いているように見える。

そんな殺人鬼を睨《にら》み据えながら、俺は隣に立つ兄弟子へと言葉を投げた。

「いいか、ライナ。奴の瞳《め》を見るなよ。アレは邪眼の類いだ」

夜行殺が持つ固有の力。その二つ目が、邪眼であった。

「見らば心を食われ、発狂の末に死へと至る。視線は常に奴の足下だ。いいな？」

「わぁ～ってる、って。……けどよ相棒、お前には通じねぇんだろ？」

戦いが始まる直前。俺は奴の邪眼と目を合わせてしまった。常人であればその時点で死が確定していたのだろう。だが理屈は不明なれど、我が身は邪眼の効力を打ち消していた。

もっとも……影響を完全に無効化出来ているというわけでは、ないようだが。

「先程から、奇妙な感覚が体を蝕《むしば》みつつある。直ちに影響を与えるものではないだろうが……しかし長期戦となれば、どのような問題に発展するか、わかったものではない」

「ふ～む……そりゃあちっとばかし、気になるところではあるけどよ。とにかく、今回は」

「あぁ。此度《こたび》の一戦は俺が主力として動くべきだろう。万事任せておけ」

「きゃ～！　レオンくんカッコいい～！」

軽口を叩《たた》き合う俺達に、奴はどこか不機嫌な顔となって。

「ずいぶんと余裕があるみたいだねぇ？」

「ったりめ～だろ。お前みたいな三下にオレ達が負けるわけねぇんだからな」

「ふぅん。……君も同じように考えているようだね、紅い眼の同胞君」

「当然だ。俺がライナの隣に在る限り、敗北など決してありえん」

この返答に対し、奴はなぜか、俺に鋭い眼差《まなざ》しを向けて、

「──気が変わったよ。この場を、君の物語における分岐点としよう」

それから、視線を横へとずらす。

夜行殺《ナイト・ウォーカー》はライナを見つめながら……口元を笑ませた。まるで、悪意を体現するように。

「ラインハルト・クロスライン。君の変化には感嘆せざるを得ないよ。あれほど歪ませたのに、今やしっかりと真っ直《ます》ぐになっているのだから」

「……あぁ？　なに言ってんだ、お前」

「おや。忘れたのかな？　それとも、気付いていなかったのか」

気味の悪い笑顔を張り付けたまま、奴はそれを口にする。

ライナの過去。そこに秘められし、真実を。

「君の妹……レミィ、だったかな？　その亡骸《なきがら》の近くに、紙が落ちていただろう？」

途端。ライナの肩が、ピクリと震えた。

その反応が可笑《おか》しかったのか、夜行殺《ナイト・ウォーカー》はクスクスと笑いながら、言葉を積み重ねていく。

「まぁ、無理もないよねぇ。大切な妹が壊されていたのだから。足下なんか見てなくたって当然さ。けれど……ちょっとぐらい、疑問に思わなかったかな？　妹への仕打ちがあまりにも惨《むご》すぎる、と。こんなの人間がやることじゃない、と」

喉を鳴らしながら笑う、おぞましき殺人鬼。ライナは奴に、小さな声で、短く問うた。

「……お前がやったのか？」

果たして、その答えは。

「いいや？　僕は観ていただけだよ？　《魔物》に変えた者達が、君の妹を壊すさまを」

奴は言った。君の妹は最後の最後まで、兄の名を呼び続けていた、と。

幼い蕾《つぼみ》を犯され、心身を壊されながら。

「お兄ちゃん助けてぇ～、と。そんなふうに嘆く君の妹は、なんというか、そう――」

実に、滑稽だったよ。……その言葉を受けた瞬間。

双剣を握り締めたライナの手に、激烈な力が籠《こ》もり、そして。

「てぇめえええええぇあああああああああああああああああッッ！」

吼《ほ》えた。怒り狂う獣のように。

「っ……！　待て、ライナ！」

制止の声を振り払うように、あいつは突き進んだ。

夜行殺《ナイト・ウォーカー》へ。宿敵へ。妹の、仇《かたき》へ。

「おぉおおおおおおおおおおああああああああああああッッ！」

太刀筋が、滅茶苦茶《めちゃくちゃ》になっている。

だがそれでも、やはりライナは不世出の天才だ。

負の情念に支配され、普段の流麗さを失ってはいるが、戦闘能力が落ちたわけではない。

むしろその荒々しさが攻撃の先読みを困難にさせている。

「るぅあああああああああああああああああああッッ！」

凄《すさ》まじい攻勢だった。

その躍動を見て、俺は確信する。これこそがライナの真髄なのだと。

平静を保ち、身に付けた業を心で以《もっ》て御するよりも、本能で動いた方が強い。

断言しよう。今のライナは普段に倍する力を行使している、と。

……それなのに。

「踊れ踊れ、ラインハルト。もっと激しく。もっと雄々しく。その煌《きら》めきを刻み付けるように」

奴は。夜行殺《ナイト・ウォーカー》は。

あのライナを、完封しきっていた。

「ありえない……！」

負ける。

兄弟子が。親友が。俺の憧れが。俺の、誇りが。

あんな殺人鬼に、負けてしまう。

「くッ……！」

援護せねばと思いながらも、手出しが出来なかった。

目前の闘争は、別次元の領域にある。俺ごときが参加したところで、足を引っ張るだけだ。

「く、そッ……！」

己《おの》が不甲斐《ふがい》なさに歯噛《はが》みする。主力として動くと宣言しておきながら、このザマとは。

俺にはもう、祈ることしか出来なかった。ライナの勝利を、祈ることしか、出来なかった。

だが……

「隙を晒《さら》したね、ラインハルト」

夜行殺《ナイト・ウォーカー》の右手から伸びた血色の刃《やいば》が、ライナの胸部へと向かう。

「ッ……！」

最悪の未来を予感し、俺はビクリと体を震わせた。

そして。

決着のときが、訪れる。

「───なぁ～んつって」

勝負を制したのは、夜行殺《ナイト・ウォーカー》、ではない。

我が兄弟子にして親友。ラインハルト・クロスラインであった。

あいつは先刻までの怒気が嘘《うそ》だったかのように……いや、事実、芝居だったのだろう。

流麗な身のこなしで以て敵方の突きを躱《かわ》し、

「らぁッ！」

夜行殺《ナイト・ウォーカー》の胴を、袈裟《けさ》懸《が》けに斬り裂いた。

「うっ……」

喀血《かっけつ》し、後方へと倒れ込む殺人鬼。

ライナは奴に刃を向けながら、滔々《とうとう》と言葉を紡ぎ出した。

「てめぇが言った通りだよ。オレぁもう、真っ直ぐになってんのさ」

師匠《おや》と弟分《しんゆう》、二人のおかげでな……と。

そんな一言と、そこに込められた想《おも》いに、俺は感嘆の息を吐いた。

一瞬とはいえ、ライナの勝利を疑った自分を恥ずかしく思う。

あいつがこれしきのことで心を乱すわけがない。奴のような邪悪に、膝を折るわけがない。

あいつは人々の心を照らす煌めきなのだ。

その輝きを曇らせることなど、決して出来はしないのだ。

「ライナ……！　やはりお前は、俺の……！」

過去と訣別《けつべつ》し、今を見据え、美しい未来を創らんとする。

そんな親友の姿はまさに、我が誇りそのものだった。

「終《しま》いにさせてもらうぜ、夜行殺《ナイト・ウォーカー》」

決着だ。兄弟子の刃が次の瞬間には敵の心臓を貫き、その体を腐汁へと変えるだろう。

それで此度の一件は片がつく。

後は統率者を失った《魔物》の群れを掃討し、完全なる終わりを——

「嗚呼、そうとも。終わりさ。君の全てが、ね」


——刹那。

あまりにも異様な光景が、目前にて発生した。

静止している。世界の全てが、完全に、止まっている。

敵方にトドメを刺さんと剣を構えた兄弟子。たった一人で大軍を蹴散らさんとする師匠。

誰も彼もが、何もかもが、微動だにしない。

周囲から絶え間なく聞こえてきた悲鳴や破壊音さえも、鳴り止《や》んでいる。

「これ、は……!?」

止まった世界の中で、俺だけが……いや、違う。

奴が。夜行殺《ナイト・ウォーカー》が。そのとき、クツクツと喉を鳴らして笑った。

「忘れたのかな？　君が、僕の能力の影響下にあるということを」

この状況は、奴の手によるものか。と、理解した矢先のことだった。

尻餅を突いていた夜行殺《ナイト・ウォーカー》が起き上がり……己が血液を凝固させ、一振りの赤剣《せっけん》を創った。

瞬間、我が身が戦慄《わなな》く。

「ッ！　やめろッ！」

「あぁ、やめるとも。君が自己を犠牲に出来たのなら、ね」

果たして、奴は。

究極の二者択一を、迫ってきた。

「これからゆっくりと、ラインハルト・クロスラインの胸を刺していく。阻止したくば、その銃で僕を撃て。そうしたなら全てが解決する。だが……その代わり、僕は君の命を奪う。銃弾が命中したと同時に、君の首は宙を舞うことになるだろう」

言うや否《いな》や、奴は宣言通りに動いた。

握り締めた紅《あか》き剣《つるぎ》の切っ先が、ライナの胸元へと吸い込まれていく。

「ッ……！　き、貴様ッ……！」

銃を構えた。奴の脳漿《のうしょう》を、吹き飛ばすために。

だが。

「どうした？　引けよ。引いてみろよ。簡単なことだろ？　指先を少し動かすだけなんだから」

それだけで全てが解決する。

——自分の命と、引き換えに。

そう思うと、俺は。

「動けない。動かない。そう、それが君の本質さ」

刃が沈んでいく。ライナの命が、じわじわと失われていく。それを前にしても、俺は。

「誰よりも自分のことが可愛《かわい》い。自分さえよければそれでいい。自分が助かるなら、親友だろうが意中の女だろうが犠牲にする。それが、君の本性だ」

否定、したかった。否定、しなければならなかった。

指一本、僅かに動かせば、そうすることが出来るというのに。

俺は、恐怖に呑《の》まれて、指一本動かせなかった。

「君は二人のことを、愛してなどいなかったのさ。彼等《かれら》に縋《すが》り、甘えていただけだ。守るという言葉も、強くなるという言葉も、虚仮《こけ》に過ぎない。そうだからこそ――」

奴の手元に、殺気が満ちた。

残された時間はあと僅か。

俺は、選ばねばならない。

ライナを、親友を、兄貴分を、何よりも大切な家族を。

己が命と引き換えに、救うのだ。

「う、お、ぉおおおおおおおおおおおおおおおおおおおおッッ！」

叫声を上げながら、俺は、指を動かした。

乾いた音が鳴り響く。だが——射出された弾丸は、奴の頭に向かわず。

離れた場所に立つ街路灯へと衝突し、消え失《う》せた。

「ほらね。やっぱり君は、君のままだった」

刃が容赦なく進み、そして。

「——味わうがいい。三度目の後悔を。気が狂うほどの感情を」

嘲笑《あざわら》うような声音が耳に入った、そのとき。

何もかもが、終わっていた。

奴の剣《つるぎ》がライナの胸部を貫通し、そして。

静止していた時間が、動き出す。

「あがっ……」

あいつは。ライナは。

胸を刺されて、地面へと倒れ込んだ。

「………そん、な」

気付けば俺も、頽《くずお》れていた。

立っていられない。膝から力が抜けている。

「……嘘だ。こんなこと。ありえない。ありえない。ありえない」

愕然《がくぜん》となりながら、阿呆《あほう》の如《ごと》く、同じことを繰り返す。

そうして目前の現実を否定することしか出来ぬ俺へと、夜行殺《ナイト・ウォーカー》は歩み寄り、

「ラインハルトの死は、君が招いたものだ。君が、彼を殺したんだ」

「ッ……！　ち、違うッ！　俺はッ！　お、俺はッ……！」

そこから先の言葉が、出てこなかった。なぜなら。

「あぁ、そうだね。君は見捨てたんだよ。我が身可愛さに。何よりも大切な、親友を」

否定したかった。しかし、出来なかった。それは紛《まご》うことなき、事実だったから。

「う、うう、うあ、あ……」

歯がガチガチと音を鳴らす。そんな醜態を笑いながら、奴は言った。

「君はまさに死神だな。前の人生でも。その前の人生でも。まったく同じだった」

そして奴は、断頭台に上った囚人の首を落とすように、右手を振り上げ――

「四度目はないものと思いたいのだけど。さて、どうなるかな？」

迫る。奴の手が。刃の形となったそれが。

俺は動けなかった。怯《おび》え、惑い、ガタガタ震えることしか、出来なかった。

しかし。

「うぉああああああああああああああああああああッ！」

絶叫。それは、倒れ込んでいた兄弟子、ライナの口から出たものだった。

刹那、肉を裂いたような音が響く。

ライナが、背後から夜行殺《ナイト・ウォーカー》の胸を貫いたのだ。

「ごふっ……」

喀血。殺人鬼の口元から、紅い液体が流れ落ちた。

けれども奴は、己が死を目の前にして怯えるどころか、むしろ愉《たの》しげに笑って。

「これからだよ、死神。本当の、惨劇は」

溶けていく。ドロドロと。ドロドロと。

やがて殺人鬼の姿は消失し、腐った肉汁だけが残った。

しかし、《生証石》がない。どこにも、奴が死んだ証《あかし》が、ない。

けれども、そんなことはもう、どうだってよかった。

「ラ、ライナ……！」

目の前で、あいつが倒れ込む。その細い体を受け止め………俺は、呆然《ぼうぜん》となった。

目が。ライナの、目が。

人外のそれへと、変わっている。

右目が紅へ。左目が青へ。

そんな二色の瞳をこちらへ向けながら。俺の胸の中で、あいつは、囁《ささや》くように言った。

「なぁ、相棒………どうして、助けてくれなかったんだ？」

それを、紡《つむ》ぎながら。

「黙ってれば気付かないとでも、思ってたのか？」

ライナは。

「あぁ。忘れていた感覚が、戻ってきたよ。全部お前のおかげだ」

笑っていた。

紅い瞳から涙を流しながら。

青い瞳に憎悪《ぞうお》を宿し。

そして。

「お礼に殺してやるよ、この――――裏切り者」

気付けば、右腕と左足が、なくなっていた。

俺は、片側の手足を、失っていた。

「ハハッ！　ハハハハハハハハハハッ！　なんだこれ⁉　なんだこれ⁉　楽しくて気持ち悪くて最高に不愉快だぜ！　ハハハハハハハハハハハハハハッ！」

這《は》いつくばった俺を見下ろしながら、ライナが狂ったように笑う。

その姿はもはやヒトでなく……かといって、魔でもない。

「あぁ！　あぁ！　楽しくて最悪だッ！　生きてくれ、相棒ッ！　今すぐにッ！」

支離滅裂な言葉。しかし、向けられたそれは、純然たる殺意。

そんな感情に応ずるかの如く、我が目前に巨大な氷柱が現れ――

潰される。そんな確信を抱いた、次の瞬間。

「レオンッッ！」

師が我が前に立ち、灼熱《しゃくねつ》の《神秘》で以《もっ》て氷柱を溶かし尽くした。

「邪魔、してくれてよかった……！　何してんだよ、師匠《せんせい》ッ！」

矛先が師へと向かう。これに対し、彼女は聖剣を抜き放ちながら、

「………全ては、私が背負うべき罪だ」

鋭い釘《くぎ》を、心臓に打ち込まれたような気分だった。

師は《魔物》達に囲まれながらも、一部始終を見ていたはずだ。

なのに、俺を責めなかった。全ては己《おの》が責だと。そう断言した彼女に、俺は。

「師、匠……！」

手を伸ばす。それしか出来ない。

やがて二人の戦いが始まった。

愛し合う師弟による凄絶な死闘は、果たして。

「破ッッ！」

「いぎッ!?」

師匠が、ライナの胴を斬り裂く。

しかし、彼女の中にも迷いがあったのか。踏み込みがやや、浅かった。

ゆえに両断するところまではいかず、重傷を負ったライナは、逃げるように駆け出した。

「退《ひ》かせはしない……！　ここで仕留める……！」

悲痛な覚悟を瞳に宿し、彼女もまた地面を蹴った。

離れていく。離れていく。市街に激烈な戦痕を刻み付けながら、二人が離れていく。

「う、あ……！」

起き上がった。どうにか片足で立ち、平衡感覚を強く意識して、移動する。

二人を追いすがるその道中は、まさに。

自らの罪を、まざまざと見せ付けられるようなものだった。

「おか、かか、母、さぁあああああん」

娘だったモノが、母を生きたまま貪り食う姿。

「ひひ、ひ、ひひ、ボール遊び、楽しい、なぁああああああ」

兄の首を引き千切って、玩具《おもちゃ》のように転がす、弟だったモノの姿。

「……俺は、なんてことを」

彼等を魔へと変えたのは、夜行殺《ナイト・ウォーカー》ではない。

ライナが、そうしたのだ。ライナが、この地獄を創ったのだ。

しかし……そんなことになってしまった元凶は、この俺だ。

「師匠……！　ライナ……！」

彷徨《さまよ》う。二人の姿を、探しながら。

やがて俺は、そこへと辿《たど》り着いた。

聖都中央広場。そこで、ライナは。

「不思議、だなぁ。何もかも憎らしく見えて、仕方が、ねぇや」

ヒトも、魔も、関係なく、殺して殺して殺して殺して、殺し続けていた。

「………俺、は」

虐殺を愉しみ、ゲラゲラと笑う兄弟子。

その全てが自分の弱さによるものだと、そう思ったら。

立っていられなくなった。

「あぁ、相棒。そこに居たのか」

座り込んだ俺へと目を向けて、ライナが叫ぶ。

「ジッとして逃げろよッ！　今、殺したくないッ！」

双剣を握り締めながら、駆けてくる。

動けなかった。何もする気になれなかった。

──そんな、俺の前に。

「やめろ、ライナッ！」

あのヒトが。師匠が。庇《かば》うように、立って。

次の瞬間――ライナが振るった刃《やいば》が、彼女の体を真っ二つに、両断した。

「…………えっ」

呆《ほう》けたような声は、俺の口から出たものであると同時に。

ライナの口から出たものでも、あった。

「師匠《せんせい》……」

あいつは、無惨《むざん》な姿となった師を、見つめながら。

「ハッ、ハハッ、ハハハハハハッ！　あ、あんた、が！　もっと早く、来てくれて、たら！　い、妹は！　ハハ！　ハハ、ハ、ハ…………ぁ……ぁあ…………ぁああ…………あああああああああああああああああああああああああああああああああああッッ！」

泣いていた。ただ、ひたすらに。泣き喚《わめ》いていた。

感情が一色に染め尽くされる。ライナの貌《かお》に、悲哀だけが宿る。

あいつは、そのとき、純白の翼を展開し、

「なぁ、相棒」

白い羽根を、撒《ま》きながら、

「頼むよ」

その言葉を。

誓いの言葉を。

約束の言葉を。

呪いの、言葉を。

我が魂に、刻み付けた。

「次に会ったら、そのときは──お前が、オレを、殺してくれ」

白き翼が羽ばたく。灰色の空へと、飛翔《ひしょう》する。

間もなくして、あいつの姿は完全に消え失《う》せ……

それからすぐ。

「全部、私の、せいだ……」

胴を二つに分断された、師の口から、声が漏れた。

「ッ！　師匠ッ！」

俺はがむしゃらに地面を這いながら、彼女のもとへ参じた。

師の顔は青白く、そこに普段の覇気はない。

もはや彼女は、《救世》の勇者ではなかった。

自らの悲劇を嘆く、か弱い女でしか、なかった。

「レオン……ライナ……私が、君達を……」

「違う！　貴女《あなた》のせいじゃない！　俺が！　俺があいつを！」

何度も何度も何度も。呼びかけ続けた。

けれど、師の虚《うつ》ろな瞳は我が姿を映すことなく。魚のように、ぱくぱくと、口を開閉し……

「ごめん、なさい……ごめんな、さい……ごめ、ん、なさ…………」

一筋の涙を流し、悲嘆と後悔に、塗《まみ》れながら。

俺の師は。俺の母は。

俺が愛した、誰よりも美しい人間は。

まるで、地に打ち捨てられたガラクタのように、息を引き取った。

「……どうして」

師の亡骸《なきがら》を前に、漏れ出た声は。

懺悔《ざんげ》であり、後悔であり、そして――己が弱さに対する、憎悪だった。

「どうして、俺は」

脳裏に浮かび上がる。

二人と過ごした日々が。二人との思い出が。

二人への、感情が。

『今日からお前は、レオン・クロスハートだ』

ライナと師匠。彼等《かれら》の名を、半分ずつ分けてもらって、付けられた名前。

俺達の絆《きずな》は永遠だと、それを証するモノ。
『君を弟子にして良かったよ、レオン』
与えてくれた。二人は本当に、多くのモノを、与えてくれた。
名前を。存在意義を。ヒトとしての情を。居場所を。
なのに。それ、なのに。
〝君は二人のことを、愛してなどいなかったのさ〟
夜行殺《ナイト・ウォーカー》の声が頭に響いた瞬間。
俺の中で、何かが壊れた。
「あ、ああ、あああ……」
震える。全身が、勝手に。
だが、涙は流れなかった。流すことが、出来なかった。
この、屍人《しびと》の貌は、こんなときも、決して。
決して、動いてはくれなかった。
「あ、ああ、あああ……ぁああああああああああああああッッ！」
涙を伴わぬ慟哭《どうこく》。それはきっと、罰なのだろう。
愚かな屍人《しびと》への、罰なのだろう。
お前には涙を流す資格さえ、ないのだと。

「うあ、ああ、ああああああああああああああああああああッ！」

俺は喚いた。

地獄の中で、叫び続けた。

哀《かな》しみを。そして、怒りを。

自分自身への、呪詛《じゅそ》を。


――師匠は俺《おまえ》にとって、かけがえのない女性《ヒト》だったのに。

――ライナは俺《おまえ》にとって、かけがえのない兄《とも》だったのに。

――なぜ、命を惜しんだ？

――そんなザマで、よくも言えたな。二人のことを守る、などと。

――俺《おまえ》の身勝手が、俺《おまえ》の弱さが、こんな結末をもたらしたのだ。

――師と兄弟子は必要な存在だった。俺《おまえ》にとって。世界にとって。

――だが俺《おまえ》は違う。俺《おまえ》の命には、なんの価値もない。

――こんな醜いバケモノが。弱き愚者が。どうして残った？

――あのとき、俺《おまえ》が。


「俺《おまえ》が、死ぬべきだった……！」

呻《うめ》くように吐き捨てて、地面に転がった聖剣へと目をやる。
あの刀身で己の喉を貫けば、きっと楽になれるだろう。
こんな愚かなバケモノは、この世に存在していてはならない。
——だが。それでもまだ、死ぬわけにはいかなかった。
ここで死ぬのは、それこそ、裏切りだ。
「ライナ……」
魔へと堕《お》ちたあいつが。魔へと堕としてしまったあいつが。
今もどこかで、泣いている。殺してくれと叫びながら、泣き喚いている。
そんな姿を想《おも》うと、俺は。
「……赦《ゆる》されない。逃避することは、赦されない」
死への渇望《かつぼう》を胸の奥へ仕舞い込みながら、決意した。
兄弟子を。
親友を。
ライナを。
「救い、出さねば……」
遙《はる》か彼方《かなた》。稜線《りょうせん》の向こう側で、太陽が沈んでいく。

そんな光景は、まるで。

——屍人《おれ》の夢が終わったことを、暗示しているかのようだった。

EPISODE V

煌めく奇跡と、哀しみが終わる場所

Only I know the Ghoul saved the world

──言いたかったことがある。

──言えなかったことがある。

──やりたかったことが。出来なかったことが。してやれなかったことが。

──まだまだ、たくさん、あるのに。

──もう、矛盾の中で藻掻《もが》くことしか出来ない。

──自分が自分でいられる時間は、あと僅か。

──それならせめて、あいつに一つだけ、伝えたい。

──なぁ、相棒。

──オレは、お前のことを。


澄み切った青い空の下で。

ラインハルト・クロスラインは、息を唸《うな》らせた。

「ここは、さ。ガキの頃の夢だったんだよ」

豪邸が建ち並ぶ上流階級の領域――聖都中央、二番街。その一角にて、彼は語り続けた。

「妹を、レミィを、幸せにしてやりたかったってのもある。でもそれと同じぐらい……自分の今と過去が、憎らしかった。ある日突然、親を殺されて。住む場所も失って。なんにも持ってねぇ小汚いガキのまま終わるだなんて、絶対に嫌だと、そう思ってた」

紫色の瞳が、ヒトと魔の心が溶け合ったそれが、目前の屋敷を映す。

「妹が死んだ後も、その野心は蟠《わだかま》りになって、オレの中に残り続けた。だから……冒険者として一端《いっぱし》になった頃、この屋敷を買ったんだ。贅沢《ぜいたく》な暮らしがしたかったんじゃない。オレは、決着をつけたかったんだよ。過去を完全に振り払って、前に進む。そのための儀式だった。

……この屋敷に対する認識は初め、そんな程度に過ぎなかったんだが」

目を細め、口元を笑ませながら。

ラインハルトはあの頃の、煌めきに満ちた情景を、思い浮かべた。

「……楽しかったなぁ。ここでの生活は。親友と馬鹿やって。師匠《せんせい》に怒られて。そんな日々を過ごしてたら、いつの間にか、ここはオレの居場所になってた」

黄金のように美しい思い出は、しかし――

今、心に満ちた憎悪《ぞうお》を消し去るようなものでは、ない。

だからこそ。

全てを破壊するために、ここへ来たのだ。

「……不思議なもんだよなぁ。あれだけ尊く思ってたモノ全てが、今は濁って見える」

そしてラインハルトは、周囲を見回した。

地獄絵図。そのように表すべき光景が、辺り一面に広がっている。

屍人《グール》へと変わった住民達がヒトを襲い、陵辱し、喰《く》らう。

絶え間ない悲鳴。終わらぬ悲劇。それでも――天を見上げれば、空は青く澄んでいて。

懐《なつ》かしさが、込み上げてくる。

「いつもそうだった。大事な日はいつも、こんな青い空が広がってた。親が殺された日も。妹が死んだ日も。初めて、師匠《せんせい》に褒められた日も。そして――」

鳴り響く。

一発の銃声が、鳴り響く。

感情を斬り裂くようなそれは。

過去を砕くようなそれは。

あの男がやって来たことの、証《あかし》だった。

「――なぁ、覚えてるか？　お前と出会ったあの日も、こんな青い空が広がってたよな、相棒」

ラインハルトの世界から、情報が失われていく。

聖都に対する憎悪。人々に対する殺意。過去に起因する感情の全てが消え去り……

最後にただ一つ、屍人《おとうと》の存在だけが残った。

紫の瞳が、紅《あか》い瞳を捉えて離さない。

紅い瞳が、紫の瞳を捉えて離さない。

彼《かれ》の世界に残っているのもまた、かつての親友《ラインハルト》に対する想いだけだった。

あの日から四年。千の夜を越え、生き地獄のような日々を経て、遂《つい》に――

レオン・クロスハートは、宣言する。


「――友よ。約束を果たしに来たぞ」


彷徨《さまよ》う屍《しかばね》が辿《たど》り着いた、最終到達地点《ゴール・ポイント》。己《おの》が罪と哀しみが、終わる場所。

それを見据えるレオンの昏《くら》い瞳には、しかし、一片の曇りもない。

一切の迷いなく、一切の矛盾なく、兄弟子の魂を天へと送る。

ただそれだけのために、この愚かな屍人《しびと》は、苦痛《いたみ》を積み重ねてきたのだ。

「ハッ！　準備万端って感じだが……何事にも順序ってモンがある。そうだろ、相棒？　リベンジマッチがしたいなら、まずは前座を倒さなくちゃあな」

パチンと、ラインハルトが指を鳴らした、その瞬間、激烈な破壊音が鳴り響く。

膨大な屍人《グール》達が周囲に並ぶ建物のドアを、壁を、窓を破って、一気呵成《いっきかせい》に襲い掛かってきた。

既に周辺一帯の住民は総じて《魔物》へと変えられており……その数は、千や二千ではない。
この圧倒的な物量を単身で覆《くつがえ》すなど、レオンには不可能だった。
そう、かつての彼ならば、この状況に陥った時点で詰みとなっていた。
濁流に呑《の》まれた子犬のように、畏怖を抱きながら、無様な末路を迎えていただろう。
しかし、今は。
――それを証明すべく、動作する。
四方八方から大群が迫る中、レオンは両翼を展開するかの如《ごと》く、左右の腕を上げて、
「鋼武術式《こうぶじゅつしき》――――二重展開」
刹那。彼の左腕《さわん》、右腕《うわん》が共に蠢《うごめ》き、ダークコートの袖を突き破った。
第参《さん》魔装：殺戮者の走牙《スラッシャー・バイト》。
無数の刃を集積させて創り出したその大蛇は、元来ならば単独で躍動するもの。
だがこのとき、創造されし大蛇は、二匹。
右腕だけでなく、左腕までもが、そのように変じていた。
そして巨大なる双蛇は長年連れ添った番《つがい》の如く、左右で同じ軌道を描き――
何千何万もの屍人《グール》達を、喰らい尽くす。
後に残ったのは、腐った肉汁と、鈍い煌めきを放つ《生証石》のみであった。
「へぇ。どうやらオレの言葉は、思った以上にお前の心を打ったらしいな」

元の状態へと戻った左右の腕。屍人《しびと》のそれを見つめながら、ラインハルトは笑った。

「残った手足まで切断するたぁ、並々ならぬ決意じゃねぇか。ええ？　相棒よ」

四年前、片手片足を失ったがゆえに得た、自分だけの個性《オリジナル》。

レオンが有する力は全てがそれだ。喪失によってしか、屍人《しびと》は強さを得られない。

だから――全てを捨てたのだ。

憎き己は、もう居ない。何もかもを失ったがゆえに。

弱き己は、もう居ない。愛を捨て去ったがために。

レオン・クロスハートは今、心身共に完璧な状態に在った。

「オーケイ、オーケイ。前座は終わりだ。ここまでのモン見せられちゃあ、ふんぞり返ってるわけにゃあいかねぇよな」

鋼の剣を握る右手に、力を込めながら。

「つ～かよ、久しぶりじゃね？　オレ達が一対一《サシ》でやり合うの。そう思うと、なんだか感慨深いよな。……ま、それはさておいて」

軽い調子で、穏やかな笑みさえ浮かべつつ。

「一二八八戦、一二八八勝、無敗。このレコード、今回も守らせてもらう……ゼッ！」

踏み込む。

凄《すさ》まじい膂力《りょりょく》が大地に爪痕を残し、土塊《つちくれ》が無数に天へと舞い上がった。

それらが落下を始める頃には既に、ラインハルトはレオンのすぐ間近まで迫り――

鋭い一撃を繰り出す。

獰猛《どうもう》な軌道を描いて殺到する刃《やいば》は、やはり以前までのレオンでは躱《かわ》し切れぬものだった。

左の義足は鋼武術式を展開する都合上、重量超過となり、思うがままの躍動を妨げてしまうような造りとなっていた。ゆえに普段、左のそれを引きずって歩かざるをえず、疾走することも出来ない。そうした事情もあって、積極的な近接戦闘は非推奨とされていた。

しかし現在。右の足を切断し、鐵《くろがね》のそれへ替えたことにより、事情は一変。

これまで一本の義足が負担していた役割を二本で分割負担する形へと変更したことにより、レオンはかつて失った軽やかな体捌《さば》きを取り戻していた。

スムーズなサイドステップ。紙一重のタイミングで横へ跳び、刃を回避する。

「ハハッ！　切り落とした甲斐《かい》があったな、相棒ッ！」

避けられてなおラインハルトの余裕は消えなかった。

そんな彼の思考に応ずるように。

つい先刻、踏み込んだ際に天へと舞った土塊が、虚空《こくう》にて無数の刃へと変化。

布石は既に、打たれていたのだ。

「着地の瞬間を狙ったら、さて、どうなるかな？」

轟然《ごうぜん》と唸り声を上げて、抜き身の刃達がレオンのもとへ殺到する。

視界を埋め尽くすそれは着地狩りを狙ったもの。次の行動に出るまで一瞬のタイムラグが発生する、このタイミング。常人であれば針山になるのが当然の帰結、ではあるが。

「噴射機構《ブースター》・発動《オン》」

ほんの数瞬後には死が待ち受けるという、そんな状況で。

レオンの声に、全身が応えた。

両脚部の装甲が一部展開。次いで背部より管状の器官が無数に伸びて、ダークコートを突き破る。果たして、迫り来る刃の切っ先が彼の肌に触れた、そのとき。

「――――加速《アクセル》」

管から超高熱が噴射され、一切のタイムラグを伴うことなく、レオンの総身を真横へと運ぶ。

膨大な刃の群れは標的を見失い、ことごとくが空転。

地面に突き立ったそれは土塊へと戻り、大地の一部へと還《かえ》った。

「……ハハッ、マジか相棒。そこまでやったのかよ」

少しばかりの驚きと、強烈な喜悦を混ぜ合わせながら、ラインハルトは笑った。

「まさか、オレのために体ん中まで改造するなんてな」

紫色の瞳が、すぅっと細くなる。レオンの皮膚と肉を透かし見て、中身を検《あらた》めるかのように。

「ふんふん。なるほど、なるほど。心臓と最低限の骨だけ残して、ほか全部置き換えってとこか。残した骨も手を加えてるな。その管みてぇなやつが何よりの証拠だ」

口端を吊《つ》り上げながら、天使は屍人《しびと》の所業を見抜いていく。

「あとは……腸《モツ》全部抜いて、《聖源》供給機関にまるっと入れ替えてんな。お前が《聖源》を消耗する度に、そっから全身へ養分が行き渡るようになってる。具体的には………ヒトの血肉を加工して造った薬液。そうだろ、相棒？」

隠す必要もない。レオンは首肯してみせる。

「まぁ、それがいっちゃん効率いいもんな。けどよ、そんなもん体に入れちまっていいのか？お前、それだけは避けてたろ」

彼の言う通りだ。これまでレオンは一度たりとて、ヒトに由来する物質は取り込んだことがなかった。人外じみた行動を取れば、ヒトの心を失ってしまうのではないかと、そのように怖れていたからだ。しかし……もはやそんなことを思う必要は、ない。

なぜならば。

「ここが俺の終着点だ。ここより先はない。俺はお前を天へと送り、そして……」

自分の罪と親友の罪、全てを背負い、地獄へと堕《お》ちる。

ゆえにレオンは捨てたのだ。ヒトであることも。魔であることも。

もはや彼の肉体は《魔物》でさえなく。人型決戦兵器と、そのように呼ぶべき有様であった。

「終わらせる。何もかもを」

悲壮なる決意を、しかし無機質に言い放って……今度は、こちらから仕掛けた。

一直線に突き進む。それを迎え入れるように、ラインハルトは微笑《ほほえ》んで、

「真《ま》っ直《す》ぐな攻め方は嫌いじゃねぇんだが……いかんせん、意地悪したくなっちまうな」

彼を囲むように、突如、無数の氷柱が顕現する。大気に含まれる水分を凍結させて創り出したのだろう。次の瞬間には、それらがレオンの体を貫かんと奔《はし》っていた。

まさに激烈なスピード。彼の推進速度も合わせると、おそらく体感速度は実際のそれよりも遙《はる》かに速いものとなるはずだが、しかし。

「──遅い」

目に映る全てが、あまりにも鈍く感じる。

レオンの全身に、改造を受けていない部分など一カ所たりとて存在しない。

それは眼球にしても同じこと。

今、レオンの視界は任意の神経加速により、動作する全ての物体が鈍重に映っていた。

そこに加え、全身から突き出た管状の器官、即《すなわ》ち加速装置を利用したなら。

レオン・クロスハートは、森羅万象を置き去りにする。

「…………マジかよ」

ラインハルトの口からそのとき、初めて、危機感を帯びた声が放たれた。

当たらない。三六〇度、全方位から様々な物体を叩《たた》き付けようと努力しているが、そのことごとくが空を切り、なんの成果も上げられなかった。

　そしてレオンは、ついに。

「……捉えたぞ」

　ラインハルトの、すぐ目前へと、迫る。

「ハハッ」

　笑声は果たして余裕の証《あかし》か、はたまた畏怖の表れか。

　右拳を握るレオンに対し、彼は思い切り後方へと跳躍。そうして難を逃れようとするが、

「加速《アクセル》」

　離れるなら、追いつくまで。

　その目的は熱噴射を利用した超高速移動により、一瞬にして達成。

　相手の着地を、先刻の意趣返しの如く狙い澄まして――

「シッッ！」

　一撃を放つ。単なる打撃であっても、鐵の右腕《うわん》によって繰り出されたそれは、万物を砕くほどの力を秘めている。それはラインハルトの肉体とて例外ではなかった。

　拳が胴にめり込み、そのまま皮膚と肉を突き破って、彼の体を上下真っ二つに千切り飛ばす。

　いかな怪物であろうとも、この時点で決着となるのが普通。されど相手は《魔王》である。

　分かたれた胴部が互いに触手めいた何かを放ち、元の形へと戻ろうとする。

　けれども、これしきのことであれば想定の範疇《はんちゅう》。

「鋼武術式・二重展開」

改造された脳は今や、それ自体が術式起動を行うための演算装置と化していた。

ゆえに特別の集中が必要なそれでさえ、完全無詠唱での展開が可能となる。

第壱《いち》魔装：清廉なる殉教者《オール・フォー・ワン》の神威。

レオンが有する最強の切り札。その二重奏。

両手両足が蠢き、結合し、二門の巨砲を形成する。

そして――

「おいおい、容赦ねぇな」

――全力発射《フル・ブラスト》。

ラインハルトは再生の最中にあり、それで手一杯。

ゆえに、この零距離からの一撃は、不可避の必殺となる。

彼の総身は黄金色の煌《きら》めきに呑まれ、全身、一片たりとて余すところなく消し飛んだ。

「…………」

決着。と、そんな空気が流れたのは、一瞬の出来事に過ぎなかった。

「いやぁ～、危ない、危ない」

すぐ背後にて、ラインハルトの声。彼は健在な姿で、レオンへと微笑みかけていた。

全身を消してなお復活出来る、この凄まじき不死性。

だが、レオンの心は小揺るぎもしなかった。

「この程度じゃあ死なねぇよ」

「ならば死ぬまで殺すだけだ」

宣言した通りに、攻めて攻めて攻めまくる。

「鋼武術式・同時展開」

左腕で第参《さん》魔装を発動。刃の集積体を繰り出し、撹乱《かくらん》する。そうして創り出した隙を突く形で、右腕の第四魔装……猛毒を含んだ槍《やり》を、天使《ラインハルト》の胸へと突き刺した。

「うげっ⁉　お、ご、ご…………おい！　毒はダメだろ！　無駄に痛ぇだけで効果ねぇっつ〜の！　悪趣味だぞ、悪趣味！」

超高熱のような単純明快な攻撃も効かず、毒のような搦《から》め手も通じない。

なんと凄まじき不死性か。そこに加えて、ラインハルトの戦力は尽きることがない。周囲に液体、固体、気体……なんらかの物質が存在する限り、異能を発動し続けることが出来る。

その一方で、レオンにはもう時間が残されていなかった。

（……始まったか。肉体の、崩壊が）

ダークコートに隠れた彼の腹筋。その一部が溶け始めた。

彼が振るう力は、屍人《グール》の肉体規格からあまりにも外れ過ぎている。

凄まじいパワーを行使したなら、それ相応の負荷が発生するものだ。以前までの状態であれば、特に問題のない負荷でしかなかったが……現在のそれは、度が過ぎている。

(もはや、この肉体は一〇分と保《も》つまい。だが、ここまで来たなら)

計画は、順調に進んでいた。

激しく攻め立て、二番街の只中《ただなか》を移動しつつ、戦闘行動を継続する。

この一戦が開幕した屋敷の前から、もう大分離れたところまで来ていた。

(あとは、この道路を抜ければ……!)

多くの住宅が密集する、狭いエリアへと到達。

この場への誘導こそが計画の最終目標。即ち――

決着の時、来たれり。

件《くだん》のエリアへと足を踏み入れると同時に、彼等が仕事を全うすべく動いた。

凄腕《すごうで》の聖堂騎士、二四名。教会の命を受けて遣わされた彼等の実力は、その誰もが勇者級。

彼等はレオンがここへ到達する前の段階から住宅の内部、あるいは路地の只中に潜み、瞑想《めいそう》と事前詠唱を繰り返すことで己《おの》が精神を研ぎ澄ませていた。

――全ては、この一瞬のために。

「主の怨敵を薪《まき》にくべよ」

住宅の室内から。路地の中央から。

二四名が寸分違《たが》わぬタイミングで、一息に詠唱を放った。

その直後。ラインハルトの周囲に、彼等と同数の幾何学模様が顕現する。

「へぇ……」

反応を見せはしたが、しかし、状況への対処は叶《かな》わなかった。

幾何学模様から鎖が放たれ、彼の総身を瞬《また》く間に拘束する。

これは教会が秘匿・独占している特別な《神秘》の一つだ。強大な《魔物》をあえて生け捕るために編み出されたこの業は、拘束力という一点において他の追随を許さない。

それを二四人分、纏《まと》めて受けたなら、たとえラインハルトといえども。

「……こりゃすげぇや」

指一本、動かせまい。そうした様相を目にしながら、レオンは踏み込んだ。

その目的は――自爆。

大地を蹴りながら、レオンは自らの脇腹へと意識をやった。

そこにはエミリア手製の爆弾が埋め込まれている。これに《聖源》を流し込み、起爆させたなら、おそらくはラインハルトの不死性をも貫通し、彼を死へと誘《いざな》うだろう。

あと三歩で、爆弾の効果範囲内へと入る。

起爆すれば当然、レオンも死へと至るが……恐怖など微塵《みじん》もなかった。

自暴自棄の想《おも》いだけが、胸の内を支配している。

あと二歩。淀《よど》みない足取りで、レオンは終着点へと向かう。

あと一歩。あらゆる思考が失われ、起爆の意思のみが残る。
そして——有効射程圏内へと、到達。
脇腹に神経を集中させ、《聖源》を流し込む、直前。

〝……よ……う……〟

脳内に突如として響いたそれが、レオンの行動を妨げた。
時間にして、コンマ数秒程度の硬直。ほんの一瞬の隙。
日常生活においては認識も出来ぬほどの刹那だが、しかし。
この正念場に在っては、まさしく致命的な空白であった。
「ちょいと想定外」
無限に引き延ばされた、永い永い一瞬の只中。
ラインハルトを縛り上げていた二四本の鎖が、弾《はじ》けるように千切れ飛んだ。
驚く暇もなく、次々と新たな展開がやってくる。
脇腹に違和感。何か鋭利な物で、そこが刳《く》り抜かれていた。
白翼《はくよく》だ。彼の背部から伸びた三対のうち一対が、レオンの脇腹を穿《うが》ったのだ。

そのことを認識した頃には既に、何もかもが、台無しになっていた。

純白の閃光《せんこう》が視界を埋め尽くす。

気付けばレオンは、地面に倒れ込んでいた。前後の記憶がない。三対の翼が羽ばたくように動作した、その瞬間だけが脳裏に焼き付いている。

わけもわからぬままに、レオンは死の直前にまで追い込まれ――

周囲一帯、ことごとくが消え失《う》せていた。

聖都の只中に広々とした無の空間が出来上がっている。そこに在るのは地面のみ。その上に立っていたモノは、もはやこの世のどこにもない。……ただ、二人の存在を除けば。

「オレを街の中に入れちまった時点で、お前等《まえら》の策略は終わってたんだよ」

足下に転がった屍人《しびと》の姿を見つめながら、ラインハルトは断言する。

こうした市街地戦になったとき、教会が打てる手立ては一つだけだと。

「あいつらにとっちゃ、市街地でまともに運用出来る最強戦力といえば、お前しか居ねぇ。だから必然的に討伐計画の中核はお前になる。となりゃ、あとはもう簡単だ。どういう過程を踏んで、どういう結果を求めるか。読み切ることは造作もない」

実際、このザマだ。計画は最後の詰めを誤り、失敗に終わった。

もはや誰も、ラインハルトの凶行を止めることは叶わない。

（なぜ、こんな）

自問に対する答えが、見出《みいだ》せない。

あのとき、どうして、迷ってしまったんだ。

怖《お》じ気《け》はなかった。胸中にあったのは、己が命を擲《なげう》つという覚悟だけ。

なのに、どうして。

……それはラインハルトにとっても意外な行動として映っていたらしい。

「お前の自爆を防ぐタイミングは、本当にギリッギリになるんじゃねぇかと、そう思ってたんだが……まっさかこの期《ご》に及んで、迷っちまうなんてな」

ラインハルトの唇が笑みの形に歪《ゆが》む。そこには幾分かの嘲りが含まれていた。

「まぁ、納得がいかねぇってわけでもない。この四年間、お前の心には親友を救うという使命感だけでなく、自己嫌悪《けんお》もまた積み重なってたのさ。それが土壇場《どたんば》になって心を支配した。自分みたいな裏切り者が、親友を殺してもいいのか、ってな」

そうかもしれない。

ラインハルトがこんなふうになってしまったのは俺のせいだ。だからこそ、俺があいつを殺して、救わねばならないのだと、そのように考える一方で……たとえ殺すことが救済であったとしても、それは罪なのではないかと、そんなふうに思う自分も居た。

「使命と権利ってのは別物だ。そうだろ、相棒?」

ラインハルトを殺し、その名誉を守るのは、自分に課せられた使命だ。しかし……そもそも、こんなことになってしまった元凶である自分に、彼を殺す権利があるのか？

そんな自問自答は終《つい》ぞ決着を迎えることなく、今日《こんにち》まで至ってしまった。

きっとそれが、現状に繋《つな》がったのだろう。

「お前はさ、結局のところ、赦《ゆる》されたかっただけなんだよ。オレの魂を救済することで、自分の罪を帳消しにしたかった。それがお前の本心だ」

言葉を重ねていく。その度に、ラインハルトの顔から、情念の色が抜け落ちていった。

「オレを守れなかったことへの後悔が崇高な使命に変わった……なんてことはなく。お前はただ、ずっとずっと、求めていただけなんだよ。オレからの赦しを、な」

冷たい眼差《まなざ》しを向けながら、かつての弟分を見下ろして。

吐き捨てるように、言葉を紡《つむ》ぐ。

「お前は身勝手だ。自分のことしか考えてない。オレを殺そうと決意したのも、贖罪《しょくざい》のためじゃなくて、ただの自慰行為でしかなかった。救済の意志なんて、何一つなかったんだ」

ラインハルトの手元に一振りの剣が生じた。しかし、まだ振り下ろすようなことはしない。

先に振るわれたのは、言葉の刃だった。

「お前みたいな奴を弟のように思ってたなんて、今は恥ずかしくて仕方がない」

もはやレオンは、指一本さえ動かせなかった。
赦される資格はない。救う資格も、ない。
あの日、二人を守ることが出来なかった時点で、俺はあらゆる権利を失ったのだろう。
残っているのは、ただ一つ。
かつての親友が振るう刃を受け、彼の溜飲《りゅういん》を下げてもらう。たった、それだけだ。
「じゃあな、相棒」
レオンは瞼《まぶた》を閉じ……これから起こる全てを受け入れようとした。
頭上にて、僅かに空気が揺れる音。ラインハルトが剣を振り上げたのだろう。
きっと次の瞬間には、もう。
〝しょうがねぇ奴だなぁ、お前は〟
〝手間のかかる子供の方が、むしろ可愛《かわい》らしいものさ〟
死を受け入れた途端、脳裏に映像が浮かび上がってきた。
走馬燈《そうまとう》というやつだろう。
最後の最後まで、神は俺を苦しめるのか。
〝一度しか言わねぇぞ。…………ありがとな、相棒〟
〝ふふ。こんなに照れてるライナを見るのは、いつ以来かな〟
幸福だった。二人と過ごした時間のほとんどが、幸福な思い出だった。

……それを俺は、自分の手で壊したのだ。
追憶は常に、苦痛だけをもたらしてくる。
だから、死ぬのならばせめて一切の情念なく、虚無と共に逝《ゆ》きたかった。
けれども神は、そんな甘えを、赦してはくれなかった。
〝外野がなんて言おうが、どうだっていいだろ〟
〝そうだよ、レオン。君は屍人《グール》である以前に、私達の家族《ファミリィ》なんだから〟
やめてくれ。
もう、やめてくれ。
早く。
早く、殺して――
〝し……ょ……う〟
――声が。
頭の中に、誰かの声が、響いた。
まともに聞き取れない、小さな小さなそれが、次第に大きくなる。
やがてその声が、愛する二人との記憶を掻《か》き消して。

死への渇望《かつぼう》さえも、吹き飛ばそうとする。
果たして、その声は。

〝師匠っ！〟

アリス。アリス・キャンベル。
彼女の声が。彼女の笑顔が。
捨て去ったはずの想いが。
過去を、塗り替えていく。
〝わたしは、あなたに――〟
〝君の身の上話など、なんの興味もない〟
最初はただ、迷惑なだけだった。この身から早急に離さねばと、そう思っていた。
しかし……
〝……汚れるぞ〟
〝かまいません〟
この娘はあまりにも、他の人間とは違っていて。
まるで暗闇の中に射《さ》し込んだ、一筋の光明のようだった。

だからこそ。俺は、彼女を突き放さねばならなかったのだ。
アリスという名の救いに縋《すが》る権利など、俺にはない。
離れ離れになるのが互いのためだと、そう考えていた。
……相手の感情など、慮《おもんぱか》ることなく。
〝わたしを、捨てないで……！〟
彼女もまた、ある意味で、俺の罪そのものだった。
アリスにとっての俺は、救済者であると同時に、母を奪った仇《かたき》でもある。
あのとき、むしろ母と共に死なせてやった方が、よほど幸せだったのかもしれない。
それもあって、俺はアリスという存在を受け入れた。
彼女の母に代わり、この娘を誰よりも幸せにすることが、我が贖罪なのだと。
そんな言い訳に、俺は身を委ねたのだ。
己《おの》が弱さを受け入れた後の生活は、実に穏やかで。
この屍人《しびと》にとって、久方ぶりの。
…………あぁ、そうか。だから、俺は。
自覚すると同時に、声が溢《あふ》れてくる。
〝あ、あの人は、バケモノなんかじゃ、ない！〟
〝離れません。絶対に〟

〝……今回も、わたし、師匠のお荷物になってしまいましたね〟

〝わ、わたしが、あなたの心を癒やすような存在になれればなって、そう、思っています〟

頭の中が、アリスで一杯になる。

──その、瞬間。


「死にたく、ない」


不意に漏れた言葉は、紛れもなく。

この愚かな屍人《しびと》が、終ぞ気付かなかった真実。

先刻、自爆に失敗した理由。

──捨て去ってなど、いなかったのだ。

──捨てることなど、出来なかったのだ。

アリスへの親心を。アリスへの執着を。アリスへの愛情を。

だから、失敗した。兄弟子を、救《殺せ》えなかった。

アリス・キャンベルという希望《きらめき》が、残っていたから。

今も、まだ。

「嫌、だ……死にたくない……死にたく、ない……」

無様に、みっともなく、命乞いをする。

それを恥とも思わない。嫌悪感など寸毫《すんごう》もない。

それほどに、俺の中で、彼女の存在は大きくなっていたのか。

……俺は常々、夢から覚めてしまったのだと、そう思っていた。

二度と夢など見れないのだと、そう思ってもいた。

けれど、違ったんだ。

いつの間にか、気付かぬうちに、俺は夢を見ていた。

アリスという未練《ゆめ》を、見ていた。

「まだ、俺は……！」

あの娘の傍《そば》に居たい。あの娘の成長が見たい。あの娘が成《な》すことを見たい。

あの娘の笑顔が、見たい。

たとえそれが赦されざる願いだとしても、そんなことはどうでもいい。

俺は、アリスが。

アリスのことが。

「いいね、相棒。すごくいい」

ラインハルトの声に、嗜虐心《しぎゃくしん》が満ちた。

「味気ねぇと思ってたんだ。このまま殺して終わりだなんて。けど……この土壇場になってお前は、オレの欲求を叶《かな》えてくれた。ありがとう。本当にありがとう」

唇にもまた、凄絶な情念を宿し、ラインハルトは、

「ずっと妄想してたんだ。――――命乞いをするお前をッ！　殺す瞬間をなぁッッ！」

刃《やいば》がやって来る。

死がやって来る。

抗《あらが》う術《すべ》は、我が手にはない。

だが――――そのとき。

「師ぃいいい匠ぉおおおおおおおおおおおおおおおおおおッッ！」

雄叫《おたけ》び。

その声は、幻聴ではない。

その声は、間違いなく。

「……アリス」

呼び声に応えるかのように、次の瞬間、鋭い音色が耳朶《じだ》を叩《たた》いた。

その正体は、一直線に飛来する純白の弓矢。

大気の悲鳴を響かせながら奔《はし》るそれは、すんでのタイミングでラインハルトの右手を貫通。

握り締め、振り下ろしていた剣が、あらぬ方へと飛んでいく。

「……おい。ざけんなよ。おい」

天使《ラインハルト》の口から怒気が漏れる。しかしそれは、屍人《レオン》の抹殺を邪魔されたから、ではない。

彼の視線を追う形で、レオンもまた目をそちらへ向け……

ラインハルトが抱く激情の所以《ゆえん》を、知る。

こちらへと驀進《ばくしん》する小さなそれは、おそらくアリスであろう。

断言出来ない理由は、彼女が今、真紅の鎧に覆われているからだ。

アレは、間違いない。

かつて師《クレア》が用いていた専用装備。

彼女の死後、手にする資格無しと判断したレオンが――エミリア、へと、預けたものだった。

「馬の骨如《ごと》きがッ……！　そいつをッ……！」

接近。接近。接近。

純白の弓を双剣へと変えて、アリスが接近する。

そして彼女がラインハルトを刃圏へと捉えた、その瞬間。

「師匠《せんせい》の形見をッ！　勝手に使ってんじゃねぇえええええええええええッッ！」

怒気を爆発させ、殺傷行動へと移る。それはあまりにも乱暴な斬撃であった。再生した右手だけでなく、左手にも銀色の剣を握り、迫り来たアリスへと振るう。

荒々しい攻勢であるが、しかし、並の新人冒険者が回避出来るような代物ではない。

それは先代の《救世》が愛用していた装備を用いても……いや、用いているからこそ、残酷な末路を辿《たど》るという運命は覆《くつがえ》せない、はずだった。

が、そのとき。

「こんのッ！　クソ馬鹿ぁああああああああああああッッ！」

アリスが吼《ほ》えた。

刹那、彼女の総身が激烈な速度を伴って躍動する。

誰の目にも想定外。

果たしてアリスは迫り来る一対の凶刃《きょうじん》を難なく躱《かわ》し——

返礼を見舞い、ラインハルトの両腕を斬り落としてみせた。

「チイッ……！」

本気の苛立《いらだ》ち。本気の怒り。

しかしアリスはこれに応ずることなく、彼の横を通過して、

「師匠っ！」

満身創痍《そうい》の屍人《しびと》を抱きかかえ、勢いを落とすことなく、疾走する。

その圧倒的なスピードに対し、ラインハルトは何も出来ず、

「あいつ、ぜってぇ殺す」

消えゆく背中を睨《にら》む。紫色の瞳に、刃の如き鋭さを秘めながら。

しかし。その口元に浮かぶ笑みは、果たして牙を剝《む》く獣のそれか。はたまた——

内側に在る残滓の、安堵《あんど》を表したものか。

◇◆◇

疾走の果てに辿り着いたのは、エミリアの工房であった。

しかし主人はどこにもおらず、もぬけの殻。アリスはそこへ師を運ぶと、寝台へ下ろし、

「う、ぐっ……」

片膝をついて、苦悶《くもん》を漏らす。それと同時に彼女の全身を覆っていた紅《あか》い鎧が粒子状となって消失し……左の手首に巻き付く、ブレスレットへと変わった。

「はぁっ……はぁっ…………うっ！」

喀血《かっけつ》し、噎《む》せ込む。そんな彼女に痛ましさと……奇妙な温かみを感じながら、レオンは躊躇《ためら》いがちに口を開いた。

「君も、無茶をしたものだな」

専用装備とは、伊達《だて》で付けられた名称ではない。

特にクレアのそれは、頑強なる肉体を持つ彼女だからこそ扱えたもので……

一般的な人間が用いたなら負荷に耐えられず、一歩前進することさえ叶わない。

それをアリスは、あそこまで見事に使いこなしてみせた。

とはいえ……称賛の思いよりもやはり、無茶に対する複雑な情の方が勝ってはいるが。

それも全ては自分のせいだと思うと、彼女を責めることなど出来なかった。

代わりに屍人《しびと》は、問いを投げる。現状へと至った経緯を知るために。

「……そのブレスレットは、エミリアに渡されたのか？」

未《いま》だ苦悶に喘《あえ》ぐアリスは、師の問いかけに対し、首肯だけを返した。

その様子に配慮しながら、レオンは思う。

（エミリアの心を、読み違えたか）

（彼女は俺の意を汲《く》み、アリスを生かしてくれると、そう考えていた）

（だが……エミリアは、この娘に自己を投影したのだろう）

（アリスに師のブレスレットを渡したのは、せめて共に死なせてやろうという優しさか）

（あるいは。この娘なら、別の未来を見せてくれるのではないかと、期待したか）

レオンが思索する最中。

「ふうううう……」

アリスが一度、大きく深呼吸して、立ち上がる。それから彼女はふらつきながら工房の中を進み、端っこに置かれていた箱から、革袋を取り出した。それはレオンの《聖源》を補給するための備蓄品。アリスはそれを持ち、師のもとまで行くと。

「……挿します」

革袋の先端に取り付けられた針を、レオンの首筋へと突き立てた。

その直後、僅かながらも屍人《しびと》の体内に《聖源》が戻り……再生能力が発動。

傷がゆっくりと治っていく。そして師の完治を見届けてから、アリスは地面へと倒れ込んだ。

「っ………！」

慌てて上体を起こし、ベッドから跳び下りて、彼女の体を支える。

と――

「師匠。共喰い村で、わたしがあなたに誓った言葉、覚えてますか？」

アリスが投げかけた質問に、レオンは、

「いずれ、俺の身を守れるような人間になると、そう言っていたな」

「はい。ちょっとズルい気はしますけれど……わたし、誓いを果たしましたよ、師匠」

腕の中で、微笑を向けてくる。

目一杯褒めてやりたいと、そう思った。

「アリス、君は大した奴だ。自慢の弟子だ」

「えへへへへ……」

頭を撫《な》でられて笑う娘の姿が、あまりにも愛《いと》おしくて。

だからこそレオンは、もう。

「どうあっても、離れられないのだな、俺達は」

抱きしめたアリスが、そのとき、小さな頷《うなず》きを返した。

「あなたはついさっき、ここで言いましたね。俺達の物語を終わらせよう、って。……違いますよ、師匠。それは間違ってます。だって、わたし達はまだ、これからじゃないですか」

微笑に切なさが宿る。そしてアリスは、屍人《しびと》の紅い瞳をジッと見つめながら、語り続けた。

「もっと成長したわたしを、見てほしい。もっと明るくなった師匠を、見せてほしい。わたしにはまだ、師匠と一緒に叶えたい夢があるんです。だから……まだ、これからじゃないですか。わたしと師匠の、物語は」

この言葉を、レオンは否定しなかった。

今や彼も、まったく同じ思いを抱いていたから。

「何もかもを捨てて、約束を果たそうと思っていた。だが……君のことだけは、どうしても」

遠回しながらも、己《おの》が言葉を肯定してくれた彼に、アリスは満面の笑みを向けて、

「たとえ捨てたとしても。わたしはもう、絶対に離れませんからね、師匠」

最後まで傍《そば》に居る。その意思を、レオンは受け入れた。

そのうえで。

「……ライナを討つ。君と共に」

師が導き出した結論を、アリスは肯定しながらも……その視線には疑問があった。

逃げるわけにはいかないのか、と。

しかしレオンは頭を横に振って、

「俺達には三つの選択肢がある。一つは避難所への駆け込み。もう一つは聖都からの脱出。そして最後に、ライナの討伐。……なぜ三つ目を選んだのか。順を追って説明していこう」

アリスの目を真っ直《ます》ぐに見つめ返しながら、レオンは言葉を紡《つむ》いでいく。

「避難所への駆け込みについて、だが。この場合、聖都の地下シェルターへと移動し、そこで事態の収束を祈ることになる。結論から言えば、それは悪手だ。ライナを討つことなく放置したなら、いずれあいつは地下へと攻め込むだろう。そこで俺達は、あいつと戦う羽目になる」

状況を想像した瞬間、アリスの脳裏にも、レオンと同じ言葉が浮かんだらしい。

即《すなわ》ち……敗北。二人の頭には、その二文字だけがあった。

「もし地下で交戦した場合、俺達に勝算はない。恐慌《きょうこう》状態となった民衆に足を引っ張られ、あえなく戦死。それ以外の結末は絶対にないと断言出来る」

これで一つ、選択肢が消え失《う》せた。

「続いて、聖都からの脱出、だが。これも悪手だ。よしんば出られたとしても、俺は追われる身となるだろう。任務を放棄して逃げた裏切り者を、教会が許すはずもない。さらにもう一点。ライナもまた我々の行方を追うだろう。聖都を滅ぼした後、あいつの中に残るのは俺達への殺意だけだ。よって聖都から逃亡したなら、教会とライナ、両方が敵となる」

これで二つ目の選択肢も消え去り……ただ一つだけが残った。

「ライナを討つ。そうせぬ限り、俺達に未来はない。前に進むためには過去に対する決着が必要だ。この試練を乗り越えた先にしか我々の幸福はないと、俺はそう考えている」

代案があるなら聞こう。そのように目で語ってみせたが……アリスは反論することなく、

「具体的に、どうするんですか？」

「それを話す前に一つ、質問させてくれ。……君、聖剣はどうした？」

別れ際《ぎわ》、レオンは失神したアリスに抱かせるような形で、聖剣を託したのだが。

現在、アリスの身にはどこにも、それが下げられてはいなかった。

「えっと、それが、ですね。ここで目が覚めてから、わたし、書き置きを見つけまして」

「書き置き？」

「ええ。エミリアさんがわたしに宛てたものでした。要約しますと……このブレスレットやるから、あいつを救いたきゃ勝手にやりな。でもその代わり、聖剣は貰《もら》ってくから。せいぜいあの世であいつと仲良くやりゃいいさ……みたいな感じでした」

なるほど。無理もない、か。聖剣はエミリアにとって命よりも大切な遺品だ。そして彼女からすると、アリスが目を覚まし、すぐさまレオンのもとへ駆けつけていくのは自明の理。そうした展開の末に、聖剣がこの世から失われるといった結末を予見したのだろう。

だが……あの聖剣には明確な自己意思がある。この一戦に参加するつもりだったなら、エミリアの感情など関係なく、アリスに付き従ったはずだ。

そうしなかったのは、聖剣が我々を見限ったからか？　それとも……

「いずれにせよ、聖剣の力は期待出来ないな」

「いや、エミリアさんと合流して、返してもらうって手もあるのでは？」

「その前にライナが俺達の前へ立ち塞がるだろう。おそらく、あいつも聖剣を求めているはずだ。エミリアのもとへ行こうとすれば必然、あいつとぶつかることになる」

確実を期するには、聖剣の力が必須だったのだが……こうなれば仕方あるまい。

「話を戻そう。いかにしてライナを討つのか。その具体策だが」

話し終えると同時に。

レオンは工房の隅に置かれた道具箱を漁《あさ》る。

果たして、その中には。

「……なかったらどうしようかと、内心不安ではあったが」

ある物を取り出しながら、安堵の息を吐く。

「エミリアさんは、こうなることを予期していたのでしょうか」

「いや。それはないだろう。しかし……願望は、抱いていたのかもしれないな」

自分達に残された最後の希望。それをウエストポーチへと収めてから。

レオンはアリスのことを見つめながら、言った。

「……二人で共に死ぬか、あるいは、二人で共に残るか。これはそういう策だ」

視線でアリスに問うた。覚悟はあるか、と。彼女は微笑と共に頷いて、

「先へ進みましょう。二人で、一緒に」

終幕を超えた先にある未来。一人では辿《たど》り着けぬそれも、二人でならきっと。

そんな希望を瞳に宿すアリスへ、レオンは短く一言。

「あぁ。そうだな」

そして。

「……征《ゆ》くぞ、アリス」

「はい、師匠」

工房を出て、武具販売のスペースを抜け、外へ。

アン・ブレイカブル。決して壊れぬモノ。

かつてエミリアがそう名付けた店の所以《ゆえん》は、もはやこの世のどこにもない。

だが、そうだからこそ。

二人並んで歩きながら、レオンは思う。

──この娘だけは、守ってみせる、と。

◇◆◇

「ふぅ…………こっからどうするか。迷いどころだねぇ」

レオンとアリス、二人の逃亡を許したことで、天使《ラインハルト》は怒り狂った。

己が内にて爆裂する感情を静めるべく、しばし思うがままに聖都の街並みを破壊。

そうして冷静さを取り戻すと、彼は積み重なった瓦礫《がれき》の上に座りながら、思索に耽《ふけ》った。

「あいつらを見つけ出して殺すか。それともぉ～……エミリアの方を先に見つけて、聖剣を貫うか。どっちにしよっかなぁ～～～～」

レオンの腰にはそれがなかった。あの小娘にしても同様である。

となれば現在、聖剣はエミリアの手に渡っていると考えるのが妥当であろう。

アレは師の遺品だ。ゆえに《魔物》となってなお……いや、なったからこそ、執着がある。

「う～ん、やっぱ欲しいな。あいつら殺すよりも前に」

そうした考えを補強するかの如《ごと》く、新たなアイディアも湧いてきた。

「エミリアの生首を見せてやろう。したらあいつ、メチャクチャ苦しむだろうな」

意思決定と同時に、ラインハルトは三対の白翼を展開し、天空へと飛び立った。

眼下に広がる聖都の様相はまさに地獄絵図そのもの。

屍人《グール》となった民間人が他者を襲い、その相手をも屍人《グール》へと変えていく。

母が子を喰《く》らい、男が泣き叫びながら恋人を撃ち殺し、兄妹《きょうだい》が仲良く人肉を貪る。

そんな光景にラインハルトは笑みを零《こぼ》しながら——

「あ？　なんだ、これ？」

紫色の瞳から、涙が零れた。

「おっかしいな。風圧なんか、特に感じたりは——」

言葉の途中。それを遮るように、純白の矢が飛来した。

三対の白翼、そのうちの一対が貫かれ、機能不全に陥ったが、しかしすぐさま再生。

ラインハルトは飛翔《ひしょう》を一時中断し、その場にて滞空しながら、

「熱烈なラヴコールだな。こんなもん貰ったら、予定を変更したくなっちまうだろ」

浮かべた笑みに殺意を宿し、ラインハルトはそこへ向かって推進。

その末に。

大通りの只中《ただなか》にて、二人並んで立つ彼等《かれら》の前へと、降り立った。

事前に掃除を済ませていたらしく、ここには今、三人の姿だけがある。

即ち——《救世《クレア》》の弟子と、部外者の少女一名。

ラインハルトはまず、レオンの紅《あか》い瞳を見据えながら、

「ふぅん。お前はもっと大人っぽい女が好みかと思ってたんだが、どうやらガキんちょもイケる口だったみてぇだな。そいつがお前を変えたんだろ？　相棒」

紅い瞳に宿っていた破滅願望が、綺麗《きれい》さっぱり消え失せている。

その代わりに、真逆の意思が宿っていた。

過去に決着をつけ、この娘と共に生きるのだと、そんな強い意志が、宿っていた。

「いいね相棒。そういうのは大歓迎だぜ。むしろオレは、そんなお前を殺したかったんだ」

紫色の瞳に激烈な殺意が宿る。だが、それを前にしてもなお、屍人《レオン》の心は揺るがない。

彼の弟子もまた、同様であった。

「させません……！　斃《たお》れるのは、あなたの方だッ！」

叫ぶと同時に、彼女の左手首に巻かれていた真紅のブレスレットが発光。

瞬《また》く間に、紅き鎧《よろい》がアリスの全身を覆い尽くした。

「はぁぁぁぁ。だからさぁ、それを勝手に使うなって…………言っただろうがぁッッ！」

感情の大噴火。天使の顔が真っ赤に染まると同時に、戦いの火蓋が切って落とされた。

アリスが前に出て、レオンが思い切り後退。その対面にて、ラインハルトが先制する。

「吹っ飛べ、馬鹿野郎ッッ！」

怒声を放ちながら、三対の白翼をはためかせ、純白の羽根を撒《ま》き散らす。

それがアリスのすぐ傍《そば》まで接近した、そのとき。

真っ白な閃光《せんこう》を伴った、超高熱の発生。

レオンの自爆計画が決行された際、二四名の聖堂騎士を周辺の区画ごと消し飛ばしたのは、これが原因か。無数に撒いた羽根を強力な爆発物へと変換し……起爆。そうすることで広範囲の殲滅《せんめつ》を可能とするだけでなく、単体に対する超火力の行使まで可能とする。

今回、ラインハルトが取った行動は後者。

爆発の範囲は狭いが、代わりに火力が密集する分、殺傷力は極めて高い。

およそ万物を塵《ちり》一つ残すことなく消し去るほどの桁外れな熱エネルギー。

だが、今アリスが纏《まと》う鎧は、あのクレア・レッドハートが愛用したものであり、彼女にしか使いこなせなかった専用装備である。

その尋常ならざる防御性能は、圧倒的な超高熱さえも完全に防ぎ切っていた。

もうもうと立ちこめる土煙の只中にて、一対の眼光が煌《きら》めき……そして。

「るぅあああああああああああああっ！」

灰色のベールを引き裂きながら、アリス・キャンベルが吶喊《とっかん》する。

純白の弓を双剣へと変えて、瞬時に肉薄。

「ちぇりゃあああああああああああッッ！」

気合い一閃《いっせん》。凄《すさ》まじい運動速度が、ラインハルトの反応を許さない。

彼がアリスの接近に気付いた頃、既に自身の肉体が七つのブロックに分けられていた。

「チィッ！」

再生を行いつつ、羽ばたいて空中へ。そこから一方的な空爆を浴びせんとしたが、

「だぁああありゃあああああああああああッッ！」

双剣を弓へと変え、爆速弓《きゅうしゃ》射。

紅き鎧がもたらす超高速運動を利用したそれは、一瞬にして五〇近くの矢を射出し——

「ぬぁッ……！」

天使《ラインハルト》の全身を蜂の巣へと変えていく。

まさに一方的な展開であった。ラインハルトが抱えた弱点の一つとして、身体機能の低さが挙げられる。その一点のみで言えば、カルナ・ヴィレッジで戦った大鬼人《オーガ》よりも下だ。変換や再生といった異能力が強大なだけに、そこがことさら大きな欠点として映る。

「どぉおおらぁああああああああああッッ！」

圧倒的な大攻勢。そこに返礼の隙間は皆無。よしんばそれを見出《みいだ》したとしても。

「あぁ、クソッ！　性格悪ぃんだよ、この腐れ屍人《グール》がッ！」

レオンが彼の反撃を許さない。

アリスを後方からサポートする形で、天使《ラインハルト》に銃弾を叩《たた》き込む。

彼の肉体はさほど硬質ではない。むしろ常人より少し上といったところ。

ゆえに弾丸は、十全にその効力を発揮した。

アリスが猛攻を展開し、レオンがそれをアシストする。そんな二人の狙いは、ただ一つ。

「くッ……！　《聖源》の枯渇《こかつ》だろ、相棒……！　お前の思惑はッ！」

ヒトであれ《魔物》であれ、物理法則の限界を超越した現象を起こすには《聖源》が必要不可欠。これが尽きたなら、いかに絶大な力を有していようとも意味がない。

「レグテリア・タウンでの一戦と同じか……！　工夫がねぇ奴だな、お前は……！」

しかし有効策ではある。ラインハルトは不死に近いほどの再生力を有しており、いかなるダメージも致命傷にはなりえない。が……それも無限に続くものではなかった。

《聖源》が切れてしまえば、その不死性も一時的に消失する。

そして再生を繰り返す度に《聖源》は消耗されていくため、このまま攻撃を受け続けたなら、ラインハルトはいずれ確実に再生能力を失うことになるだろう。

――――さりとて。

「それはあくまでも、オレの方が先に潰れた場合の話だ」

苦かった顔に、再び笑みが戻る。

その矢先のことだった。

「くっ、う……！」

鎧に覆われたアリスの口から苦悶《くもん》が漏れ、動作が停止する。

活動限界が訪れたのだ。この一戦が開幕してからずっと、彼女は無理をし続けていた。猛攻の最中に放たれし絶叫は気合いの表れではない。常に全身を駆け巡る激痛に堪え忍んでいたがゆえの、無意識的な行動であった。

「その鎧はエミリアが師匠《せんせい》のためだけに造ったもんだ。だから、あのヒトにしか使えねぇし……使っちゃいけねえんだよ」

天空にて、天使《ラインハルト》は頽《くずお》れるアリスを見つめながら、口元に浮かぶ笑みに鋭さを宿した。

「ボコられてる最中、ずっと考えてたんだ。相棒とお前、両方を苦しめる方法をなぁッ！」

嗜虐心《しぎゃくしん》を美貌に映しながら、天から地上へと推進する。

獰猛《どうもう》な飛翔が向かう先は、アリス……ではなく。

「こいつで終《しま》いだッ！　相棒ッッ！」

レオン。彼を先に殺してやれば、アリスは師を守れなかったことに激しい後悔と哀《かな》しみを覚えるだろう。そしてレオンもまた、苦しむアリスを目にしながら、身を裂かれるような心痛と共に地獄へ堕《お》ちることになる。それは彼等にとっては最低のバッドエンドだが……

ラインハルトにとっては、最高のハッピーエンドだった。

「師匠ッッ！」

悲痛な叫び。誰が聞いてもそのように感じるだろう。ラインハルトとて例外ではなかった。

そうだからこそ――彼等の策略が今、満願のときを迎える。

自分が計略に嵌《は》められていたということを知ったのは、全てが終わった後だった。

かつての親友へと急接近したラインハルトは、手元に一振りの剣を顕現させ、一切の容赦なく振り下ろした。

レオンの胴体が袈裟懸《けさが》けに両断される。即死はしないが、確実に致命傷となる一撃だ。
アリスの後悔とレオンの無念。それらを噛《か》み締めながら、ラインハルトは笑う……
と、そんな彼の思惑は、次の瞬間、大きく裏切られることとなった。
斜めに分割された屍人《しびと》。彼の全身がそのとき、うっすらと透き通り、そして。
亡骸《なきがら》へと変わりつつあったそれが、割断された紙片へと変わる。
「ッ……！　巻物《スクロール》ッッ……!?」
ここでようやっと、彼は相手方の策略に気がついた。
レオン達が狙っていたのは《聖源》の枯渇ではない。
現状へとラインハルトを誘導し、吃驚《きっきょう》の隙を突く。
横合いから。最高のタイミングで。
最上の、一撃を。
「眠ってくれ、ライナ」
すぐ真横。往来に繋《つな》がる、狭き路地の中心にて。
レオン・クロスハートが、それを放《ほう》り投げた。
掌《てのひら》に収まる程度の球体。その正体は。
「爆弾────」
彼の瞠目《どうもく》と、弾丸がそれを貫くのは、まったく同じタイミングの出来事だった。

東端に位置する地方には、火葬という風習があるらしい。

亡骸を火で燃やし、そこに宿る魂を天へ送るという東端の民特有の文化。

レオンが目にしている光景はまさにそれであった。

聳《そび》え立つ狭《きょう》範囲の火柱。青き天空を貫いて、どこまでも伸びていくその様子を眺めながら、レオンは祈りを捧《ささ》げる。親友の魂を天国へ導いてくれ、と。

「……これにて決着、か」

◇
◆
◇

魔へと堕ちたラインハルトを討つために造られた、エミリア手製の特殊爆弾。

その効果は二つ。膨大な熱エネルギーの発生と、結界の形成である。

およそ四年前の惨劇により、ラインハルトの能力は十分に認知されていた。

強みだけでなく、その弱点までも。

再構築と支配。

周囲に存在する物質を自在に変換し、多種多様な奇蹟《きせき》を可能とする、反則極まりない力。

これは彼の身の回りに、気体、液体、固体、なんらかの物質が存在する限り、無制限に発動が可能な力……ではあるが、決して無敵のパワーではない。

《聖源》の枯渇に伴う一時的な能力の消失。この普遍的な弱点は彼の異能にも適用される。

また、そこに加えてもう一つ。媒介が存在しない環境下においては、能力が行使出来ないという欠点があった。その情報をもとに、レオンは天使の殺し方を導き出したのだ。

条件は三つ。

完全なる無の空間を創造し、そこへ彼を閉じ込め……一瞬の高火力で以《もっ》て灼《や》き殺す。

それらを実現させるために造られたのが、エミリア手製の特殊爆弾であった。

結界の《神秘》で以て無の空間を創り、対象を閉じ込め、熱エネルギーで以て仕留める。

この爆弾は二つ製造されており、一つはレオンの肉体へと内蔵し、残り一つは予備として工房に保管されていた。もし彼の自爆作戦が失敗に終わった場合、第二の起爆法で以て、天使を討ち取る。そうした作戦が、事前に取り決められていたのだ。

「教会の指図がこの身を救うとは。なんと皮肉なことか」

爆弾に設定された起爆法は二つ。即《すなわ》ち、《聖源》の流入と衝撃の付与である。

前者は自爆。後者は遠隔操作。

教会の指図をもとに、この爆弾はそうした設計となっていた。

屍人《しびと》は自爆で死ぬ。それは良《い》い。だが、ヒトを犠牲には出来ぬと。そういった心算であろう。

ともあれ。

終わったのだ。何もかもが。

兄弟子の魂は天へと昇った。そんな目前の結末を受け止めながら、レオンは空を仰ぎ見て、

「……ライナ。俺はお前の恨みを抱えて、地の底へと堕ちるつもりだった。だが……すまない。どうしても俺は、彼女のことを」

いずれ天命が尽き、己《おの》が罪を償う瞬間が訪れるだろう。しかし、それは今ではない。

そのように考えてから、すぐ。

「し、師匠……やりました、ね……これで、わたし達は……」

声が飛んでくる。そこへ目をやると、地面に倒れ込んだアリスが苦悶を漏らしていた。

全身を覆っていた紅《あか》い鎧《よろい》は既に消失している。もし、あと一分でも無理を通していたなら、最悪の展開に繋がるところだった。

「……よくやってくれたな、アリス」

本当は幻影の巻物《スクロール》など使うことなく、二人で臨みたかったのだが……もはや彼の体は限界だった。およそ、まっとうな戦闘行動など叶《かな》わぬほどに。

その分、アリスに無理を強いてしまったことを、レオンは心から悔やんでいる。

せめて彼女を労《いたわ》ってやろうと、レオンは歩き出した。

背後にて立ち上る火柱に、最後の言葉を投げかけながら。

「たとえそれが、赦《ゆる》されざる罪だとしても。俺は前へ進む。彼女と、共に」

肩の荷が下りた。そんな気分だった。

あとはもう、アリスと共に避難区域へと落ち延びるのみ。

聖都を蹂躙《じゅうりん》する屍人《グール》の群れは、聖堂騎士や他の冒険者達によって殲滅《せんめつ》されるだろう。

「それが終わったら、アリスとレストランにでも行くか。戦勝祝いに高いモノをたらふく食わせてやろう。エミリアも来てくれたなら最高だが……さすがに、高望みか」

これからを思うと、胸中に光が満ちた。

生きることへの希望。まさかこんなものを得るときが来ようとは。

全てアリスのおかげだ。

彼女はこの屍人《しびと》にとって、今や何よりも誇らしい、最高の――

「勝手に終わらせんなよ」

嘲り声が、耳に入った、その瞬間。

レオンの胴を、白銀に煌《きら》めく流線が貫いた。

「ッ…………!?」

口元を覆っていた鉄の仮面が外れて、地面へと落ちる。

それが音を鳴らすと同時に、レオンの全身もまた、大地へと倒れ込んでいった。

「師匠ッ！」

アリスの口から、悲鳴に似た叫びが放たれる。師のもとへ参じたいという気持ちはあれども、体が言うことを聞かず、彼女はその場にて見つめることしか出来なかった。

目前に在る、最悪の光景を。

「いやぁ、想定外だったよ、本当に」

消え失《う》せた火柱の跡には、何も残らないはずだった。

だが、実際は。

「心の底から死を確信した。四年前の、あのときみたいにな」

天使《ラインハルト》は未《いま》だ、健在であった。

健在であった。

その体には傷一つ、付いてはいなかった。

「無の空間に閉じ込められたなら、能力が行使出来なくなる。それぐらいのことは知ってたんだが……昔っからオレは、感情が昂《たか》ぶると馬鹿になっちまうんだよな。そのせいで、相棒、お前の策を見抜けなかった。いや、マジで死ぬんだと、そう思ったよ。でも……」

倒れ伏したレオンを見下ろしながら、ラインハルトは口元を笑ませた。

それはまさに、勝利宣言に等しいものだった。

「灼き尽くされて死ぬって直前にな、思ったんだよ。この熱エネルギーを再生の力へ変換出来ねぇか、って。物質以外の変換なんざ、これまで一度も出来た例《ためし》がなかったんだが……師匠《せんせい》の言葉をな、思い出したんだよ。ヒトの成長とは、土壇場《どたんば》になったそのとき、諦めることなく一歩を踏み出した瞬間に訪れるもの。いやはや、まさにその通りだわ」

進化、させたのだ。魔へと堕ちたことで得た人外の力を。この土壇場で。

ラインハルト・クロスライン。

まさしく、不世出の怪物であった。

「さて。そんじゃあ、まずは」

天使の瞳は今、屍人《しびと》のことなど見てはいなかった。紫色のそれは、アリスだけを映している。

「やめ……ろ……！」

声を出すだけで精一杯。胴に穿《うが》たれた穴はあまりにも大きく……

確実に、致命傷であった。

再生能力によって治癒されつつあるが、しかし、それも途中で止まるだろう。

この負傷は、屍人《グール》に備わった力の限界を超えている。

だから……死ぬのだ。

レオン・クロスハートは、もうすぐに。

未来永劫《えいごう》、復活することのない、完全なる終わりを、迎えようとしているのだ。

「し、しょうッ……！」

アリスの顔には。アリスの目には。アリスの声には。愛する師への想《おも》いだけがあった。

逃げ延びてください。生き延びてください。なんとしてでも。

これから自分が惨《むご》たらしく殺されると、わかっていながら。

それでも彼女はレオンのことだけを、想い続けていた。

「麗《うるわ》しい師弟愛だねぇ～。すごく感動してるよ。反吐《へど》が出そうなぐらい」

やめろ。

やめてくれ。

その娘だけは、殺さないでくれ。

俺のことは、どうしたっていいから、その娘だけは。

「ライ、ナ……！」

動かない。指一本さえ。

死ぬ。死んでしまう。アリスが。弟子が。愛する少女が。

「諦めろよ、相棒。お前に出来ることはもう一つだけだ。こいつが惨《みじ》めに壊れていくさまを見つめながら、死んでいく。それだけだ」

意識が遠のいていく。

抗《あらが》うことが出来ない。

まるで削《そ》ぎ落とされるかのように、心を構築する全ての情が消え続けていた。

現状に対する悔恨と恐怖。

どうにかしたい。どうにかせねば。そんなモチベーション。

アリスに対する、愛さえも。

あぁ、これが死か。

最後にたった一つだけ、それがレオンの心に残った。

死神は常に、それだけを残して、命を刈り取るのだ。

即ち——絶望である。

どうにもならぬ運命を前にして、レオンは絶望を胸に抱き、闇へと堕《お》ちていった。

浮かび上がることは、もはや、

「どうやっ〝嫌だ〟て、殺してや〝ダメだ〟ろうかな」

もはや、ない、と。そんな土壇場を迎えた、瞬間。

「せっか〝動かせない〟く成長した〝もう指一本〟わけだし。それを使って〝抗うことが〟残酷なアートを〝出来ない〟創ってみよっかなぁ～」

天使《ラインハルト》の声に、別の音が混ざった。

「なぁ、お前〝諦めたくない〟どう〝こんなこと〟死にた〝許せるかよ〟」

音が次第に、声を塗り潰していく。

「ま〝誓ったんだ〟ど〝墓の前で〟死〝妹の夢を、叶えてやるって〟」

それは。その音は。

親友《ラインハルト》の、声だった。

「なのに、どうして。オレは、こんなことを」

泣いている。

ラインハルトが。魔性の中で煌めく、僅かな残滓《ざんし》が。

「止まれ、止まれ、止まれ……！　頼むよ……！　止まってくれよ……！」

必死に抗いながらも、抵抗叶わず、凶行へと及んでしまう。

そんな自分の有様に、涙を流している。

「ダメだ。もう、ダメだ。オレの力じゃ、もう、どうにも出来ない」

親友の嘆きが。兄弟子の哀《かな》しみが。レオンの心に、伝わってくる。

「頼む。頼むよ、相棒」

そして──


「助けてくれ……！」


友の願いが、今。

レオンの精神を究極の領域へと、導いて。

精神が肉体を、凌駕《りょうが》する。

「う、お……ぁあああああああああああああああッッ！」

溶ける。体が、溶けていく。

知ったことか。構うものか。

友が泣いているのだ。助けてくれと。

ならば限界など、容易《たやす》く踏み越えてやる。

四年前に振り払ってしまったその手を、摑《つか》むために。

「ライ、ナァアアアアアアアアアアアアアアッッ！」

銃を構える。引き金を絞る。

射撃。

反動が肩を壊した。だが、どうでもいい。

気力で銃身を支え、第二射。第三射。第四射。

「アリスを、やらせはしないッ……！」

未来への希望が、諦観を打ち砕く。

「ライナッ……！　俺は、お前をッ……！」

過去への悲哀が、畏怖を捻《ね》じ伏せる。

ここに至り、レオン・クロスハートはようやっと理解した。

勇気の、なんたるかを。

「たとえ我が身が朽ち果てようともッ！　救うことを、諦めはしないッ！」

灼熱《しゃくねつ》の想いが莫大《ばくだい》なエネルギーをもたらす。

それはまさに無限大の勇気。

四年間、積み重ねてきた絶望が。

これからに対する希望が。

今、この瞬間へと繋《つな》がっている。

「……おいおい、驚いたな」

もはや友の声は聞こえない。残滓さえ消えてしまったのか。

だが、それならば、なおさら。

「まだ戦うつもりかよ。いいね、そのみっともなさ。実にいい」

解放せねば。あの男を。無二の友を。たった一人の、兄を。

勝算の有無など、どうでもいい。

救うのだ。なんとしてでも。

「気が変わった。お前を先に殺してやるよ、相棒」

親友を。

弟子を。

救って、そして。
夢を、見るのだ。
夢を見ながら、生きるのだ。
アリスという夢を。かつて棄《す》ててしまった夢を。
新たに得たものと、引き継ぐべきだったもの。
そのために生きる。
生きるために、救う。
「ハッ！　熱意だけは立派だな、相棒。だがそれも……この一撃で、終《しま》いだ」
目前にて、天使が攻撃の姿勢に入った。
光が集束し、熱エネルギーへと換わっていく。
きっと次の瞬間には、死を迎えることになるのだろう。
俺は無念を抱えたまま、死んでいくのだろう。
……それがどうしたというのか。
諦観、畏怖、絶望。全て消し飛んだ。
在るのは決意と勇気のみ。
絶対に諦めない。
そんな想いを、嘲笑《あざわら》うかのように、

「じゃあな、相棒」

放たれる。終焉《しゅうえん》の煌《きら》めきが。

しかし、そのとき──

天空の只中《ただなか》を引き裂きながら、それが、やって来た。

漆黒。

それがレオンとラインハルト、両者の間に割って入り、放たれた閃光《せんこう》を一身に受けた。

拡散。消失。

屍人《しびと》の命を奪うはずだったそれは、なんの作用も起こすことなく、虚空《こくう》へと溶け消え、

「……おい、どういうことだよ」

ラインハルトの口から、困惑が漏れる。

その最中、突如として飛来したそれが、レオンのもとへ向かった。

聖剣・カリト＝ゲリウス。

漆黒の鞘《さや》に収まったそれが、黄金色の煌めきを放つ。

その光がレオンの全身を包み込み……致命傷を瞬《また》く間に癒やした。

「……そうか。やはり、そうだったのか」

聖剣を前にして、屍人《しびと》は全てを悟った。

カリト＝ゲリウスには明確な自己意思が宿っている。

それが何者の意思であるのか、今このとき、確信に至った。

「なんだよ、おい。そいつ《聖剣》もオレを、裏切るのかよ」

違う。

裏切りではない。

この聖剣は。

彼女は。

二人の弟子《こども》を救うために、ここへ来たのだ。

最後の肉親へ、別れを告げて。

「……妹《エミリア》はきっと、怒っているでしょうね」

語りかける。聖剣は何も応えなかったが、その中に在る彼女の意思は、どこかバツが悪そうに笑ったような気がした。

そして――

『勇気とは、燃ゆる魂の内側にて生ずるもの』

『レオン。かつての君には燃料がなかった』

『君は私達に甘えているだけの、小さな子供だったんだ』

『けれど今は違う。勇気のなんたるかを理解し、それを得た』

『ようやっと君は、真の継承者となったんだ』

『さぁ、今こそ摑《つか》め。未来への希望を』

聖剣が自ら、柄を向けてきた。

それに触れると同時に……温かい思いが、伝わってくる。

「……俺は独りぼっちになってしまったのだと、そう思っていた。独りで生き、独りで死ぬ。そういう運命だと、思っていた。だが……」

とんだ勘違いをしていた。

この屍人《しびと》は、独りではなかったのだ。

常に彼女が、傍《そば》に居てくれたのだ。

「ずっと、見守ってくれていたのですね…………師匠」

思いに応えるように、聖剣が、師が、クレア・レッドハートが、声を返してきた。

『共に征《ゆ》こう、レオン。ライナとアリス。私達の家族《ファミリィ》を、救うために』

今、満を持して。

レオンは、聖剣を抜き放った。

——瞬間、二種の閃光が迸《ほとばし》る。

一つは、ラインハルトが繰り出したもの。聖剣の行動に怒りを見せた彼は、虚空に球体状の熱源を無数に創り出し、レオンへと向かわせていた。

それに対して。

二つ目の閃光が。聖剣の刀身より放たれし煌めきが。

向かい来る死の行進を呑《の》み込んで、消し飛ばした。

「あ〜、あ〜、あ〜……！　ムカつくなぁ……！　ほんっと、お前って奴は……！」

もはや足下のアリスなど、眼中にはなかった。

ラインハルトの目は、二人だけを見据えている。

レオンと、その隣に立つ、クレアの幻影。

二人の家族《ファミリィ》だけを、見つめている。

レオンもまた、天使《まもの》の内側で苦しむ親友《ラインハルト》の姿を目にしながら、

「力をお貸しください、師匠……！　守るための力を……！　救うための、力をッッ！」

踏み込む。

一直線に。策を弄することなく。ただ勇気と決意だけを胸に秘めて。

聖剣《レオン・クロスハート》を携えた勇者が、友《あに》と弟子《こども》を救うために。

「馬鹿か、てめぇはッ！　死にに来たようなもんだぜッ！」

迎撃する天使。
その瞬間、レオンを取り囲むようにして閃光が奔《はし》り……
全方位からの一斉攻撃。
回避不能にして、防御不能の攻勢。生き延びる術《すべ》などあろうはずもない。
だが、レオンは勇者である。
勇者とは、決して諦めることなく、不可能を可能にするものだ。
『恐れず進め。君の道は、私が切り拓《ひら》く』
勇者の心に、聖剣が寄り添う。
果たして。
襲い来る閃光の数々は、聖剣が放った煌めきによって掻《か》き消された。
まるで先刻の再現。
思惑が見事に外れ、天使が憤《いきどお》る。
「チイッッ！」
左と右、両手元に鋼の剣を創り出し、その柄を砕かんばかりの力で握り締めながら。
天使は、叫んだ。
「お前がッ！　オレにッッ！　一度でも勝ったことがあるのかよぉッッッ！」
互いが互いを刃圏に捉えた、そのとき。

天使が鋭い斬撃を繰り出した。
左で首を狙ってくる。回避。
すぐさま次手。右で胴薙《どうなぎ》。剣で受ける。
刹那──
密《ひそ》やかに発動されていた異能が、レオンの背後より襲い来たる。
まさに無音の暗殺者。煌めく光線が一切の気配を絶ち、不意を打とうと接近。
自己意思によって回避することも、防御することも出来ない、完璧な騙《だま》し討ち。
だが、聖剣がそれを許さない。
一瞬の輝きが金の刃から放たれ、姑息《こそく》な一撃を消し去った。
「ッ……!?」
吃驚《きっきょう》が僅かな隙を生む。
これを突かぬ手はない。
「疾《シ》イッ！」
鋭い呼気を放ちながら、レオンが聖剣を振るう。
天使の対応、間に合わず。
その右腕が、両断された。
「ぬぁッ……！」

再生、しない。

彼の能力が、まったく機能していない。

これも聖剣が有する能力の一端だ。

カリト＝ゲリウスに備わったそれは、破壊と再生。

あらゆるものを壊し、あらゆるものを癒やす。ゆえに聖剣が断った物体は、聖剣が癒やすことを選択しなければ、元に戻ることは断じてない。

たとえ天使が規格外の再生力を有していたとしても。

失われた右腕はもはや、永遠に帰っては来ないのだ。

「く、そッ……！　忌々《いまいま》しいッッ！」

激昂《げっこう》を体現するように、荒々しい攻勢へと打って出る。

片腕となってなお、その動作は迫力に満ち、なおかつ無謬《むびゅう》であった。

抜群の天性と、かつてヒトであった頃の名残。

それらは確実に、レオンの優位を脅《おびや》かしていた。

「人剣一体……！　それが、聖剣の強みだよなぁ……！」

怒り狂いながら。獰猛《どうもう》に攻め立てながら。

天使は牙を剝《む》くように、嗤《わら》った。

「飛び道具を使ったところで、聖剣が勝手に対応しやがる。お前が躱《かわ》せないタイミングを狙って、死角からブッ放しても、そいつが邪魔をする。だからこうやって、単純な近接戦闘に臨むしかない。……だがな、相棒」

確信と共に、天使は宣言した。

「剣だけの勝負でッ！　お前がオレに勝てるわきゃねぇだろうがッッ！」

あぁ、そうだとも。

たとえ腕一本なくしていようと、なんのハンデにもなりはしない。

一二八八戦。彼とはそれだけの回数競った。

その全てで、敗北した。

特に剣での勝負は、彼の体に刀身を掠《かす》らせたことさえ皆無。

だが、それでも。

「お前は知らんだろう……！　四年分の、積み重ねを……！」

四年間、親友のことを思わなかった時はない。

おそらくは、この天使もまたそうだろう。

さりとて。

天使は果たして、積み重ねてきただろうか。

鍛錬を。経験を。実績を。

天才と凡人の差を埋めるには、四年の歳月はあまりにも短い。

けれども。

「俺にとっては、十分に過ぎるッッ！」

相手が正真正銘のラインハルトだったなら、依然として足下にも及ぶまい。

けれど今、目の前に居るこいつは天使《ラインハルト》であって兄弟子《ラインハルト》ではないのだ。

あの頃のまま停滞している、貴様のような《魔物》に、負けてたまるものかよ。

「ハッッ！」

回避し、返礼。回避し、返礼。それを繰り返す。

最初それは、まるで命中の兆《きざ》しを見せなかったが……

やがて。

「ッッ………⁉」

掠り始めた。レオンの刃が、天使の体に。

「どう、なってやがるッ……！」

天使にはわからない。現状がなにゆえ形成されているのか、理解が及ばない。

その真実は、特に複雑なものではなかった。

レオンはラインハルトの癖や動作、考え方の傾向に至るまで全てを知り尽くしている。

だが、この天使はレオンの四年分を知らない。

それが、ほんの僅かな認識のズレを起こしているのだ。

「前へ進み続けた……！　そう在らねば、ならなかった……！　お前を、救うために……！」

四年の地獄を思い返しながら、レオンは剣を執る。

勇者パーティーの荷物持ち。無様な足手纏《あしでまと》い。役立たずの解析参謀《メンター》。

四年前まで、屍人《しびと》はまさにそれだった。そのようにしか在れなかった。

だが、今。

正気と狂気の狭間《はざま》で、困難を乗り越え続けた末に。

レオン・クロスハートは、接近する。

最初で最後の、勝利へと。

「ク、ソ、がぁあああああああああああああああッッ！」

荒さの中に残っていた僅かな流麗さも、徐々に消え失《う》せていく。

残り六手。六手で決まる。レオンは平常心を維持したまま、下手を打つことなく、詰みの瞬間へと状況を導いていった。

残り五手。袈裟《けさ》懸《が》けの斬撃を回避し、足払い。

残り四手。相手方が後方跳躍。足払いは不発。踏み込んで間合いを潰す。

残り三手。振るわれた敵方の剣に、あえて聖剣を叩《たた》き付ける。衝撃。

残り二手。相手の悪癖が発露。痺《しび》れた手のまま、ムキになって斬り返してくる。

残り一手。向かい来る刀身を、こちらのそれで以《もっ》て搦《から》め捕り、天へと飛ばす。

そして——徒手空拳となった天使へ、詰みの一撃を放つという、その直前。

想定外の事態が、発生した。

「ッ…………!?」

傾《かし》ぐ。レオンの、上体が。

『そんな、まさかッ……！』

聖剣に宿るクレアの意思が、焦燥を放った。

彼女にとって。天使にとって。それはまさしく青天の霹靂《へきれき》であった。

聖剣による回復の効果は、肉体を完璧に癒やしたと、そのように思われたが……

実際は、違う。

もっと本質的な、魂に刻まれた負傷とでも言うべきだろうか。

屍人《グール》の限界を遙《はる》かに超えて行使された力。これが刻み込んでしまった魂への負荷は、たとえ聖剣を以てしても癒やしきれず、それゆえに。

「運命が選んだのはッッ！　このオレだッッ！」

獰猛な笑みを浮かべながら、天使が貫手《ぬきて》を放つ。

間に合わない。何もかもが。

レオンは回避出来ず、クレアは天使が依然として繰り出す熱源攻撃への対応で手一杯。

決着がついてしまう。最悪の、決着が。

しかし――

レオンにとってこの展開は、読み違いでもなんでもなかった。

「あぁ。やはり、運命力の違いは、明白だったか」

実力は五分だった。

しかし、運命をモノにする力は、どうしても覆《くつがえ》し難《がた》い。

そうだからこそ。

レオンはこの一戦を、自分とクレア、二人がかりの戦いとは思っていなかった。

ここにはもう一人。

頼もしい仲間が、居た。

「し、しょうッ……！」

救助対象、あるいは、守られるだけの存在。

天使からすると、彼女はそんな印象だったのかもしれない。

だが、レオンにとっては違う。

アリス・キャンベルは、か弱いだけの子供ではない。

師《レオン》を守る。

その想《おも》いが無限に等しき力を与え、そして――

「師匠ッ！」

放たれる。純白の矢が。倒れ伏し、身動きが取れぬほどのダメージを負っていた、少女の手から。

クレアと天使、両者にとっての想定外。

しかし……彼女の師たるレオンにとってそれは、期待通りの働きであった。

「美事だ、アリス」

今《アリス》が過去《ラインハルト》を狙い撃つ。

今《こども》が未来《おや》を救う。

果たして、彼女の矢は過《あやま》つことなく、天使の右肩を穿《うが》った。

「なッッ⁉」

繰り出された貫手は、腕の根元を撃たれたことによって、推進力を失い——

運命は今、二人の手の中にあった。

アリスとレオン、師弟の手の中に、あった。

「鎖《かこ》を断ってください、師匠」

「俺は未来へ進む。君と共に」

終《おわり》の手。

それはかつて、クレアが成し得なかったこと。

されどレオンの手元は、一切の淀《よど》みなく。

聖なる剣が、金の刃で以て、天使の心臓を貫いた。

「がッ……！」

目を見開き、喀血《かっけつ》。

そこにはもはや、隠された真実など何一つとしてなかった。

聖剣を引き抜く。血飛沫《ちしぶき》が、天へと舞う。

そして。決着を示すように、天使の肉体が緩やかに溶け始めた。

「汝《なんじ》の眠りが――」

万感の思いを込めながら、レオンは兄弟子の安息を祈った。

が、その最中。

「相、棒」

か細い声が、彼の口から放たれる。

僅かに揺れた肩に、アリスは警戒心を発露した。

「早く、トドメをッ……！」

矢を番《つが》え敵方を睥睨《へいげい》する弟子へ、レオンは、

「待て、アリス」

右掌《てのひら》を向けて、その動作を制する。彼の視線は依然、天使へと注がれていたが……紅《あか》い瞳に映っているのは、魔に堕《お》ちた兄弟子のそれではない。

「……よもや」
風前の灯火《ともしび》となった命の中に、レオンは小さな煌《きら》めきを見出《みいだ》していた。
そして彼は目《ま》の当たりにする。
夢のような奇跡《きせき》の、顕在を。
「消えては、いなかったのか……！　お前の心は、まだ……！」
瞠目《どうもく》するレオンの前で、ラインハルトが顔を上げる。
その紫色の瞳からゆっくりと青が抜け落ち……やがて、紅へと変わった。
レオンとまったく同じ瞳。そこにある意思は、天使《まもの》のそれではない。
今際《いまわ》の際《きわ》の、際。
兄弟子《ラインハルト》が、帰ってきたのだ。
「ライナ……！」
全身が、カタカタと震え出す。
彼を前にして、レオンは呆然《ぼうぜん》とすることしか出来なかった。
何をやっているんだ、俺は。
いったい、どれだけ夢に見た？　この親友に、兄貴分に、謝罪する瞬間を。
赦《ゆる》してもらえなくていい。ただ、謝りたかった。
見捨てたことを。見殺しにしたことを。

それなのに。

「ライ、ナ……！　お、俺は……！」

早くしろ。もう時間がないんだぞ。ここを逃せばもう、機会は永遠にやってこないんだ。

それはわかっている。わかっているのに、口が動かない。

怖かった。拒絶されるのが、怖かった。

どれだけ意気地がないんだ、俺は。

「……迷惑、かけちまったなぁ」

対面で、困ったように笑う兄弟子へ、レオンは反射的に言葉を返していた。

「全ては俺が招いたことだ。お前に咎《とが》など、あろうはずもない。罪は俺が背負う。だから

――」

だから、なんだというのだ？　まさか、赦してくれとでも？

自己嫌悪《けんお》が口にすべき言葉を抑え込む。

そんな弟分の姿に微苦笑しながら、ラインハルトは言い連ねた。

「ずっとな、心の中で、お前のことを見てたんだ。でも、どうしても表に出れなくて、さ。だから……こいつはきっと、神様がくれた最後のチャンスってやつなんだろうな」

最後の最後まで、この兄弟子は、優しい男だった。

弟分に恨み言を残して、憂《う》さを晴らすことだって出来るのに。

しかし、彼が選んだのは……憎しみではなく、愛だった。

「《魔物》のオレが言ったことは、本心じゃない。オレがお前を、責めるわけねぇだろ」

ドロドロと溶けゆく体。迫り来る死に対し、それでもラインハルトは怯《おび》えなど見せず。

むしろ、優しい笑みを浮かべながら。


「胸を張れ。お前はオレ達の家族《ファミリィ》で、オレ達の誇りだ」

言葉に込められた万感の思い。視線に宿る穏やかな感情。

いわんとする全てを察して、レオンは。

「すまなかった……！　本当に、すまなかった……！」

謝罪し、そして。

「もう二度と、無様を晒《さら》すことはない……！　だから……！」

どうか。

どうか、安心して、眠ってくれ。

「あぁ。お前が残るなら、何も不安は、ねぇな」

崩れていく。崩れていく。

ラインハルトの全身が、崩れていく。

「なぁ、相棒。お前はこっちに来るんじゃねぇぞ。地獄に堕ちんのは、オレだけで十分だ」

最後に、彼が遺《のこ》した言葉は。

どこまでも、どこまでも。弟分に対する、愛情に満ちたものだった。

「お前は、幸せになって、くれ。やく、そく、だぜ。あ、い……ぼ、う……」

屍人《しびと》の誇りは。

屍人《しびと》の煌めきは。

醜い怪物としてではなく。

偉大な英雄として、天へと昇った。

「…………汝の眠りが、永遠の救いであらんことを」

祈りを捧《ささ》げながら、レオンは眼下にて煌めく《生証石》を拾い上げ、

「たとえ肉体が離れようとも」

その心は。その魂は。いつだって、我が身の傍《そば》に在る。

いかな状況に陥ろうとも。

俺はもう、独りではない。

『そうだ。私も、ライナも、常に君のことを見守っている』

『だから――』

『頑張りなよ、三代目』

聖剣から、何かが抜けていくような感覚。

顛末《てんまつ》を見届けたことで、ようやっと、彼女も呪縛から解き放たれたのだろう。

気高き魂がまた一つ、天へと昇る。

レオンは蒼穹《そうきゅう》を見上げながら、決意と共に口を開いた。

「お任せください、師匠」

どこかで彼女が笑った。

そんな気が、した。

「終わり、ましたね」

「……いや」

アリスの感慨に、レオンは頭を横へ振りながら応えた。

「終わりではない」

俺は。

俺達は。

「――ここから、始まるのだ」

EPILOGUE OR PROLOGUE

取り戻した絆と、新たな物語

Only I know the Ghoul saved the world

天使の消失後、聖都を荒らす《魔物》の群れは聖堂騎士の一団によって掃討された。

本来はレオンの手によって発生したものと記録される予定だった二度目の惨劇。されど実際は真逆の記載がなされることとなる。

ラインハルトに化けた《魔物》が聖都を襲撃。

これを三代目・《救世》の勇者、レオン・クロスハートが見事に討ち取ったのだと。

そのようにさせたのは他でもない。

エミリア・レッドハート、そのヒトであった。

「やっぱりあなた、師匠のこと──」

「うっせぇクソガキ」

言い合うアリスとエミリアを、背後に控えながら。

レオンは目前の慰霊碑を見つめ続けていた。

その首元には、瀟洒《しょうしゃ》なネックレスが掛けられている。

紅い台座に蒼穹色の宝玉……ラインハルトの《生証石》を嵌《は》め込んだそれは、屍人《しびと》の決意を形にしたものだった。

我が心は常に、彼等《かれら》と共に在る。

その思いを込めながら、レオンは宣言した。

慰霊碑に刻まれし、二人の名に。

「師匠。ライナ。見ていてくれ。俺が、この世界を救うさまを」

去って行った者達の遺志を受け継ぎ、未来へと進む。

かつて三人で誓った夢。

霧を晴らし、魔を掃滅し、人々に笑顔を取り戻す。

それこそが、残された屍人《しびと》の使命であり、新たな存在意義であった。

「……その船には、今度こそあたしを乗せてくれるんだろうね？」

背後から飛んで来た声は、どこか刺々《とげとげ》しいもので。

振り向いてみると、エミリアがじっとりした目を向けて、一言。

「もう、部外者扱いはごめんだよ」

かつて、クレアはエミリアと距離を取っていた。

それに従う形で、レオンやラインハルトもまたエミリアとの接触を慎んでいた。

除《の》け者にしていたわけではない。自分達の危険な旅路に巻き込みたくないという愛情によるものだった。しかし……当人からしてみれば、有り難迷惑だったのだろう。

「乗るなと言われても、聞いてなんかやらねぇからな」

「あぁ。師はお怒りになるやもしれんが……俺には君が必要だ、エミリア」

率直な物言いが彼女の機嫌を直したのか。

エミリアは鼻を鳴らして、ほんの僅かに口元を笑ませた。

「……師匠。わたしにも言ってください」

「何をだ？」

「さっきエミリアさんに言ったことを。一言一句、そのまま」

「……俺には君が必要だ、アリス」

「おふぅっ」

なぜだか胸を押さえて蹲《うずくま》る。

なんらかの発作であろうか、とも思ったが。

「ふへ、ふへへへへへへ」

元気そうなので、声掛けはしないでおこうと思った。

「さて、と。報告も終わったことだし、さっさと帰るよ」

「あぁ。次の仕事について、打ち合わせをせねばならんしな」

「その前に、お食事しません？　そろそろ昼時ですし」

三人、並んで歩く。

周りの視線は、特に変わりがない。

それは聖都を救った英雄に向けられるべきもの、ではなく。

依然として、おぞましい怪物への侮蔑に満ちていたが、しかし。

やはり何も、思うようなことはない。

それは己への評価に対する事柄、だけでなく。

アリスがそれに晒されているということについても。

「……どうか、されましたか？　師匠」

「いや。ただ……俺は自分勝手な男だな、と。強く実感しただけだ」

アリスは師のいわんとすることを解さなかったか、首を傾《かし》げるのみだった。

一方で、エミリアは鼻を鳴らし、

「いまっさらだねぇ、まったく」

手放したくないという屍人《しびと》の思いを、彼女は肯定した。

いや、むしろ。

「こっちがあんたを放さねぇよ。なぁ、お嬢ちゃん？」

「えっ？　あ、あぁ、うん。なんだかわかりませんけど……そうですね！」

無垢《むく》な反応に、レオンは。

「は、は、は、は」

アリスからすると、それは師の喉から出た異音という解釈であったが。

長年の付き合いであるエミリアは、その正体を理解していた。

「ひっさびさだねぇ、あんたの笑い声を聞くのは」

「……えっ。い、今の、笑い声だったんですか？」

「あぁ。気持ち悪ぃだろ？」

「えっと、その…………す、素敵なお声、かと」

「……世辞は要らん。気持ちが悪いことは自覚している」

そんなことよりも、と前置いて。

レオンはアリスを見つめながら、言った。

「大した奴《やつ》だよ、君は。宣言したことを二つ、すぐさま叶《かな》えてみせた」

「二つ？」

「あぁ。先の一件で、俺を守ってくれただろう？　それで一つ。そして……」

鉄の仮面を外し、口元を晒す。

醜い屍人《しびと》の貌《かお》。決して、動くことのない、貌。

だがそれを、レオンは。

「俺を笑わせてみせると君は言った。今、それが達成されたのだ」

指を口の中に入れて、頬を引っ張り上げる。

その歪《いびつ》な笑顔に、アリスは。

「……これからも、毎日のように笑わせてあげますよっ！　師匠っ！」

満面に華を咲かせて、応えたのだった。

かくして。

化物《けもの》喰《ぐ》らいの悲劇は幕を下ろし――

《救世》の英雄譚《たん》が、開幕する。

――夢を見ていた。

――苦しくも楽しくて。辛《つら》くも幸せな、そんな夢を。

――けれど醒《さ》めぬ夢はなく。

――だからこそ。

――俺は。

――わたしは。

「何度でも、夢を見るのだ——っと」

離れゆく彼等の背中を見つめながら。
その存在は、筆記帳に詩編をしたためていた。
ヒトの血液を、インクの代わりにして。
「うん。なかなか良《い》い作品が出来た。これは君達に贈るとしよう」
筆記帳から一枚、破り取って、慰霊碑の前に置く。
そうして。
その存在は。
その殺人鬼は。
——夜行殺《ナイト・ウォーカー》は。
慰霊碑に刻まれた彼の名を見つめながら、呟《つぶや》いた。
「ラインハルト・クロスライン。君は実に、凄《すさ》まじい男だったよ」
皮肉でもなんでもない、素直な称賛。

かの英雄はまさに、不世出の傑物であった。

何せ……最後の最後まで、こちらの洗脳に抗《あらが》ってみせたのだから。

「本来なら、こうした結末になるはずがなかった。レグテリア・タウンで再会し、そして、為《な》す術《すべ》なく終了。そういう筋書きだったのだけど」

ラインハルトの意思はこちらの操作を拒絶し、レオンを存《なが》えさせた。

もし、全力の洗脳を行わなかったなら、きっと。

「君は、自力で赤眼《せきがん》になっていたのだろうね」

レオンは《魔物》となったラインハルトのことを、憎悪《ぞうお》に囚《とら》われたと解釈していたようだが
……実際は違う。

彼は最初から最後まで、弟分への愛に満ちていた。

尊い感情が、汚濁のような情念を上回ったのだ。

「そんな人間は滅多に観《み》られない。本当に感謝しているよ、ラインハルト。君のおかげで、久しぶりに有意義な観察が出来た。……このお礼は、そうだな」

夜行殺《ナイト・ウォーカー》は、口が裂けたような笑みを、浮かべながら。

「君と弟分を再会させてあげよう。すぐに。最高の形で」

笑う。笑う。笑う。

慰霊碑からレオンの背中へと、視線を移して。

「布石は既に打たれている。一線を越えた時点で、もはや君に幸福な結末はありえない」

近い将来、彼は筋書き通りの末路を辿《たど》るだろう。

もう一度。

今度は比喩でなく、そのままの意味で。

屍人《しびと》は、大切なモノを壊すのだ。

「嗚呼《ああ》、愉《たの》しみだねぇ、本当に」

くるりと踵《きびす》を返し、彼等とは反対の道を行く。

そうして、殺人鬼はボソリと呟いた。

愛《いと》おしげに。

旧友への想《おも》いを、吐露するかの如《ごと》く。

「――やはり君には悲劇がお似合いだよ、僕の死神《オーガス》」

あとがき

新しい挑戦に臨む際の心は常に、ワクワク感が半分、後悔が半分。

下等妙人《かとうみょうじん》でございます。


日々の生活に新たな刺激を加えるべく、私が選択したもの。

そう、自重トレーニングです。

筋肥大という一点のみに着目したなら、やはり自重はウェイトに劣るものですが……

しかし、「限界超えのワクワク感」という面を加味すると、評価が一変いたします。

確かにウェイトも使用重量の増加という楽しみがありますが、自重にはそれを上回る、「出来なかったことが出来るようになる快感」があるのです。

まともに腕立て伏せも出来なかった人間が、日々の努力によって一〇回、二〇回と出来るようになっていき、より高度な種目へと移っていく。この成長と新たな挑戦の繰り返しこそ、自重の醍醐味《だいごみ》ではなかろうかと。

私もそんな魅力にすっかりとハマり、今や自重トレーニング最高難度の一つ、フル・プランシェ・プッシュアップまで到達いたしました。いわゆる無重力腕立て伏せというやつですが、この浮遊感が実に面白く、ついついやり過ぎてしまいます。

とはいえ何事もやりこめばやりこんでいくほど、飽きが来るもの。

ここ最近は、伸肘倒立からの腕立て伏せ、といった種目に挑戦しております。

簡単にいえば逆立ちしてからの腕立て伏せ、ですね。

これが実に難しく、倒立へ持っていくまでに何度も何度も転んでしまいます。

肘や膝を強打するのは茶飯事。悶絶《もんぜつ》している際は「二度とやらんわ、クソが」と心の底から思うのですが、痛みが引くと自然と体が倒立を求めてしまう。そしてまた倒れ、悶絶。

——本作の主人公も、そういう男です。

倒れて、転んで、悶絶し、それでも諦めるという選択だけはしない。

そんな彼と共に、自分もまた成長出来たらなと、そう考えております。

最後に謝辞を。

あまりにも素晴らしいイラストを提供してくださった米白粕《こめしろかす》様。

これまで以上にご迷惑をおかけした、担当編集様。

本作に携わってくださった全ての方々。
そして、本作を手にとってくださった読者の皆様に、不滅の感謝を。
本作は新作であるため、現時点においては「また次で」と断言は出来ませんが……
せめて、そうなってくれることを祈りつつ、筆をおかせていただきます。

下等妙人

お便りはこちらまで
〒一〇二－八一七七
ファンタジア文庫編集部気付
下等妙人（様）宛
米白粕（様）宛

富士見ファンタジア文庫

グールが世界《せかい》を救《すく》ったことを私《わたし》だけが知《し》っている

01. 共喰《ともぐ》いの勇者《ゆうしゃ》

令和４年５月20日　初版発行

著者――下等妙人《かとうみょうじん》

発行者――青柳昌行

発　行――株式会社KADOKAWA
〒102-8177
東京都千代田区富士見2-13-3
0570-002-301（ナビダイヤル）

印刷所――株式会社暁印刷

製本所――本間製本株式会社

※定価はカバーに表示してあります。
●お問い合わせ
https://www.kadokawa.co.jp/（「お問い合わせ」へお進みください）
※内容によっては、お答えできない場合があります。
※サポートは日本国内のみとさせていただきます。
※Japanese text only

ISBN978-4-04-074541-1 C0193　◇◇◇

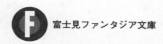

その男、
アード
元·最強の《魔王》さま。その強さ故に孤独となってしまった。只の村人に転生し、友だちを求めることになるのだが……?
ジニー
いじめられっ子のサキュバス。救世主のように助けてくれたアードのことを慕い、彼のハーレムを作ると宣言して!?
イリーナ
正義感あふれるエルフの少女(ちょっと負けず嫌い)。友達一号のアードを、いつも子犬のように追いかけている
神話に名を刻む史上最強の大魔王、ヴァルヴァトス。
王としての人生をやり尽くした彼は、平凡な人生に憧れ、
数千年後、村人·アードへと転生するのだが……
魔法の力が劣化した現代では、手加減しても、アードは規格外極まる存在で!?　噂は広まり、　嫁にしてほしいと言い寄ってくる女、次代の王へと担ぎ上げようとする王族、果ては命を狙う元配下が学園に押し掛けてくるのだが、
そんな連中を一蹴し、大魔王は己の道を邁進する……!

ファンタジア文庫
すべてを蹂躙《じゅうりん》する。
史上最強の大魔王、村人Aに転生する
The Greatest Maou Is Reborned To Get Friends
下等妙人
イラスト／水野早桜
シリーズ好評発売中!

天上優夜《てんじょうゆうや》
異世界で
レベルアップした結果、
最強の身体能力を
手に入れた少年
この少年
すべてが
シリーズ好評発売中！